La chispa

VI KEELAND

La chispa

TRADUCCIÓN DE
Sonia Tanco

CHIC

Primera edición: septiembre de 2023
Título original: *The Spark*

© Vi Keeland, 2021
© de esta traducción, Sonia Tanco, 2023
© de esta edición, Futurbox Project S. L., 2023
Todos los derechos reservados.
Los derechos morales de la autora han sido reconocidos.

Diseño de cubierta: Taller de los Libros
Corrección: Marta Araquistain

Publicado por Chic Editorial
C/ Roger de Flor, n.º 49, escalera B, entresuelo, despacho 10
08013, Barcelona
www.chiceditorial.com
chic@chiceditorial.com

ISBN: 978-84-17972-97-4
THEMA: FRD
Depósito Legal: B 14173-2023
Preimpresión: Taller de los Libros
Impresión y encuadernación: Liberdúplex
Impreso en España — *Printed in Spain*

Capítulo 1

Autumn

«Me estoy haciendo demasiado mayor para esto».

Lancé una pila de cartas al sofá y me dejé caer junto a ella. Solo eran las seis, pero no me habría importado meterme en la cama y dar el día por finalizado. Necesitaba unas vacaciones para recuperarme de mis minivacaciones de cuatro días. Suerte que me había tomado un fin de semana libre. En el viaje de chicas/despedida de soltera anticipada de mi amiga Anna en Las Vegas (escapada en la que íbamos a relajarnos en la piscina y hacernos unos tratamientos de *spa)* habíamos pasado todas las noches de fiesta y casi había perdido el vuelo de vuelta a casa porque se me habían pegado las sábanas. Hacía tiempo que no bebía más de dos copas de vino en una semana y el viernes por la tarde antes de que se hubiera puesto el sol ya sentía el peso de mis veintiocho años. Menos mal que no tenía que trabajar al día siguiente.

Me planteé curarme la resaca con alcohol y tomarme un vodka con arándanos mientras desconectaba viendo Netflix, pero sonó el teléfono y me trajo de vuelta a la realidad.

Uf…

La palabra «Papá» apareció en la pantalla. Debería haber hablado con él para quitármelo de encima, pero no tenía fuerzas. No obstante, ahorrarme el estrés de hablar con mi padre me recordó inevitablemente la otra tarea que debía hacer y que llevaba toda la tarde evitando: la colada. Era una de las tareas que menos me gustaban, sobre todo porque implicaba que tenía que quedarme en la sucia lavandería de mi edificio. Hasta hace unos meses, ponía la lavadora en marcha y volvía cuarenta y cinco minutos más tarde para meter la ropa en la secadora, pero había dejado de hacerlo después de que, en una ocasión, mi ropa desapareciera: una lavadora llena de ropa interior y sujetadores mojados. ¿Quién demonios robaba ropa mojada? Por lo menos llévatela seca. Sin embargo, me había servido de lección y ya no salía del sótano hasta haber lavado y secado la ropa.

Suspiré y me dirigí a regañadientes a mi habitación. La maleta seguía sobre la cama y abrí la cremallera. Encima de todo había guardado una falda de lino que al final no me había puesto; tenía la intención de colgarla en el baño y esperar que las arrugas desaparecieran tras un par de duchas calientes. Odiaba planchar casi tanto como odiaba hacer la colada en el sótano.

Sin embargo, cuando abrí la maleta, la falda de lino no estaba. Al principio pensé que me habrían registrado el equipaje y no habrían colocado las cosas como antes... Pero, sin duda alguna, el zapato de vestir que encontré no era mío.

«Mierda».

Presa del pánico, rebusqué en el interior.

Pantalones, ropa de correr, una camisa de vestir de hombre... Me entraron náuseas y me apresuré a comprobar la etiqueta del equipaje. No había rellenado la tarjeta de identificación con mis datos, pero mis iniciales estaban grabadas en el cuero del revestimiento exterior.

Y esa maleta no tenía iniciales.

Mierda. Mierda. Mierda.

Había cogido la maleta equivocada de la cinta de equipaje. Empecé a sudar. ¡Tenía todo el maquillaje en la maleta! Por no mencionar mis mejores modelitos y zapatos para una semana. Tenía que recuperarla. Me precipité hacia la cocina, tomé el móvil que tenía cargando en la encimera y busqué el teléfono de la compañía aérea en Google. Después de escuchar unos cuantos mensajes de una centralita, llegué al aviso:

—Gracias por llamar a American Airlines. Debido al elevado volumen de llamadas, su tiempo de espera aproximado es de cuarenta y un minutos.

¡Cuarenta y un minutos!

Resoplé. Genial. Lo que me faltaba.

Mientras me tenían en espera escuchando esa horrible música, caí en la cuenta de que el dueño de la maleta podía tener la mía. Ni siquiera había leído la etiqueta del equipaje para ver si, al contrario que yo, había rellenado la información con sus datos de contacto. Corrí por el pasillo hacia mi habitación.

¡Bingo!

«Donovan Decker». Un nombre interesante. ¡Y vivíamos en la misma ciudad! Por suerte, Donovan también había apuntado su número de teléfono. «No podía ser tan fácil, ¿no?». Lo dudaba, pero, teniendo en cuenta que todavía faltaban cuarenta minutos para que me atendiera alguien de la compañía, no perdía nada por intentarlo. Así que colgué el teléfono. Comencé a marcar los números de la etiqueta y después decidí ocultar mi número antes de hacer la llamada. Con la suerte que tenía, el tipo no tendría mi maleta, pero sería un baboso.

Una voz grave de hombre respondió al primer tono y me pilló desprevenida. Todavía no había decidido qué iba a decirle.

—Ehhh. Hola. Me llamo Autumn y creo que tengo tu maleta.

—Qué rápido. Hemos hablado hace dos minutos. —Debió de pensar que llamaba de la aerolínea.

—Oh, no, no trabajo para American. He vuelto a casa esta mañana y debo de haber cogido la maleta equivocada en el aeropuerto JFK.

—Dime tus iniciales.

—¿Mis iniciales?

—Sí, la primera letra de tu nombre y la primera de tu apellido.

Puse los ojos en blanco.

—Ya sé lo que son las iniciales. Solo que no sé por qué me preguntas... ¡Oh! ¿Significa eso que tienes mi maleta? Tengo las iniciales grabadas en la etiqueta.

—Depende de cuáles sean tus iniciales, Autumn. La primera letra coincide.

—Mis iniciales son AW.

—Bueno, pues parece que sí eres la ladrona que se ha llevado mi equipaje.

Vale, no había comprobado la etiqueta de la maleta, pero me ofendía que me llamara ladrona.

—¿No seríamos ladrones los dos? Dado que tú también tienes mi maleta.

—Yo me he llevado la tuya porque era la única que circulaba por la cinta. Al contrario que tú, he comprobado la etiqueta la primera vez que ha pasado y, cuando he visto que no era la mía, la he dejado para que se la llevara su legítimo dueño. Pero la cola de atención al cliente era muy larga y tenía una reunión a la que llegaba tarde, así que me he quedado la que tengo como rehén hasta que la aerolínea lo solucione.

—Oh, lo siento. —Dejé caer los hombros.

—No pasa nada. ¿Estás en Nueva York?

—Sí. ¿Podemos vernos para intercambiar las maletas?

—Claro. ¿Cuándo y dónde? Ahora mismo estoy fuera, pero volveré en una o dos horas.

En la etiqueta aparecía una dirección del Upper East Side, pero yo vivía en el West Side, mucho más céntrico.

—¿Podríamos vernos en el Starbucks de la calle 80 con la Avenida Lexington? —A él le quedaba más cerca, pero por lo menos yo solo tendría que arrastrar la maleta hasta una parada del metro.

—No veo excusa para no hacerlo, ¿a qué hora?

Era una forma un poco rara de decir que sí, y el énfasis que había puesto en la palabra «excusa» me pareció peculiar. Pero, bueno, iba a recuperar mi maleta, así que ¿qué más daba que fuera un poco raro? Por lo menos había ocultado mi número de teléfono e íbamos a quedar en un sitio público.

—¿Qué tal a las ocho?

—Allí estaré. —Parecía a punto de colgar.

—Espera… —le dije—. ¿Cómo sabré quién eres?

—Seré el que lleve tu maleta, Autumn W.

Solté una risita.

—Ah, sí. Perdón…, ha sido una semana muy larga en Las Vegas.

Me agaché y saqué el zapato de lo alto de la maleta. Ferragamo. Eran zapatos caros. Y muy grandes. Un vistazo rápido me reveló que eran un 46. Mi adolescente interior no pudo evitar pensar: si tiene los pies grandes, también tendrá grande… Además, el tipo tenía una voz grave y *sexy*. Seguiría revisando su maleta cuando colgara.

—Nos vemos a las ocho —dijo.

—Hasta luego. —Estaba a punto de colgar cuando se me ocurrió una cosa. Oh, no—. ¿Hola? ¿Sigues ahí?

Tardó unos instantes, pero la voz *sexy* volvió a sonar por el altavoz.

—¿Qué pasa?

—Oye… ¿Has abierto mi maleta?

—He abierto la cremallera en el aeropuerto para asegurarme de que no era la mía cuando he visto las iniciales de la etiqueta.

—¿Has visto… algo?

—Había un tanga rosa arriba del todo, así que me ha quedado bastante claro que no era la mía. Pero no he hurgado en ella, si es lo que me preguntas.

Me había olvidado de que había metido el tanga en el último momento. Estaba en el fondo de uno de los cajones cuando revisé la habitación del hotel por última vez antes de salir. Pero prefería que hubiera visto mi ropa interior antes que las otras cosas que llevaba en la maleta. Suspiré aliviada.

—Oh, genial. Gracias. Nos vemos a las ocho en la cafetería.

—Eh, espera un momento, no tan rápido. Parecías nerviosa al pensar que podía haber rebuscado en tu maleta. ¿Escondes algo siniestro en ella? No voy a ir por ahí con una maleta llena de drogas o algo por el estilo, ¿no?

Esbocé una sonrisa.

—No, claro que no. Es solo que… preferiría que no la revisaras.

—¿Tú has rebuscado en la mía?

Eché una ojeada al zapato que tenía en la mano. Sacar un mísero zapato no se consideraba rebuscar, ¿verdad?

—No.

—¿Y piensas hacerlo? —preguntó.

No tenía ni idea del aspecto que tenía ese hombre, pero aun así intuí por su tono de voz que sonreía.

—No —mentí.

—Muy bien. Hagamos un trato, yo no rebuscaré en tu maleta y tú no rebuscarás en la mía.

—Vale, gracias.

—¿Me das tu palabra, Autumn W? Puede que tenga algunas cosas que preferiría que no vieras.

—¿Como qué?

Rio.

—Nos vemos a las ocho.

Después de colgar, lancé el zapato dentro de la maleta y me agaché para cerrarla. Sin embargo, al echar mano a la cremallera, me venció la curiosidad. ¿Se estaba quedando conmigo o de verdad tenía algo dentro que no quería que viera? Sabía que yo sí tenía algo que esconder, lo cual me hizo sentir más curiosidad.

Sacudí la cabeza y empecé a cerrar la cremallera. A la mitad, me puse a reír a carcajadas. ¿A quién quería engañar? Ahora que no tenía que hacer la colada, tenía casi dos horas libres antes de quedar con el señor Pies Grandes. Y la maleta estaría provocándome todo el tiempo. Lo más seguro era que, tarde o temprano, acabara rindiéndome, así que ¿por qué no terminar con mi sufrimiento y echar un pequeño vistazo ahora? Así conseguiría relajarme. Nunca sabría que no había cumplido mi parte del trato. Por no mencionar que, hasta donde yo sabía, él estaba revisando mi maleta a fondo en esos momentos. Y, en tal caso, lo más justo sería que yo también revisara la suya, ¿verdad?

Me mordisqueé el labio durante unos segundos mientras me invadían los remordimientos, pero los expulsé de mi mente a toda prisa. «Pues claro que sí».

Convencida del todo, abrí la maleta y dediqué un minuto a tomar nota mental de cómo estaba colocado el contenido: en la parte de arriba había una camisa de vestir blanca doblada y un zapato a cada lado con las suelas hacia arriba. Los saqué con cuidado y los dejé en la cama, en el mismo orden, junto a la maleta. La siguiente capa contenía más ropa doblada: dos camisas de vestir caras, un pantalón de chándal, calzoncillos y unas cuantas camisetas. Una de ellas tenía algo estampado en la parte delantera (una palabra que empezaba por HA y cuyas letras me resultaban familiares), así que la desdoblé para ver qué ponía. «Harvard Law».

Uf. Era uno de esos. Así que había estudiado Derecho en Harvard, no me extrañaba que pudiera permitirse zapatos Ferragamo.

Bajo la pila de ropa había una bolsa blanca de las que te dan en los hoteles para la lavandería y que la mayoría de personas utiliza para separar la ropa sucia. Sin ganas de revisar calcetines malolientes, comencé a guardarlo todo de nuevo en la maleta con una punzada de desilusión. Pero al alisar la pila de ropa noté algo abultado y duro en la bolsa, así que volví a sacarlo todo y eché un vistazo al interior con la esperanza de encontrar… no sé muy bien qué. Aunque, sin duda, lo que encontré no era lo que esperaba.

La bolsa contenía al menos veinte o treinta botellitas de champú de las que te dan en los hoteles. Para ser exactos, cuando las revisé con más atención descubrí que algunas contenían acondicionador y otras, crema hidratante. Enterrados en el fondo había también tres costureros pequeños y unos cuantos cepillos de dientes envueltos en plástico, de los que puedes pedir en la recepción del hotel si te has olvidado el tuyo.

¿Qué diablos había hecho el señor Pies Grandes? ¿Asaltar un carrito del personal de limpieza? Ese tipo de cosas, aunque en menor cantidad, eran las que normalmente encontrabas en mi maleta, ya que siempre estaba sin blanca. Pero no lo que esperarías ver en la maleta de un hombre que había estudiado en Harvard y que llevaba zapatos de setecientos dólares.

Ahora sentía más curiosidad por conocer a Donovan Decker.

***

Llegué a la cafetería casi veinte minutos antes, así que decidí darme el gusto y comprar *online* un café *flat white* con leche de almendras y miel. El mero hecho de pedir y pensar en la bebida dulce y cremosa me hizo salivar. Los cafés caros eran mi vicio, pero, con un precio de cinco dólares y mi escaso presupuesto, no me daba el capricho muy a menudo.

Me encontraba al final del mostrador, esperando a que me sirvieran la bebida y mirando el móvil distraídamente, cuando me llamó la atención un hombre que acababa de entrar por la puerta principal.

«Oh, vaya».

Era muy atractivo. No bastaba con decir que era alto, moreno y guapo, ni por asomo. El pelo negro azabache enmarcaba un rostro magnífico con una estructura ósea marcada y masculina, labios carnosos y una nariz romana. Y no fui la única que se dio cuenta. Vi que el adonis daba un paso atrás para sostenerle la puerta a una mujer que salía de la cafetería y a la pobre le bastó con echarle un vistazo para tropezar con sus propios pies.

Al parecer, sin ser consciente de que era el causante del incidente, él le ofreció la mano para ayudarla a levantarse, le dedicó una sonrisa arrebatadora y entró en la cafetería. Escaneó la sala con sus brillantes ojos azules y vio que me lo comía con la mirada. Avergonzada porque me hubiera pillado, desvié la atención rápidamente al teléfono móvil. Unos segundos más tarde, mientras todavía fingía que estaba absorta en la pantalla, unos pasos se detuvieron justo delante de mí. Levanté la mirada y pestañeé un par de veces. El hombre de la puerta me ofreció una sonrisa torcida.

—¿Has podido controlarte?

—¿Perdón? —Arrugué el ceño.

Los ojos le brillaban divertidos y bajó el tono de voz:

—Seguro que no.

Me lo quedé mirando durante un momento muy incómodo y al final sacudí la cabeza.

—¿De qué narices hablas?

El hombre frunció el ceño.

—Teníamos un trato, ¿recuerdas? ¿Yo no revisaría la tuya si tú no tocabas la mía?

Lo había visto entrar, lo había tenido delante por lo menos un minuto y no me había dado cuenta hasta ese momento de que llevaba algo en la mano.

—Madre mía, ¡tienes la maleta!

—¿De qué creías que hablaba? —Rio, pero seguía perplejo.

—No lo sé… Estaba muy confundida.

—Pensaba que me habías visto entrar.

«Pues sí, pero no he pasado de la cara».

—No, no me había dado cuenta. Perdona, supongo que estaba distraída.

El camarero del mostrador gritó mi nombre y me sentí agradecida por tener una excusa para poner algo de distancia entre nosotros. Necesitaba un momento para recuperar la compostura. Aunque cuando volví todavía me sentía algo descentrada.

—Gracias por quedar conmigo para intercambiar las maletas —le comenté—. Siento mucho haberme llevado la que no era.

13

—No pasa nada.

Arrastré su maleta hacia él y solté el asa, pero el adonis no hizo lo mismo. De hecho, se acercó mi maleta al cuerpo.

—Antes de intercambiarlas... —Ladeó la cabeza y me examinó el rostro—. Tengo curiosidad por saber si has mantenido tu palabra.

—¿Qué pasa si no lo he hecho? —Imité su pose e incliné la cabeza.

—Pues que tendrás que pagar una multa por infringir las condiciones de nuestro acuerdo.

Arqueé una ceja, intrigada.

—¿Una multa?

—Eso es, hay una multa —confirmó.

Reí y di un sorbo al café.

—Acabo de volver de un fin de semana de chicas en Las Vegas. Estoy convencida de que me he gastado los últimos cinco dólares de mi cuenta en esta bebida carísima.

—No me refería a una multa económica.

—¿A qué tipo de multa te referías, entonces?

Se frotó la barba incipiente de la barbilla durante unos instantes.

—Tendrás que tomarte un café conmigo.

¿De verdad este tío pensaba que eso sería un problema para mí? Deliberé cómo responder. Si le decía la verdad sería incómodo. Es decir, había rebuscado entre sus pertenencias. Aunque tendría la oportunidad de admirarlo un poco más si nos tomábamos un café. Pero, por otro lado, estaría accediendo a pasar más tiempo con un completo desconocido. Sin embargo, cada vez que conocía a un chico por internet quedábamos, por lo general, en una cafetería, y probablemente sabía más de este chico tras haber registrado su maleta que lo que podría haber descubierto en una conversación en línea. Por no mencionar que ninguna de mis últimas citas de internet había tenido el aspecto de Donovan Decker. De hecho, hacía tiempo que ninguna había ido más allá del café.

El adonis me observaba mientras consideraba mi respuesta. Su sonrisa de satisfacción me dio a entender que ya sabía que había rebuscado en su maleta. Así que ¿por qué no?

Levanté la cabeza y lo miré a los ojos.

—¿La señora de la limpieza resultó herida en el atraco?

Entornó los ojos un momento, pero, después, una amplia sonrisa le cruzó la cara. Señaló las mesas con una mano.

—Después de ti, Autumn W.

Capítulo 2

Donovan

Casi diez meses después

—Es ridículo. Me han registrado la casa, la han puesto patas arriba y ni siquiera lo han recogido todo antes de irse. Y se han llevado mis cosas. ¿Qué vas a hacer al respecto?

—Ya le advertí que iba a ser inminente —le respondí—. ¿Ha hecho lo que le pedí la semana pasada?

—Sí.

Al cliente le empezó a temblar el párpado derecho. Ese cabrón nunca podría subir al estrado. Me había reunido con él tres veces antes de ese día, durante un total de quizá seis horas, y ya sabía que tenía un tic en el párpado derecho cuando mentía. Por no mencionar que estaba a unos treinta segundos de sacar un pañuelo sucio del bolsillo y limpiarse el sudor que se le empezaba a acumular en la frente rojiza.

Suspiré y dirigí la mirada a la mujer que tenía sentada al lado. Ella me sonrió con un brillo en los ojos. Qué patético. Apuesto a que podría decirle a la prometida de veinticinco años de Warren Alfred Bentley que tenía que hablar con ella de la estrategia en privado y hacérselo encima de mi escritorio. Aunque no es que me interesara. Las cazafortunas no eran lo mío.

—Warren... —Volví a pasar la mirada del administrador consentido de sesenta años a su princesita rubia platino y se-

16

ñalé la puerta con la cabeza—. Tal vez deberíamos hablar en privado.

—Todo lo que tengas que decirme puedes decirlo delante de Ginger.

—En realidad, no funciona así exactamente. Ginger no es su mujer, y…

—Es mi prometida. ¿Qué diferencia hay? —me interrumpió.

Joder, ¿es que ni siquiera veía *Ley y Orden*?

—Pueden obligar a testificar a una prometida, pero no a una esposa.

Sacudió la cabeza.

—Ginger nunca testificaría.

«Claro que no. El abogado de la acusación solo tendría que amenazarla con acusarla de cómplice durante diez minutos para que se volviera en tu contra, viejo chocho». Pero tenía que seguirle el juego… por lo menos delante de aquella mujer.

—Claro que no, pero el secreto profesional entre abogado y cliente no solo lo protege a usted, también protege a Ginger. Le interesa que el fiscal del distrito no pueda investigar a la futura señora Bentley, ¿no?

—Por supuesto.

—Entonces, ¿por qué no le pido a mi secretaria que le haga a Ginger un *cappuccino* de la nueva máquina que acabamos de poner en la sala de espera? Todos están encantados con ella.

«Por los veinte mil dólares que he oído que han pagado para que una máquina prepare las bebidas con espuma, más vale que haga un café decente».

Warren miró a Ginger, que asintió, y gruñó:

—Vale.

—Solo será un minuto. —Me puse en pie, rodeé la mesa e indiqué a Ginger que pasara delante—. Por aquí.

Mi secretaria no estaba en su mesa, así que le enseñé a la prometida florero la sala de espera y le aseguré que le enviaría a Amelia en cuanto regresara. Cuando empecé a alejarme, Ginger me agarró del codo. Me rodeó el cuello con los brazos y me abrazó antes de que pudiera detenerla.

—Muchas gracias, señor Decker. Estoy muy preocupada por Warren.

Apretó sus pechos firmes contra mi torso. Debían de ser una nueva adquisición y no se habían ablandado todavía.

Me separé de ella educadamente y me aparté.

—No es necesario que me dé las gracias. Solo hago mi trabajo.

Una vez en el despacho, deduje que había llegado el momento de ir al grano con el cliente. Me quité la americana y la arrojé a la silla junto a Warren antes de volver a mi mesa y remangarme la camisa, algo que casi nunca hacía, porque dejaba al descubierto más tinta en los antebrazos de la que la mayoría de mis clientes ricos y estirados estarían dispuestos a aceptar.

—Señor Bentley, todavía no nos conocemos mucho, pero hay dos cosas que debería saber sobre mí. Una, si me pide un consejo, se lo voy a dar. A menudo eso significa que no le gustará lo que tengo que decir, pero no me pagan para decirle lo que quiere oír. No soy su amigo, ni su lacayo. Soy su abogado, y el mejor que encontrará. Dado que está sentado al otro lado de mi mesa y no en otra parte, asumo que ya lo sabe porque lo ha averiguado por ahí. Así que no me pregunte y espere una respuesta comedida. Me paga por horas, así que no voy a malgastar su tiempo vendiéndole humo. Obtendrá la respuesta que necesita, pero, como he dicho antes, no siempre será la respuesta que quiere.

Respiré hondo. Vi que estaba a punto de interrumpirme, así que levanté la mano.

—Por favor, discúlpeme, pero voy a continuar para que no haya malentendidos. Lo segundo que debe saber sobre mí es que se me da muy bien leer a las personas. De hecho, es el motivo principal por el que puedo cobrar mil doscientos dólares la hora. A menudo, este talento que poseo juega a su favor. Sé cuándo un fiscal va de farol y cuándo un miembro del jurado está de acuerdo conmigo, o no, y hay que llegar a un acuerdo. Pero a veces este talento puede jugar en su contra, porque normalmente también sé cuándo me mienten. Y no trabajaré con un cliente que me mienta. Si no puedo confiar en usted, ¿cómo espera que consiga que el jurado confíe en usted? Así que, si descubro que se dedica a mentirme, lo despediré como cliente.

Warren se puso rojo.

—Espera un momento, debes saber…

Lo interrumpí.

—Soy consciente de que es miembro del mismo club de campo que uno de los socios mayoritarios. No es la primera vez que he tenido un cliente que se codea con los mismos círculos sociales que los socios de este bufete. Y tampoco sería la primera vez que he despedido a un cliente que tenga ese tipo de contactos. Sí, Dale o Rupert no estarían contentos conmigo, pero, a fin de cuentas, yo les hago ganar millones cada año. Así que lo superarán. Usted, en cambio, no. La acusación del gobierno contra usted es irrefutable. Y si tiene que buscar otro bufete y otro abogado, le caerán veinticinco años, porque soy la única oportunidad que tiene de ganar, señor Bentley. Algunos dirían que soy un engreído por decirlo, pero me importa una mierda. Porque, aunque puede que lo sea, también estoy diciendo la verdad.

Me recosté en la silla y mantuve un duelo de miradas con el señor Bentley. Estaba furioso, seguro que hacía décadas que nadie le hablaba de ese modo. Y en esos momentos se planteaba si despedirme o no. Pero, al final, los clientes que acaban al otro lado de mi mesa, aquellos que se ven envueltos en complots fraudulentos y complicados y acaban con el agua al cuello, no son estúpidos. Son inteligentes. Y mucho. Les encanta la libertad. Así que la mayoría han hecho los deberes antes de entrar por mi puerta y saben que soy su mejor baza para mantenerla.

Después de haber dado mi discurso jugaríamos al tira y afloja. El primero que hablara, perdía.

Pasaron tres o cuatro minutos (demasiado rato para estar mirando fijamente a una persona en silencio), pero al final Warren cedió. Se inclinó hacia delante y puso las manos sobre las rodillas.

—Muy bien. ¿Y qué vamos a hacer ahora?

Dediqué los siguientes cuarenta y cinco minutos a repasar nuestra estrategia. No se alegró mucho cuando le expliqué que lo más probable era que no pudiera pagar su fianza cuando el FBI le bloqueara las cuentas. Pero todavía era pronto, así que en parte se encontraba en estado de negación y creía que sus amigos y socios acudirían en su ayuda.

Y quizá lo hicieran si la fianza fuera de cincuenta mil dólares, pero la suya iba a ser de siete dígitos.

Cuando ya habíamos discutido la estrategia, el cliente exhaló.

—¿Cuánto tiempo tengo hasta que me arresten?

—Un día, dos como máximo.

—¿Y qué hago hasta entonces?

—¿Está seguro de que quiere que le aconseje sobre eso? —Lo miré fijamente.

Frunció el ceño, pero asintió.

—Váyase a casa, señor Bentley. Contrate a un chef privado que le cocine su plato favorito y fóllese a su atractiva prometida. Porque tendrá las cuentas bloqueadas por la mañana y, cuando ella se dé cuenta, empeñará el pedrusco que lleva en el dedo para pagarse un vuelo de primera clase de vuelta a casa.

***

—¿Me enseña su carné, por favor?

Me recliné sobre la silla y sonreí con suficiencia a mi amigo por encima de la mesa.

—Vete a la mierda —gruñó Trent mientras sacaba el carné de conducir de la cartera. Ni siquiera me había visto la cara, pero sabía que estaba disfrutando de la situación.

La camarera examinó el carné con detenimiento y se lo devolvió. Esta rutina era algo bastante frecuente. Trent Fuller tenía treinta años, pero no aparentaba más de dieciocho. Nunca lo había visto con vello facial, y eso que habíamos estado en despedidas de solteros en Nueva Orleans que habían durado cuatro días.

—Todavía no ha llegado a la pubertad. ¿Quieres ver el mío? —Sonreí a la camarera.

—No hace falta. Aparenta más de veintiún años.

—¿Estás segura? ¿Ni siquiera para echar un vistazo a mi dirección, por si vives en el mismo barrio?

La camarera se sonrojó. Solo bromeaba, ya que, aunque era guapa, era un poco joven para mí.

—Enseguida les traigo las bebidas.

Trent cogió un colín del centro de la mesa y le dio un mordisco.

—¿Quién era la rubia *sexy* que iba con su padre y con la que estabas en recepción esta tarde?

—El viejo es su prometido, no su padre. Pero, si estás interesado, estoy casi seguro de que muy pronto estará en el mercado buscando a algún otro bobo. Mi cliente está a punto de perder algunos de los bienes que lo hacen tan atractivo.

—Joder, al departamento de propiedad intelectual nunca vienen mujeres así.

—Si quieres codearte con los peces gordos, tendrás que aprender a nadar en aguas más profundas.

Trent arrugó el ceño.

—¿Qué cojones significa eso?

—Ni idea. —Sonreí—. ¿Cómo van las cosas con la mujer a la que conseguiste no ahuyentar hace unas semanas?

Mi colega y yo salíamos a tomar algo o a cenar una o dos veces al mes. Ambos trabajábamos ochenta horas a la semana en el bufete, así que no nos sobraba el tiempo libre.

Trent hizo una mueca.

—La llevé a cenar a un restaurante muy bonito. Le dejé un mensaje al día siguiente para decirle que me lo había pasado muy bien y ahora no me devuelve las llamadas.

—¿Pasaste toda la cena divirtiéndola con tus conversaciones fascinantes sobre derechos de autor y patentes?

—Que te den.

Reí. Solo bromeaba, en realidad Trent era un tío bastante divertido. Era listo e ingenioso. Ella se lo perdía, aunque nunca se lo diría directamente.

—¿Y tú? —continuó él—. ¿Qué tal fue con la morena que conociste? Parecía muy simpática.

—Se acabó. No ha pasado la segunda prueba.

Trent sacudió la cabeza.

—Tú y tus ridículas pruebas. ¿Cuándo fue la última vez que alguien superó la segunda?

La camarera regresó y dejó el vino de Trent y mi cerveza antes de volver a desaparecer. Sabía perfectamente la última vez que alguien había superado mis ridículas pruebas, como él las había llamado, aunque no tenía por qué mencionar que había pasado mucho tiempo y darle la razón a mi amigo.

—En serio, ¿cuándo? —insistió.

—No lo sé…

—Claro que lo sabes. Recuerdas cosas que oíste en el útero, Decker. —Sacudió la cabeza—. Fue la mujer del equipaje, ¿verdad? La pelirroja con la que pasaste aquel fin de semana y que se esfumó el lunes por la mañana. ¿Cómo se llamaba? ¿Summer?

Di un sorbo muy largo a la bebida.

—Autumn.

Habían pasado diez meses desde que había entrado en aquella cafetería para que intercambiáramos las maletas, y tres días menos desde que la había visto por última vez. Habíamos quedado solo para el intercambio, pero nos acabamos quedando en aquel Starbucks hasta que cerró. Después fuimos a cenar y, luego, cuando el restaurante también cerró, a mi casa. «Autumn W.». Hasta había faltado a trabajar el día que me dejó plantado; era la primera vez que lo hacía desde que había empezado a trabajar en Kravitz, Polk y Hastings hacía siete años.

Apenas dormimos ese fin de semana, a pesar de que no nos acostamos. Otra primera vez para mí, pasar tres noches con una mujer con la que no me acostaba. Sin embargo, no había estado tan nervioso por pasar tiempo con alguien en mi vida y pensé que el sentimiento era mutuo. Por eso me había sorprendido tanto salir de la ducha aquel lunes por la mañana y encontrarme el apartamento vacío. Ni notas, ni números de teléfono. Ni siquiera sabía su apellido. Lo único que conservaba era un pedazo de papel doblado, una lista rara que había olvidado meter en su maleta después de rebuscar en ella. La llevaba en la cartera en ese momento, otra cosa que tampoco le iba a mencionar a Trent.

—¿Sabes por qué no le encontraste ningún defecto? —Trent dio un sorbo al vino—. Porque pasó de ti. Si no lo hubiera hecho, habrías buscado alguna prueba que pudiera suspender. A lo mejor deberías añadir «No pasar de mí» a tu lista de pruebas, así no suspirarías por una mujer que te ha dejado plantado. Pero bueno, ¿qué ha pasado con la que conociste en McGuire's la semana pasada?

—Fuimos a cenar la noche siguiente… y nada alarmante. Así que le pregunté si le gustaba el *hockey*. Dijo que era una gran fan y vino a ver el partido al día siguiente, pero estuvo mirando el móvil todo el primer tiempo. Ni siquiera sabía cuántos cuartos tenía un partido.

—Crees que es un problema que alterara un poco la verdad, pero yo creo que es bueno que te dijera que le gustaba el *hockey*. Demuestra que está dispuesta a ceder y quedarse ahí mientras ves un partido solo para pasar tiempo contigo. ¿O es que tienen que gustarle los deportes y ver cada minuto?

—No, claro que no. Pero cuando le pregunté si le gustaba el *hockey*, respondió: «Me encanta. Lo veo siempre». Y entonces se da un problema de coherencia. Si lo que dice y lo que hace no coinciden desde el principio, no es buena señal. —Di un trago a la cerveza—. Además, al día siguiente me envió una foto de sus tetas.

Trent volvió a sacudir la cabeza.

—Solo tú ves eso como un punto negativo en una mujer.

Nada de fotos desnuda durante un mes, aunque yo las pida. Soy consciente de que pedirle algo a una mujer y después echarle en cara que lo haga me hace parecer un cabrón, pero es lo que hay.

—Me gustan las fotos de desnudos tanto como a cualquiera, pero si una mujer te envía una cuando hace menos de una semana que la conoces… No es buena señal. —Negué con la cabeza.

—Lo que tú digas. Yo aceptaré una foto de una chica desnuda siempre que me la quieran enviar.

Sonreí con suficiencia.

—El problema en tu caso es que las únicas mujeres a las que atraes son las que parecen de tu edad, así que se consideraría pornografía infantil.

—Imbécil.

Como siempre, nuestra conversación pasó de nuestra patética vida social a los deportes antes de volver, al final, al bufete. Podríamos criticar ese sitio durante días, aunque últimamente nuestras conversaciones se centraban en si iba a conseguir que me hicieran socio o no.

—¿Cómo va el recuento de votos? —preguntó Trent.

Me enfrentaba a una competencia muy dura. Cada cinco años, el bufete abría las puertas a dos de sus mejores asociados. De media, para convertirse en socio se necesitaban entre diez y doce años. Yo llevaba trabajando en Kravitz, Polk y Hastings casi siete cuando el viejo de Kravitz me había dicho hacía unos meses que estaban pensando en ofrecérmelo a mí. Si lo consiguiera, sería la persona más joven en ascender a socio en toda la historia del bufete, algo que deseaba. Ser el primero en batir el récord significaba más para mí que el dinero extra que ganaría. Ya no tenía tiempo suficiente para gastar todo el dinero que ganaba.

—Creo que solo necesito los votos de Rotterdam y Dickson para conseguir las dos terceras partes que necesito.

—El capullo de Dick será fácil de convencer. Está en tu departamento.

—Lo sé. Pero últimamente no me ha dado la oportunidad de hacerle la pelota. Y también acabo de descubrir que si me vota y me hacen socio, batiría su récord. Él tardó ocho años en conseguirlo.

—Mierda. Bueno, pues entonces espero que su ego sea más pequeño que el tuyo.

—No me lo recuerdes.

Cuando nos fuimos del restaurante ya eran casi las once. Mientras salíamos, me vibró el móvil. Miré la pantalla y sacudí la cabeza.

—Hablando del rey de Roma.

—¿Quién es?

—Dick.

—Es muy tarde para que llame, ¿no?

—No me digas. Supongo que nunca es demasiado tarde para besar culos. —Contesté la llamada—. Donovan Decker.

—Decker, necesito un favor.

—Por supuesto. ¿Qué pasa, jefe? —Agité el puño cerrado de arriba abajo, el gesto universal de pajearse, cuando Trent me miró.

—Necesito que aceptes otro caso *pro bono*.

«Joder». Ya había cumplido la cuota anual. Lo que necesitaba era facturar todas las horas que pudiera antes del voto de los socios, no malgastar horas en un caso no facturable. Sin embargo, necesitaba el voto de Dickson, así que le seguí el juego.

—Sin problema. Envíame el expediente y le echaré un vistazo a primera hora de la mañana.

—Necesito que empieces ahora mismo.

—¿Ahora?

—¿Puedes ir a la comisaría 75?

Era el último sitio al que quería ir en cualquier momento del día. Fruncí el ceño, pero respondí:

—Sí, claro.

—El chico se llama Storm. Es menor.

—¿Es su nombre o apellido?

—Creo que es su apellido. Se hace llamar Storm, así que no sé su nombre. Su asistenta social va de camino y se reunirá contigo allí.

—De acuerdo, no hay problema.

—Gracias, Decker. Te debo una.

Colgué. Más valía que el cabrón se acordara de mí en un par de meses.

***

Hacía más de trece años que no pisaba ese lugar, pero, en cuanto entré, reconocí el olor familiar. Traté de ignorar el recuerdo y me dirigí al sargento de recepción.

—¿Qué tal? ¿Tenéis a un chico llamado Storm? No sé si es su nombre o apellido.

—¿Quién lo pregunta?

—Soy su abogado.

El viejo me miró de arriba abajo.

—Imagino que se trata de un caso *pro bono* para algún bufete sofisticado.

—Has dado en el clavo. Supongo que está aquí.

El policía cogió el teléfono y marcó unos números.

—Ha venido un guaperas a por Storm. Tiene pinta de ser más caro por horas que el capullo del abogado de divorcios de mi exmujer que tuve que pagar yo, así que... no hay prisa.

Los policías no eran precisamente admiradores de los abogados defensores. Sacudí la cabeza.

—Deberías buscarte un pasatiempo más original. Ser desagradable con los abogados es bastante cliché. En cualquier caso, no debería tener que recordarte que se acabó el interrogatorio. Y supongo que habrás seguido el principio de buena fe y habrás intentado contactar con los padres o tutores legales del chico antes de preguntarle nada.

—¿Estás seguro de que el chico y tú no sois parientes? Sois igual de encantadores. —Señaló al otro lado de la sala y volvió a clavar la mirada en el ordenador—. Ponte cómodo en el bonito banco de madera. Te llamaré cuando saquemos algo de tiempo.

Suspiré, pero sabía que, por lo general, discutir en una comisaría de policía era inútil. Así que hice lo que me pedía y planté el culo en el banco. Media hora más tarde, estaba absorto respondiendo *emails* cuando oí que se abría y cerraba la puerta de la comisaría. No me molesté en levantar la cabeza hasta que oí al sargento decir el nombre Augustus Storm. Volvía a hablar por teléfono mientras una mujer lo esperaba de pie al otro lado de la mesa.

Así que Augustus, ¿eh? Sonreí. No me extrañaba que el chico se hiciera llamar Storm. Ya era lo bastante difícil ganarse el respeto de los demás en ese vecindario sin tener que cargar con un nombre como Augustus. Me enderecé la corbata y me puse en pie con la intención de dirigirme a la mujer que supuse que era la asistenta social del chico. Pero eché un vistazo a su perfil y vacilé.

Me detuve en seco.

El perfil me resultaba sumamente familiar...

Mientras la miraba, volvió a dirigirse al sargento, así que me incliné hacia ellos y presté especial atención.

Esa voz.

Conocía ese sonido dulce y ligero, era un tono de voz que podía mandar a una persona a la mierda sin que esta se diera cuenta.

Cuando el sargento señaló en mi dirección y la mujer se volvió hacia mí, me di cuenta de que a mí sí que me había mandado a la mierda, no en el sentido literal, pero sí con sus acciones. Nuestras miradas se encontraron y le sonreí, aunque ella no hizo lo mismo. En su lugar, puso los ojos como platos cuando me acerqué.

—Hola, Autumn.

Capítulo 3

Autumn

«Mierda».

El sargento, totalmente ajeno a nuestras reacciones, señaló a Donovan con la mano.

—El abogado del chico está allí.

—Ehh... sí. Gracias.

Di unos pasos vacilantes. Dios, era mucho más atractivo de lo que recordaba. Madre mía.

Si ya de por sí tenía los ojos de un color gris azulado excepcional, el brillo que emanaba de ellos en ese momento hacía que fuera imposible apartar la vista de él.

—Hola. —Me aclaré la garganta.

Él extendió la mano.

—Por la cara que has puesto, supongo que tú tampoco esperabas verme.

Sacudí la cabeza.

—La verdad es que no.

Seguía extendiendo la mano y se la miró.

—Está limpia, te lo prometo. Me las he lavado en el baño hace un rato.

Me sentía tonta al evitar el contacto, así que le estreché la mano. Igual que la primera vez, sentí un chispazo cuando nos tocamos. Se me aceleró el pulso y un escalofrío me recorrió el brazo, subió por el hombro y me erizó el vello de la nuca. Solo que esta vez fue mucho peor que la primera, porque ahora sabía lo que se sentía cuando esas manos me recorrían el cuerpo... Fue con diferencia la mejor química sexual que había tenido en mi vida, y eso que no llegamos a acostarnos.

Era casi medianoche y parecía que Donovan no se había cambiado después de una larga jornada de trabajo, lo que significaba que seguramente no se había puesto colonia desde esa mañana, y aun así olía de maravilla. Me sujetó la mano durante más tiempo del que dura un apretón formal y no apartó la mirada de mi rostro. El aire pareció chisporrotear a nuestro alrededor con la misma electricidad que la primera vez que nos vimos y tuve que apartar la mirada para tranquilizarme. Pero mirar nuestras manos solo hizo que me fijara en las iniciales bordadas en su camisa de vestir negra y en el reloj con aspecto caro que le rodeaba la masculina muñeca. Era un callejón sin salida.

Retiré la mano y la guardé a salvo en el bolsillo.

—¿Has venido por Storm?

—Así es —asintió él.

—¿Trabajas para Kravitz, Polk y Hastings?

—Has vuelto a acertar.

—No tenía ni idea —murmuré en voz baja, o al menos pretendía decirlo en voz baja.

Inclinó la cabeza.

—¿Cómo ibas a saberlo? Ni siquiera me dejaste un número de teléfono para que pudiéramos conocernos mejor.

No solía sonrojarme, pero noté cómo me subía el calor a la cara. Desvié la mirada para intentar desenredarme de la red en la que me sentía atrapada.

—Ehhh... ¿Has podido hablar con Storm?

—No. No me han dicho ni por qué lo han detenido.

—Por pelearse. Otra vez —suspiré.

—Así que ya se ha metido en problemas antes.

Asentí con la cabeza.

—Desde luego. Se ha metido en muchas peleas y una vez lo detuvieron por hurto.

Algo cambió en el hombre que tenía delante. Todavía conservaba el brillo en los ojos, pero ya no parecía estar centrado en mí del mismo modo. Donovan puso los brazos en jarras y se metió en el papel de abogado.

—¿Cuántos años tiene?

—Doce, los cumplirá en menos de una semana.

—Mejor. El trece es un número mágico aquí en Nueva York, así que me alegro de que no los tenga todavía.

Asentí.

—Pero la última vez el juez amenazó con trasladarlo. Vive en Park House, que es uno de los mejores hogares juveniles. Le dijo que si lo volvía a ver, lo metería en un reformatorio. Y no podemos dejar que eso ocurra, solo serviría para empeorar su situación.

La puerta que daba al área donde estaba el resto de policías se abrió y alguien gritó:

—¡Storm!

Donovan extendió el brazo para indicarme que pasara. En la puerta, el policía levantó un portapapeles.

—¿Nombre?

—Soy Autumn Wilde, la asistenta social de Storm.

—Donovan Decker, su abogado —añadió Donovan detrás de mí.

Nos hicieron cruzar la oficina y recorrer un pasillo muy largo. El policía abrió la última puerta a la derecha. Storm estaba esposado a un banco que había contra la pared.

—¿De verdad son necesarias las esposas? —preguntó Donovan—. Mi cliente no tiene ni doce años.

El policía se encogió de hombros.

—Le ha roto la nariz a un adulto. Se le considera peligroso.

—Correré el riesgo. Quítale las esposas.

El policía sacudió la cabeza, pero hizo lo que Donovan le pedía. Storm se frotó las muñecas en cuanto le quitaron las esposas.

—Gracias, cerdo —escupió Storm.

Donovan pasó muy cerca de mí, se puso delante de su cliente y lo miró desde arriba. Señaló al policía y habló con un tono severo y firme.

—Augustus, pídele disculpas al amable policía.

—Pero…

—Ahora.

Storm puso los ojos en blanco.

—Vale. Como quieras. Siento que seas un cerdo.

—Así no, Augustus —le advirtió Donovan.

—Vale. Lo siento.

El policía nos miró cuando salía.

—Buena suerte con él.

En cuanto se cerró la puerta, Storm se puso en pie y comenzó a decir que no era culpa suya. Donovan solo levantó la mano y le lanzó una mirada de advertencia. Sorprendentemente, Storm cerró la boca.

—Siéntate y responde solo a las preguntas que te hagamos.

Storm estaba enfurruñado, pero se calló y se sentó a la mesa. Donovan retiró una silla y la señaló con la cabeza para que me sentara.

—Gracias.

Hablé con Storm mientras Donovan rebuscaba en su cartera y sacaba sus cosas de abogado.

—Ya sabes lo que dijo el juez la última vez, Storm.

—No ha sido culpa mía, ha empezado el otro.

Donovan apretó el botón del bolígrafo y preparó un bloc de notas con las páginas amarillas.

—Empecemos por ahí. ¿Cómo se llama el otro?

—Sugar.

—Necesito su verdadero nombre.

Storm se encogió de hombros.

—No lo sé. Todos los del barrio lo llaman Sugar.

—De acuerdo. Explícame por qué os peleasteis Sugar y tú.

Durante los siguientes veinte minutos, Storm urdió un cuento muy elaborado que empezaba con el robo de su bicicleta y acababa con él peleándose con un chaval de dieciocho años. Ya hacía tres años que lo conocía y había aprendido a no tomarle la palabra cuando estaba asustado. Y la comisaría lo asustaba, aunque no lo admitiera por miedo a parecer vulnerable.

Donovan hizo algunas llamadas, no sé a quién llamó a medianoche para preguntar sobre un tipo llamado Sugar, y después salió de la sala para hablar con la policía.

Cuando volvió, anunció:

—Tengo buenas y malas noticias. La buena noticia es que he conseguido que te dejen pasar la noche aquí en lugar de trasladarte a la cárcel del condado. Como eres menor, tendrás una celda para ti solo, y por la mañana te llevarán al juzgado para la lectura de cargos. Pero la mala noticia es que te acusarán de agresión. Le has roto la nariz al tipo y le has desviado el tabique. Tendrán que operarlo.

Sacudí la cabeza.

—Ostras. Bueno, no nos queda más remedio que ir por partes. —Miré a Storm—. Me alegra que por lo menos puedas pasar aquí la noche.

Un rato después, Donovan y yo nos despedimos de Storm. Odiaba dejarlo solo, pero no era la primera vez que lo hacíamos y tampoco tenía alternativa. Prometimos que nos reuniríamos con él en el juzgado y le aconsejamos que intentara dormir un poco.

En las escaleras de entrada a la comisaría, solté un suspiro.

—Gracias por venir, ya no sé qué hacer con él.

—¿Tiene familia?

—Su madre es drogadicta. Cuando lo encontraron vivía solo en un edificio abandonado. Vivía en un coche con ella y su nuevo novio, hasta que el novio le dio un ultimátum a la madre: o se iba el niño o se iba él. Storm se fue al día siguiente, porque el coche tenía calefacción y no quería que su madre se quedara en la calle a la intemperie. No conoce a más familiares y su madre dice que no tienen a nadie más.

Donovan se pasó una mano por el pelo.

—Qué pena.

—Y además es un niño muy inteligente. No hace los deberes ni se esfuerza y aun así saca buenas notas en todos los exámenes. También habla castellano y ruso con bastante fluidez, y sabe un poco de polaco.

—¿Habla tres idiomas? ¿Su madre es bilingüe?

—No. Creo que es alemana, pero solo habla inglés. Cuando le pregunté, me dijo que se habían mudado por todo Brooklyn. Cuando vivían en Brighton Beach, fue al colegio con un montón de chicos rusos y se le quedaron muchas cosas. El polaco lo aprendió cuando vivían cerca de Greenpoint. Y el castellano lo ha absorbido de varios amigos a lo largo de los años.

—Qué listo. Su cerebro parece una esponja.

—Lo es. Y aun así no consigo conectar con él.

—Los niños que están solos no suelen aceptar ayuda o escuchar a los demás. Aunque supongo que no hace falta que te lo diga.

Asentí.

—Solo espero que no lo envíen a un reformatorio. Algunos son tan duros con los críos como las cárceles.

—Lo sé. Haré todo lo posible por evitarlo —asintió Donovan.

De pronto, me di cuenta de lo tranquilo que estaba todo fuera de la comisaría. Solo estábamos los dos, lo cual me hizo sentir la necesidad de huir lo más rápido posible.

—¿Necesitas algo para la lectura de cargos?

—No, solo es una formalidad.

—Ah, vale. Bueno, gracias otra vez. Nos vemos por la mañana. —Incómoda, me despedí con un gesto y comencé a alejarme de él.

Pero Donovan me cogió de la mano.

—No tan rápido…

«Mierda».

Me atreví a mirarlo y arqueó las cejas en silencio, como si esperara que yo hablara.

—¿Qué? —le pregunté.

—¿Vamos a fingir que aquel fin de semana nunca ocurrió?

Me mordí el labio inferior y recé para que se tratara de una pregunta retórica. Cuando el silencio se alargó, conseguí responderle:

—Estaría bien. Gracias.

Donovan sonrió.

—Buen intento, pero ni de broma.

Suspiré.

—Volví a aquella cafetería cada día durante dos semanas, esperando verte allí. —Se detuvo y me miró a los ojos—. Porque te fuiste de mi casa y no me diste ninguna forma de contactar contigo, ni siquiera sabía tu apellido hasta que se lo has dicho al policía. Wilde... —Sonrió—. Te pega.

Se me encogió un poco el corazón. Había pasado casi un año y aun así seguía pensando en él cada vez que pasaba por delante de cualquier Starbucks. Pero, al contrario que él, tras nuestro fin de semana juntos había evitado ir donde nos habíamos conocido.

—Lo siento, yo...

Frunció el ceño.

—¿Estás casada?

—Dios, no.

—¿No te lo pasaste bien? Porque pensaba que sí. —Esbozó una media sonrisa que dejó al descubierto sus hoyuelos, algo que hizo que me temblaran un poco las piernas—. Pensaba que te lo habías pasado bien. Todas las veces.

No pude evitar reírme.

—Sí, me lo pasé bien.

—¿Y por qué te libraste de mí?

—Es solo que... buscaba un rollo. Nada más.

Pareció asimilarlo durante un minuto antes de asentir.

—Podrías habérmelo dicho, ya soy mayorcito. Me habría gustado despedirme. O incluso hacerte el desayuno... o un café, por lo menos.

Me sentía muy avergonzada y me alegré de que todo estuviera tan oscuro.

—Lo siento, no se me dan bien estas cosas.

Donovan se frotó el labio inferior con el pulgar. Era una de las cosas que me habían atraído de él cuando nos conocimos. Se tomaba su tiempo y escogía bien las palabras en lugar de hacer lo que hacía la mayoría de la gente: soltar lo primero que se le pasara por la cabeza. Eso y los hombros anchos, los ojos hipnotizantes y las facciones dignas de ser la quinta cabeza esculpida en el monte Rushmore. Que les den a los presidentes. Eso sí que iría a verlo.

—¿Lo sientes? ¿Eso significa que te sientes mal por cómo acabaron las cosas?

—Sí, por eso me he disculpado. —Arrugué la cara.

—Bueno, dado que te sientes mal, debería dejar que me lo compenses. Para que estemos en paz.

Solté una carcajada.

—¿Y cómo quieres que te lo compense?

—Tómate el café que no te tomaste conmigo… ahora. —Señaló la acera de enfrente con la cabeza—. Hay una cafetería abierta las veinticuatro horas a una manzana.

Era tentador, pero sabía que era mala idea. Le dediqué una sonrisa conciliadora.

—Es muy tarde, debería irme a casa.

Donovan forzó una sonrisa, pero vi que estaba decepcionado. Sinceramente, yo también lo estaba. Metió las manos en los bolsillos.

—Entonces, ¿nos vemos mañana?

Asentí.

—Buenas noches, Donovan.

Pensé que nuestra conversación había finalizado y los dos empezamos a marcharnos, pero, tras dar unos pasos, gritó:

—¡Eh, pelirroja!

Me detuve y me volví. Aunque tenía el pelo castaño rojizo, era la única persona que me había llamado así.

—La lectura de cargos solo nos llevará una hora, así que no será muy tarde para tomar un café después.

Reí.

—Buenas noches, señor Decker.

—Sí que ha sido una buena noche. —Sonrió—. Y estoy deseando que llegue mañana.

Capítulo 4

Donovan

—No debes hablar a menos que el juez te pregunte directamente y yo te diga que puedes contestar. ¿Entendido?

—Como quieras.

Pasar la noche encerrado en una celda no había ayudado a mejorar el carácter risueño de mi cliente. Y aunque un cliente maleducado normalmente me ponía de mal humor, me costaba parecer enfadado con ese crío. Me recordaba tanto a mí a su edad que me divertía.

Me aclaré la garganta.

—Como quiera, no. Dime que has entendido lo que he dicho y que harás lo que te diga.

—Vale. Hablaré solo cuando me hablen. Lo he pillado, ¿vale? —Storm puso los ojos en blanco.

—Mucho mejor.

Me arremangué para comprobar la hora en el reloj. Todavía nos quedaban unos minutos hasta que el guarda lo llamara para la rueda de reconocimiento y la marcha de delincuentes hasta la sala del juzgado. Solo los abogados tenían permitido visitar a los clientes antes de la lectura de cargos, así que era la primera vez que estaba a solas con él. Intenté sacar provecho de la oportunidad.

—¿Cuánto tiempo hace que trabajas con tu asistenta social?

Él se encogió de hombros.

—No lo sé, supongo que un par de años.

—¿Todo bien con ella?

—Tiene un buen culo. —Volvió a encogerse de hombros. Lo señalé con el dedo.

—Eh, no seas irrespetuoso, enano.

—¿No te gusta su culo? Es bonito y redondo.

—En primer lugar, es una señorita, así que no hables así de ella. En segundo lugar, imagino que ella es lo único bueno que hay en tu vida la mayor parte del tiempo, así que no muerdas la mano que te da de comer. Y, por último, tienes doce años.

No le dije el cuarto argumento: no era bonito y redondo, sino que parecía un corazón boca abajo.

—Lo que tú digas. Es guay, sabe conducir camiones.

Arrugué el ceño.

—¿Autumn conduce camiones? ¿Te refieres a furgonetas?

Storm sacudió la cabeza.

—No, camiones de dieciocho velocidades.

—¿Cómo lo sabes?

—Porque una vez íbamos a uno de esos estúpidos retiros obligatorios que organiza Park House en el norte del estado y un tío había aparcado el camión junto a la entrada y nos bloqueaba el paso. Él y otro tío estaban hablando. Ella salió del coche y le pidió que lo moviera, pero el camionero le dijo que estaba ocupado y que lo quitaría cuando pudiera. Eso la hizo enfadar, así que le preguntó si las llaves seguían puestas. El tío se rio y le dijo que lo hiciera ella misma si creía que era capaz de conducir un camión de dieciocho velocidades. Nos pidió que nos quedáramos en el coche y condujo el camión hasta la siguiente manzana, lo aparcó y volvió.

No sé qué esperaba oír, pero eso, desde luego, no. Aunque me valía.

—¿Qué más sabes de la señorita Wilde?

Se encogió de hombros.

—Odia las peleas. Un par de ocasiones ha estado presente cuando empezaba alguna y son las únicas veces que la he visto enfadada de verdad. Casi nunca contesta al teléfono cuando la llama su padre y tiene un gusto musical pésimo.

—¿Qué tipo de música escucha?

El chico hizo una mueca.

—¿Es que estás escribiendo un libro?

Por suerte, el guarda impidió que el incordio me siguiera interrogando. Abrió la puerta y anunció:

—Vamos, Storm. Es la hora.

Cerré la agenda de cuero en la que había apuntado algunas cosas que quería recordar y nos pusimos en pie.

—No lo olvides, me da igual lo que te diga el juez o lo que diga sobre ti, no le digas ni una palabra sin mi permiso.

Frunció el ceño, pero asintió al salir. Ya en la planta de arriba, hice una parada en el baño de caballeros antes de dirigirnos a la sala 219, donde se llevaría a cabo la lectura de cargos de Storm en unos quince minutos. Me animé al ver a cierta asistenta social pelirroja sentada en un banco delante de la sala. Autumn estaba escribiendo en una libreta que tenía en el regazo, así que no me vio acercarme.

—Buenos días.

Me miró con esos grandes ojos verdes y pestañeó.

—Ah, hola. Me alegro de que nos veamos antes de la vista.

—Me echabas de menos, ¿eh? —Sonreí.

Rio.

—En realidad, cuando llegué a casa anoche se me ocurrieron algunas cosas que podrías querer decirle al juez sobre Storm. Las estaba apuntando.

—Veamos qué tienes. —Me senté junto a ella y alargué la mano para que me pasara la lista.

Leí las notas detenidamente. Después de hablar con Storm y buscar sus antecedentes ya sabía la mayoría de cosas que había escrito. Autumn había anotado sus arrestos anteriores, el nombre de su madre y el nombre del psicólogo al que debía acudir una vez al mes como parte del acuerdo por haberse declarado culpable la última vez. También había apuntado las notas que sacaba y me acerqué más el papel para asegurarme de haberlas leído correctamente.

—¿Esto está bien? ¿Tiene un nueve coma nueve de media? Autumn asintió.

—Y todas sus clases son avanzadas. El único motivo por el que no tiene un diez de media es porque sacó un nueve en educación física.

Arqueé las cejas.

—¿La gimnasia es lo que le baja la media? ¿En serio? —La noche anterior había mencionado que el chico era buen estudiante y cuando le había preguntado a él cómo le iba en el colegio, me había respondido que bien. Había supuesto que no suspendía y que rondaría el siete de media.

—Se ha metido en problemas dos veces en educación física por golpear a otros alumnos con una pelota de fútbol, así que el profesor le ha bajado la nota. Si no, tendría un diez.

Meneó la cabeza.

—Es buena idea mencionarle las notas a este juez; su mujer es profesora, por lo que da mucha importancia a cómo les va en el colegio a los niños. Lo tendré en cuenta, gracias.

Cuando le devolvía el papel a Autumn, recordé algo y me acerqué la hoja para inspeccionarla más de cerca. Sí, la lista era suya.

La tarde del día en que habíamos quedado para intercambiar las maletas, había revisado su equipaje. Había insistido tanto en que no lo mirara que no había podido evitarlo. Dentro había encontrado cosas muy interesantes, vibradores enormes y demás (que después había descubierto que eran regalos de la despedida de soltera de la que acababa de volver), pero también una especie de lista, una lista de excusas, algunas de ellas tachadas. Me había olvidado de ella hasta que la encontré debajo de mi cama a la semana siguiente. Debió de caerse cuando recolocaba el contenido de la maleta. No tenía ni idea de si la lista la había escrito ella ni de qué significaba, pero ver su letra me hizo recordarla. Tenía una caligrafía cursiva muy peculiar.

—¿Eres zurda? —pregunté.

Ella asintió y alzó la mano para enseñarme la parte posterior de la muñeca.

—¿Qué me ha delatado? ¿La mancha de tinta que llevo siempre en el dorso de la mano o la letra espantosa?

—La inclinación al escribir. Mi secretaria hace lo mismo.

Había pasado mucho tiempo desde la última vez que había analizado la lista que había escrito, por lo que no recordaba gran parte de lo que ponía. Sabía que había algunas excusas básicas, como «se me está a punto de morir el móvil», «me llaman del trabajo por la otra línea» o «estoy a punto de entrar en un edificio con muy mala cobertura», pero también había algunas muy raras como «se me está ahogando el pez».

Autumn guardó la información sobre Storm en una carpeta que tenía sobre el regazo y empezó a decir algo cuando le sonó el teléfono. Era su padre. Recordé lo que me había dicho Storm, que casi nunca respondía cuando la llamaba su padre, por lo que la mueca que se dibujó en su rostro tenía sentido. Mientras debatía si contestar, un funcionario abrió la puerta adyacente.

Miró el portapapeles y anunció, a nadie en particular:

—¡Caso 5487723-B, Storm!

Autumn me miró y respiró profundamente.

—Nos toca.

Nos pusimos en pie. Seguía teniendo el móvil en la mano y la pantalla volvió a encenderse cuando su padre volvió a llamar. No sabía si se había dado cuenta, así que lo señalé con la mirada.

—¿Tienes que contestar?

—No, da igual. Ya lo llamaré después.

La lectura de cargos transcurrió sin incidentes. Declaré la inocencia de mi cliente y a Storm lo pusieron en libertad bajo custodia de los servicios sociales en representación del estado. También debía comparecer ante un agente de la condicional para delincuentes juveniles, pero disponíamos de unos meses antes de preparar el juicio. Aun así, el chico tenía que dejar de meterse en líos.

Cuando ya habíamos recogido las cosas de Storm del depósito, le pedí a Autumn que me dejara unos minutos a solas con él.

—Por supuesto.

—Entra en mi despacho, hombrecito. —Señalé el baño de caballeros que estaba unas puertas más allá.

—¿Puedo mear mientras me calientas la cabeza?

—Puedes esperar a que acabe. Vamos.

Dentro del baño, esperé a que el tipo que se estaba lavando las manos terminara y saliera. Entonces me apoyé en el lavamanos y me crucé de brazos.

—He hablado con algunas personas. Sugar no se llevó tu bicicleta sin más. —Fulminé a mi cliente con la mirada.

Él aparto la suya.

—Sí. Me la robó.

—Robar implica que se la llevó sin compensarte adecuadamente. Pero no es lo que ocurrió, ¿verdad, Storm?

Por la mañana había contactado con un colega que vivía en el barrio en el que pasaba el rato Storm y le había pedido que indagara un poco. Al parecer, Sugar era un traficante local. No sabía qué había pasado, pero tenía una corazonada.

—El tío es un imbécil.

Storm era alto para tener solo doce años, pero yo medía más de un metro ochenta. Me incliné hacia él con las manos en los muslos y le hablé a la altura de los ojos.

—Ya sé la verdad, así que si me mientes, lo sabré —mentí—. No puedo defenderte a menos que seas sincero conmigo. Puede que seas capaz de cuidar de ti mismo en la calle, pero confía en mí, lo pasarás mal si te trasladan a un reformatorio como Wheatley. He oído que eres inteligente. ¿Sabes lo que significa reincidir?

Storm negó con la cabeza.

—Es cuando alguien repite un comportamiento, normalmente algo que ya les hicieron a ellos. El ochenta por ciento de los chicos de Wheatley fueron víctimas de abusos físicos o sexuales de pequeños. ¿Puedes sumar dos más dos y adivinar el tipo de cosas que ocurren allí?

A Storm se le crispó un músculo de la mandíbula, pero se mantuvo firme.

—¿Por qué no empezamos por el principio? ¿Cuánto le debías a Sugar?

Sopesó la respuesta durante un minuto antes de bajar la vista.

—Cuarenta.

«Lo sabía».

—Se llevó tu bicicleta porque no le habías pagado e intentaste recuperarla.

—No pensé que estuviera en casa, solo quería mi bicicleta.

—¿Fumas marihuana o te metes otras drogas?

—Solo fumo marihuana.

Lo miré a los ojos durante treinta segundos. Los chicos de la calle eran más difíciles de interpretar que los inútiles trajeados que robaban millones, pero estaba casi seguro de que decía la verdad. Me puse en pie y asentí.

—De acuerdo, veré qué puedo hacer con esa información. Pero estás en la cuerda floja, chaval. No puedes hacer nada malo: ni comprar hierba, ni meterte en otra pelea, nada. Joder, ni siquiera tirar basura al suelo.

—Vale. —Frunció el ceño.

Señalé la puerta con la cabeza.

—Vámonos, la señorita Wilde nos está esperando.

Antes de cruzar la puerta del baño, Storm se detuvo y me miró.

—Si eres mi abogado, tienes que guardar el secreto profesional, ¿verdad?

Se me crispó la comisura del labio. El chico ya era más inteligente que el señor Bentley.

—Así es.

—No puedes decirle a la señorita Wilde que he comprado hierba, ¿no?

Le había dicho básicamente que el lugar al que podían enviarlo estaba lleno de acosadores sexuales y le preocupaba más decepcionar a Autumn. Por primera vez, vi al niño que seguía dentro de su cuerpo en crecimiento.

—Tienes mi palabra. —Le puse la mano en el hombro.

Ya en el pasillo, Autumn pasó la mirada de uno al otro.

—¿Va todo bien?

Asentí.

—Todo bien.

—El secretario ha dicho que tiene veinticuatro horas para inscribirse en el Departamento de Libertad Condicional Juvenil, pero el edificio está justo al lado. ¿Te parece bien que vayamos ahora?

—Es buena idea.

Autumn miró a Storm y después a mí.

—Vale, pues... dale las gracias al señor Decker.

Lo último que necesitaba era estar fuera del despacho toda la mañana, pero no estaba listo para dejar que Autumn se fuera tan rápido. No sería la primera vez que trabajaba toda la noche para recuperar horas facturables.

—Iré contigo. Conozco a algunos de los agentes de la condicional, a lo mejor consigo que te atiendan antes.

—Si no te importa, me harías un favor.

***

—No sabía que te dedicaras a esta rama del derecho penal —dijo Autumn—, pensaba que te dedicabas a los delitos de guante blanco.

Autumn y yo estábamos sentados en el pasillo del Departamento de Libertad Condicional mientras el nuevo agente de la condicional de Storm hablaba con él a solas. No tenía ningún motivo para estar allí, ahora que Storm ya estaba dentro… bueno, ningún motivo profesional.

—Es lo que hago; no he hecho nada que no esté relacionado con el blanqueo de dinero, el abuso de información privilegiada y la malversación de fondos en por lo menos seis años. Fui ayudante del fiscal del distrito tras salir de la facultad de Derecho y me dediqué a procesar delitos menores de clase B durante un año. Me cambié de bando y un año más tarde pasé de los delitos callejeros a los delitos de Wall Street. Uno de los socios del bufete me pidió que aceptara el caso de Storm como parte de nuestro programa *pro bono*. Él es el que se encarga normalmente de la delincuencia callejera, pero puede que me hagan socio y sabe que necesito su voto, así que me lo ha cargado a mí. —Miré a Autumn—. Pensaba que estaba siendo un capullo, como siempre, pero ahora creo que debería darle las gracias.

Intentó esconder la sonrisa agachando la cabeza.

—¿Cómo se llama el socio que te asignó el caso?

—Blake Dickson. Lo llamamos «el Capullo», porque lo es.

Autumn asintió.

—¿Qué tal la boda de tu amiga? Ya habrá pasado, ¿no? ¿Fue bailando hasta el altar?

Autumn se quedó boquiabierta.

—Sí, la boda fue un desmadre, pero no puedo creer que te acuerdes de eso.

—Es difícil olvidar que una novia planee bailar hasta el altar al ritmo de «Crazy Bitch» de Buckcherry.

—Supongo. —Rio.

—Además… —añadí, mirándola a los ojos—. Recuerdo todo lo que pasó el fin de semana que pasamos juntos. —Me planteé no decir nada más, pero me afectó que desapareciera sin decir nada y pensé que debía saberlo. Así que ignoré que seguramente parecería un calzonazos y me aclaré la garganta—. Recuerdo que solo te pones un auricular, nunca los dos, para ser consciente de lo que te rodea. Pero alternas entre el derecho y el izquierdo cada domingo, para que el otro no se sienta abandonado. También aceleras cuando pasas por encima de los puentes, por si se derrumban. Y sabes un montón de información aleatoria porque sientes la necesidad constante de ahondar en cualquier cosa de la que creas que no sabes suficiente, por lo que acabas perdiéndote en búsquedas de Google durante horas. Si no me equivoco, cuando vimos aquella película sobre el tipo que había ganado la lotería y perdido todo el dinero, buscaste ganadores de lotería. Pasaste una hora contándome cosas que tenían más probabilidades de pasar que que te toque la lotería mientras yo preparaba la cena. Y, además, te tapas la cabeza con las sábanas cuando duermes y eres tan pequeña que es difícil adivinar si estás en la cama o si lo que ves es solo un bulto de sábanas.

Autumn pestañeó un par de veces.

—¿Cómo sabes cómo duermo? Nunca hemos dormido en la misma habitación, solo nos echamos un par de siestas cortas. Yo dormí en tu cama y tú, en el sofá.

—Te vi. Puede que una vez retirara las sábanas y mirara cómo dormías durante uno o dos minutos. —Sonreí.

—Eso es un poco raro…

—Quería asegurarme de que estuvieras bien, y después no pude dejar de mirarte. Eres preciosa, incluso cuando duermes.

Ella apartó la mirada y, cuando se dio la vuelta, evitó el contacto visual.

—Me preocupa lo que pueda pasarle a Augustus esta vez. Su último arresto fue hace solo unos meses.

Intuí que nuestro viaje por el pasado había terminado.

—Es posible que pueda hacer algo para que el problema desaparezca.

—¿A qué te refieres?

—No es que a los fiscales les guste especialmente castigar a niños de doce años, y menos a aquellos que tienen potencial, como Storm. Si les ofreces algo que sí les guste llevar a los tribunales y les haces entender que puedes llevar a tu cliente

46

por el buen camino sin meterlo en un reformatorio o mandarlo a un lugar en el que acabarán peor, suelen encontrar una solución.

—No te entiendo, ¿a quién les gustaría llevar a los tribunales? —Arrugó la nariz.

Incluso sin el secreto profesional, no iba a romper mi promesa a Storm. Los niños como él no confían con facilidad, por lo que si intuyen que no has cumplido tu palabra, los pierdes para siempre.

—Déjamelo a mí, ¿vale?

—Vale… —Autumn parecía preocupada.

Esta vez, cuando intentó apartar la mirada, me aseguré de que no lo hiciera.

—¿Autumn? —Me miró a los ojos—. Confía en mí. Voy a hacer todo lo que pueda por él.

Con un suspiro, asintió.

—De acuerdo, gracias.

Me vibró el teléfono en el bolsillo, lo saqué y vi que me llamaban del bufete. Miré a Autumn.

—Discúlpame un segundo. —Asintió, así que contesté, me puse en pie y me alejé unos pasos—. Donovan Decker.

—Decker, ¿qué tal ha ido la vista?

«Hola a ti también, señor Capullo».

—Hola, Blake. Ha ido bien, como siempre.

—¿Conseguirás que absuelvan al crío?

—Haré todo lo posible, puede que tenga un as en la manga.

—Más te vale, te juegas mucho en este caso.

¿En serio? ¿Siete puñeteros años ganando millones de casos prominentes y mi suerte dependía de un caso *pro bono* para un niño de doce años que yo ni siquiera debería estar llevando mientras él decidía si hacerme socio o no? Quería mandarlo a la mierda, pero tuve que comerme mis palabras: literalmente, tuve que tragar saliva para guardarme lo que pensaba y hacer hueco al peloteo.

—Desde luego, no te defraudaré.

47

Clic. El muy cabrón me había colgado.

Meneé la cabeza y refunfuñé en voz baja. «Espero que tú también tengas un gran día, Capullo».

Por mucho que la corta conversación me hubiera molestado, mi enfado se desvaneció cuando me di la vuelta. Autumn se estaba recogiendo el pelo castaño rojizo en uno de esos moños que las mujeres podían hacerse más rápido que un ninja. Estaba preciosa tanto con el pelo suelto como recogido, pero verla así me recordó a la mañana en que me desperté y la encontré delante de los fogones, cocinando con una de mis camisetas puesta. Tarareaba «Little Boxes», una canción antigua que se había vuelto a poner de moda por aparecer en la serie *Weeds*, y le había sacado una foto a escondidas. Trent todavía se reía de mí por aquello. Solo se la había enseñado una vez, y la amplié para que no le viera las piernas desnudas, pero la tenía en la carpeta de favoritos: era la única foto en la que había marcado el corazoncito y guardado en esa carpeta del móvil.

No me di cuenta de que la miraba fijamente hasta que Autumn me pilló. Elevó las comisuras de los labios en una pequeña sonrisa e inclinó la cabeza hacia un lado. Me acerqué a ella, feliz de que pareciera gustarle que la mirara.

—Lo siento. Era del bufete. Debes de tener amigos influyentes para que el Capullo me llame para ver cómo va todo. Creo que es la tercera vez que me llama en siete años, y es la segunda llamada sobre tu caso en veinticuatro horas.

—Ehh, sí, supongo.

—Dijiste que tu padre era abogado, ¿verdad? ¿Es así como has conseguido que mi bufete lleve el caso? ¿Conoce a alguien? No íbamos a aceptar más casos *pro bono* este año.

—En realidad no ha sido mi padre. Podría decirse que conozco un poco a alguien de tu bufete.

—¿Un poco?

—Salgo con uno de los abogados. —Bajó la mirada.

Se me cayó el alma a los pies. ¿Salía con alguien? ¿Y con alguien a quien yo conocía? Pero si creía que la noticia era como una patada en el estómago, lo que soltó a continuación fue muchísimo peor.

—¿Qué abogado? —pregunté.

Esbozó una sonrisa que más bien pareció una mueca.

—Me parece que lo has llamado el Capullo.

Capítulo 5

Donovan

Estaba sentado en mi mesa mientras daba vueltas y vueltas a una tarjeta de visita entre los dedos, absorto en mis pensamientos. Ni siquiera me di cuenta de que Juliette había entrado hasta que se sentó en una de las sillas.

—*Tu en fais une tête* —comentó.

—No estoy de humor para una paja, pero gracias igualmente.

Rio.

—¿A qué viene esa cara tan larga, amigo mío?

—Estoy pensando en un caso.

Juliette era de Francia y los dos habíamos empezado en el bufete un verano como becarios, junto a Trent y otras doce personas más. Ese otoño solo nos contrataron a los tres y, desde entonces, éramos inseparables. Trent y ella pasaban gran parte del tiempo hablando sobre sus vidas amorosas, o sobre la falta de ellas, y analizando los motivos por los que sus relaciones no funcionaban. Yo las comentaba y daba mi opinión, pero pocas veces analizábamos mis relaciones porque, por lo general, estaba contento con cómo iban mis ligues. No obstante, en ese momento me venía bien saber la opinión de una mujer…

—Una pregunta, ¿tienes algún tipo en concreto?

—¿De hombre?

Asentí.

—De apariencia o personalidad.

—Sí, suelen atraerme los perdedores.

—Va en serio. —Sonreí.

—Por desgracia, no bromeo. Me atraen los hombres artísticos, los pintores, escultores y escritores, de los que no tienen trabajo la mayor parte del tiempo.

—¿Qué te atrae de ellos?

Se encogió de hombros.

—No lo sé. Supongo que me gusta que sean abiertos. Los artistas suelen estar en contacto con sus emociones y se preocupan por cosas que me preocupan a mí, como el medio ambiente y la justicia social. Los hombres a los que les apasionan las cosas que no les dan dinero necesariamente me parecen muy *sexys*.

—¿Y físicamente?

—Ya has conocido a los tíos con los que salgo. Suelen ser delgados con pinta de *hippies,* de los que no sabes si son vagabundos o no. Me recorrió de arriba abajo con la mirada—. Es decir, todo lo contrario que tú, guapetón. Pero ¿por qué me preguntas?

—Intento descubrir cómo es posible que una mujer salga conmigo y después con un completo imbécil.

—¿Acaso las dos cosas no son lo mismo? —Sonrió con satisfacción. Arrugué una hoja de papel del escritorio y se la lancé. Ella rio y la atrapó—. ¿Qué ha pasado? Suéltalo, Decker.

Suspiré.

—¿Recuerdas lo que te conté sobre Autumn?

—Claro. ¿La mujer con la que pasaste un fin de semana célibe y que te gustaba porque no se rindió a tus encantos y te dejó ella a ti antes de que tú pudieras dejarla?

Puse los ojos en blanco. Hablaba igual que Trent.

—No me gustaba por eso, pero da igual, no tengo tiempo de discutir. Todavía tengo que facturar doce horas más y solo me quedan seis. En fin, me la encontré ayer.

—Oh, vaya. ¿Y cómo fue?

—Me dijo que no me había dado su teléfono porque no buscaba más que un rollo. —Fruncí el ceño.

—Ay.

Sacudí la cabeza.

—Pero sigue habiendo química.

—Entonces parece que lo que no quiere es una relación.

—Esa es la cuestión, que ahora sale con alguien.

—A lo mejor cuando la conociste estaba pasando por un mal momento.

—No lo sé. —Me encogí de hombros—. Puede ser.

—¿Has conseguido su número?

Le mostré la tarjeta que tenía en la mano.

—Es la asistenta social de un caso *pro bono* de arresto a un menor. Así que me la ha dado por negocios, no porque quiera salir conmigo.

—Vale… He perdido el hilo de la conversación. ¿Es Autumn la mujer que sale con el imbécil? —Asentí—. ¿Lo has conocido? ¿Estaba con ella?

—No, no estaba, pero lo conozco muy bien. —La miré fijamente. —Sale con Blake Dickson.

Juliette entrecerró los ojos.

—¿Con Blake Dickson? ¿El socio cuyo voto necesitas para que te asciendan?

Exhalé con fuerza.

—El mismo.

***

Esa noche, al salir del trabajo, decidí tomar un desvío antes de ir a casa. Iba muy arreglado para el barrio al que me dirigía, así que me quité la corbata y me la guardé en el bolsillo, aunque mientras recorría las calles tras salir del metro supe que el gesto no me haría destacar menos.

Las miradas que me lanzaba la gente mientras caminaba por la acera eran bastante divertidas: la mitad me miraba como si se planteara robarme la cartera y la otra mitad se dispersaba como cucarachas porque asumía que lo más probable era que el tipo trajeado fuera un policía de incógnito.

Encontré a Darío exactamente donde lo había dejado hacía once años: sentado en la escalera de entrada cuatro puertas más allá de donde yo vivía. Eran casi las once de la noche, pero no lo parecía por la cantidad de gente que paseaba por allí.

—Joder. —Se puso en pie y sonrió—. ¿Qué coño llevas puesto? ¿Has perdido una apuesta?

Nos estrechamos la mano como nadie lo hacía en el bufete, con una serie de sacudidas y choques que acabaron con un medio abrazo.

—Así es como se visten los hombres que no viven en el mismo bloque que su madre, idiota.

Sacudió la cabeza. Sabía que le tomaba el pelo. Darío nunca se había ido porque su madre se negaba a marcharse del apartamento en el que había vivido durante más de cuarenta años. Iba en silla de ruedas y él siempre estaría cerca para cuidar de ella.

Miró a sus colegas, a la mayoría no los había visto nunca.

—¿Alguien tiene un pañuelo? Seguro que mi colega no quiere sentarse en un escalón sucio.

Reí.

—Pues no. ¿Qué te parece si damos una vuelta a la manzana?

Asintió y le dijo a sus amigos que ya volvería, que tenía que acompañarme a la estación para que no me atracaran. Cuando nos alejamos, le pregunté:

—¿Cómo está Rosanne?

—Mamá está bien. ¿Recuerdas al viejo de Stimpson?

—Pues claro. Decapitó al muñeco de nieve que habíamos pasado horas construyendo tras una tormenta de nieve cuando teníamos siete u ocho años.

—Exacto. Fingí que mi madre me había mandado a pedir azúcar o algo así y le robé la pipa de maíz. No puedes construir un muñeco de nieve sin pipa. —Darío sonrió con satisfacción.

Me eché a reír.

—¿Qué pasa con Stimpson? ¿Le ha pasado algo?

—No, todavía anda por aquí. Viene a pasar el rato con mi madre un par de veces a la semana. Su señora murió hace unos años y mamá dice que es su amigo especial.

—¡No jodas! ¿Tu madre se tira a Stimpson?

Darío me dio un puñetazo.

—No querrás que te estropee el traje, ¿no?

Reí entre dientes.

—Bravo por Rosanne, me alegro de que sea feliz. Pero, oye, me he pasado para conseguir algo de información que ayude a uno de mis clientes. Tiene doce años y me recuerda mucho a nosotros a su edad.

—Pobre chaval...

—Y que lo digas. —Sonreí—. ¿Conoces a un tío que se hace llamar Sugar?

—Claro. Trafica en la calle Lyme.

Así que era un camello local, algo que ya sabía desde que Storm había reconocido el verdadero motivo de su pelea.

—¿Sabes algo más sobre él?

—Sé que solía darle palizas a su señora. Ella tiene tres hermanos mayores, así que le hicieron una visita a Sugar. Al día siguiente, tenía los dos brazos escayolados desde el hombro a las muñecas.

Me alegré de que fuera un imbécil y no fuera amigo de Darío.

—¿Para quién trabaja?

—¿Supongo que lo que hablemos quedará entre nosotros? Me da igual que lo metas en el trullo, pero no quiero que corra la voz de que soy un soplón.

—Por supuesto. Puede que me vista como uno, pero no soy un capullo.

Darío soltó una risita.

—Sugar trabaja para Eddie D., que a su vez trabaja para el Pez Gordo.

«Perfecto, una hilera de capullos». Asentí.

—Muchas gracias por la información.

Mi amigo más antiguo y yo recorrimos la manzana un par de veces más mientras me ponía al día sobre el barrio. Años atrás, no podía esperar para marcharme de este lugar, pero había algo que me reconfortaba al haber vuelto. A lo mejor era la confianza que tenía en algunos de mis antiguos amigos, y la que ellos tenían en mí. Podían pasar años, pero habíamos pasado por mucho juntos para que ese vínculo se rompiera.

Cuando llegamos al porche de Darío por cuarta vez, nos detuvimos.

—¿Sabes algo de Linda? —preguntó él.

Tensé la mandíbula al oír el nombre de mi madre.

—Hace tiempo que no. Debe de haber encontrado a otro bobo que le dé dinero.

Darío asintió.

—Seguro. ¿Vas a subir un rato?

—No, otro día. Tengo que volver al bufete de madrugada.

Nos despedimos y mi amigo me dio un puñetazo suave en el brazo.

—No tardes tres años en pasarte otra vez.

—No lo haré. Cuídate, Darío, y saluda a tu madre de mi parte.

***

Al día siguiente, llamé al asistente del fiscal del distrito al que habían asignado el caso de Storm. Descubrí que estaba fuera el resto de la semana, así que no podría hablar con él y tener una excusa para llamar a Autumn hasta dentro de algunos días. Aun así, seguía mirando la tarjeta en mi escritorio. Antes de salir a comer, la cogí y la guardé en un cajón. Quizá quitar su nombre de mi vista me ayudaría a dejar de pensar tanto en ella.

Quedé con Trent y Juliette en una sala de reuniones para comer. Habíamos pedido comida china del restaurante calle abajo.

—Tengo un cotilleo —dijo Juliette cuando empezamos a comer.

—Si vas a obligarnos a escuchar tonterías otra vez, espero que esta vez sean sobre gente que conozcas —le comenté mientras abría mi comida.

La última vez que habíamos quedado para comer, Juliette nos había contado un relato muy elaborado sobre una mujer que salía con muchos hombres. Me metí de lleno en la historia hasta que me di cuenta de que las personas de las que hablaba no eran amigos suyos, sino que nos había estado contando estupideces de los últimos capítulos de *The Bachelor.*

—Oh, este es sobre gente que conozco, aunque sé que en el fondo quieres saber qué pasó cuando Kayla llevó a Jeff a visitar su ciudad natal y tuvo que contarle que tenía un hijo. Pero lo dejaré para más adelante.

—Te lo agradezco —gruñí.

—Sé amable o no te contaré que me he encontrado a mi amiga Trina esta mañana en el baño.

—¿Quién era Trina? —intervino Trent. Juliette sonrió y me miró a mí, a pesar de que yo no había hecho la pregunta.

—Es la secretaria de Blake Dickson.

Eso sí que me llamó la atención.

—¿Y qué te ha contado?

—Le he preguntado qué tal le iba al cascarrabias de su jefe y me ha dicho que últimamente está mucho más tolerable.

Me quedé con el tenedor, con el que acababa de pinchar una gamba, a medio camino de la boca.

—No quiero saber qué lo está haciendo más tolerable.

Juliette frunció el ceño.

—Uf, no he entrado en esos detalles, pero me ha contado que está saliendo con alguien nuevo. He pensado que te gustaría saber qué hay entre ellos.

—¿Qué hay entre quién? —preguntó Trent.

—Te pongo al día en un rato —le respondí. Había olvidado que todavía no le había contado mi encuentro con Autumn. Señalé a Juliette con la barbilla—. Continúa.

—Bueno, pues llevan saliendo aproximadamente un mes y medio y solo se ven una vez a la semana, que ella sepa. Como era de esperar, el Capullo hace que su secretaria les reserve mesa para cenar. —Juliette sacudió la cabeza—. Trina dice que Autumn solo ha llamado a la oficina una vez, y le devolvía la llamada a Dickson. Así que no parece muy serio.

Trent arrugó la frente.

—¿Autumn? ¿La que pasó de ti?

Le conté todo lo que había ocurrido desde la cena en que me habían llamado. Se reclinó sobre su silla.

—Joder, ¿y qué vas a hacer?

—Pues teniendo en cuenta que necesito el voto de Dickson... —Me encogí de hombros—. Nada.

Trent y Juliette intercambiaron una mirada, como si se comunicaran sin mediar palabra, y comenzaron a partirse de risa.

—¿Qué os hace tanta gracia?

—Tú —resopló Juliette—. Lo dices como si lo creyeras de verdad.

—¿El qué?

—Que puedes evitar ir tras lo que deseas.

Capítulo 6

Donovan

Cuando llegó el sábado por la noche, estaba deseando no hacer absolutamente nada: quizá vería cualquier película de acción nueva que echaran, regaría las plantas, pondría los pies en alto en la mesita de centro y me bebería un par de cervezas frías. Merecía una recompensa. Había conseguido ponerme al día con las horas facturables y no me había rendido y llamado a cierta mujer en cuyo nombre no iba a pensar esa noche, sobre todo cuando me metiera en la cama. En los últimos días, había conseguido alejarme del precipicio en el que estaba. Había trabajado siete años muy largos para llegar a donde me encontraba y no iba a dejar que una mujer lo estropeara, especialmente una que no estaba interesada en mí.

No, yo tampoco estaba interesado en Autumn Wilde.

En absoluto.

Cogí el pulverizador de agua de la encimera de la cocina y me dirigí a la primera de las muchas plantas que tenía repartidas por el apartamento.

—Si ni siquiera es mi tipo.

Flus, flus.

Para desafiar a mis palabras, mi cerebro evocó recuerdos del fin de semana que había pasado con Autumn: sus piernas largas, su piel suave, su precioso pelo rojo oscuro, su cinturita y su culo, tan respingón para ser tan delgada…

—Bueno —gruñí—. A lo mejor sí que es un poco mi tipo... por lo menos físicamente. Pero, sin duda, me daría más trabajo del que puedo asumir.

Flus, flus.

Sin embargo, cuando rememoraba el fin de semana que habíamos pasado juntos, algo que había hecho cientos de veces, no recordaba que me hubiera dado mucho trabajo. Al contrario, Autumn y yo nos habíamos encerrado en mi apartamento durante tres días enteros y seguramente habían sido los días que mejor lo había pasado en... tal vez toda la vida. Hablábamos hasta que salía el sol y pasamos el tiempo alquilando películas, tonteando, riendo y quedándonos dormidos abrazados en el sofá. Hasta le había hecho la colada mientras ella dormía.

Sacudí la cabeza y pasé a la siguiente planta.

—Vale.

Flus, flus.

—Pero ¿qué puedo hacer? No está interesada. Además, está saliendo con mi jefe. Así que, ¿qué importa que sea un sueño húmedo hecho realidad que me hizo sonreír durante todo un fin de semana sin acostarse conmigo? ¿O que todavía huela su perfume aunque no haya estado cerca de ella en dos días? ¿O que recuerde cómo sabe por todos los besos que nos hemos dado?

Flus, flus.

—Te diré la respuesta. No importa una mierda.

Aunque hubiera cien motivos por los que no podía sacármela de la cabeza, estaba saliendo con mi jefe. Eso debía inclinar la balanza a favor de que me alejara de ella, y claramente era más importante que todos los motivos por los que quería llamarla. Solo tenía que dejar de pensar en ella durante un tiempo. Eso era todo.

Terminé de regar las plantas en silencio, saqué una cerveza fría de la nevera y me senté en el sofá a buscar entre las películas que ofrecía Netflix. Pero, mientras veía el avance de una película que debería haberse llamado *Ocean's novecientos no-*

venta o algo por el estilo, me vibró el móvil en el bolsillo. Por un momento me planteé no contestar, pero el adicto al trabajo que vivía en mí no podía dejar que saltara el buzón. Así que, mientras me llevaba la cerveza a los labios, lo saqué del bolsillo para contestar a un número que no reconocía.

—Donovan Decker.

—Ehh… Hola. Soy Autumn, siento molestarte.

Me incorporé de inmediato y dejé la cerveza en la mesita. Algo iba mal, había notado el deje de estrés en su voz.

—¿Qué ha pasado?

—Es por Storm, se ha escapado.

Me pasé la mano por el pelo. «Joder». Una de las condiciones de su puesta en libertad era que debía permanecer bajo el cuidado y control de los servicios sociales.

—¿Cuánto hace que ha desaparecido?

—Desde las cuatro de esta tarde, más o menos. Hoy es su cumpleaños. La última vez que habló con su madre, ella le prometió que lo visitaría el día de su cumpleaños, pero no ha aparecido. El horario de visita acaba a las tres y media. Cuando la directora de la residencia ha ido a comprobar que estuviera bien, se ha encontrado una ventana rota y Augustus no estaba. Saben que deben llamar al Departamento de Libertad Condicional si pasa algo así, pero soy amiga de Lita, la directora, así que me ha llamado a mí primero. Le he preguntado si podía avisar yo… pero hace cinco horas y todavía no lo he hecho. No sabía a quién más llamar. ¿Voy a meterlo en más problemas si sigo esperando?

—Puedes meterte tú en problemas. Como su asistenta social, estás obligada a actuar.

—Eso me da igual, pero… —Se calló y escuché unos golpecitos en el fondo—. Lo siento, ¿puedes esperar un segundo?

—Sí.

Oí el ruido amortiguado de voces. El hombre elevó el tono de voz y me pareció escuchar que decía: «Solo son cinco dólares, joder». Se me erizó el vello de la nuca.

—¿Autumn? —grité al teléfono.

Su voz volvió a sonar por el auricular después de unos segundos.

—Lo siento… ¿Por dónde iba?

—Eso da igual. ¿Dónde estás ahora mismo?

—Estoy en un aparcamiento. Creo que estoy en la calle Delaney, o Delancey. No recuerdo por dónde he entrado.

—¿Estás en el barrio de Storm? —Fui al armario a buscar los zapatos.

—Sí. Llevo horas buscándolo.

—¿Estás en un coche?

—Sí.

—¿Acaba de llamar alguien a la ventanilla para pedirte dinero?

—Sí. He parado en un solar vacío para llamarte y no he visto que hubiera nadie. Puede que vivan algunos vagabundos por aquí.

Sacudí la cabeza y cogí las llaves y la cartera de la encimera.

—Si estás en Delaney, estás a unas ocho manzanas de la comisaría 75, donde lo retuvieron la otra noche. Está en la esquina de Sutter con Essex. Búscalo en el GPS y ve para allá. Quedamos en el aparcamiento de la comisaría. No bajes la ventanilla para responder a nadie y mantén las puertas cerradas con el seguro.

—¿Vamos a pedir a la policía que nos ayude a encontrar a Storm?

—Algo por el estilo. Llegaré en cuanto pueda. Cuando llegues a la comisaría, espera en el coche. No entres sin mí.

—De acuerdo.

***

Autumn se sobresaltó cuando llamé a la ventanilla, pero pareció aliviada cuando se dio cuenta de que era yo y pulsó el botón para bajarla.

—¿Te importa que vayamos con tu coche? —le pregunté.

—No hay problema, pero ¿adónde vamos?

—A buscar a Storm.

—Pensaba que íbamos a pedir ayuda a la policía.

—No, era el sitio más seguro en el que se me ha ocurrido que esperaras hasta que yo llegara.

—Oh…

Rodeé el coche y entré por la puerta del copiloto. Autumn recorrió el aparcamiento con la mirada.

—¿Ese es tu coche? —Señaló.

—Sí.

—Es bonito. ¿Seguro que no quieres que vayamos con el tuyo?

Me puse el cinturón.

—Segurísimo. Este llamará menos la atención. La gente de este barrio no confía en dos tipos de persona: en los policías y en los que tienen de más.

—¿Los que tienen de más?

—Sí. Ellos consideran que tienen de menos, y los que tienen de más son intrusos. Si vamos a recorrer el barrio en coche, un Hyundai será menos llamativo que un Mercedes carísimo.

—Vale.

Señalé el final de la calle.

—Sal y gira a la izquierda, después sigue recto durante unos ochocientos metros. Empezaremos por el parque más cercano.

Autumn hizo lo que le pedía. Mientras esperábamos en el semáforo en rojo, me preguntó:

—¿Por qué lo compraste?

—¿El qué?

—El Mercedes. Has dicho que era carísimo, así que ¿por qué te lo compraste?

—No lo hice, es de la empresa. Nos dan a escoger entre tres coches para que estemos a la altura cuando quedemos con un cliente. No lo conduzco mucho, ya que vivo y trabajo en la ciudad y prefiero desplazarme en metro.

—Oh. —Un minuto más tarde, volvió a preguntarme—: ¿Qué coche llevarías si lo compraras tú?

—¿Si pudiera comprarlo yo y no tuviera pensado visitar a clientes con él?

Asintió.

—Un Ford Bronco de 1970.

—¿En serio? ¿Un coche de hace cincuenta años? No sé cómo es.

—¿Has visto la película *Speed*?

—No lo sé.

—Pues es el que llevaba Keanu Reeves. Vi esa película veinte veces cuando salió solo para fijarme en el coche de su personaje.

—No esperaba que te gustara ese tipo de coche. —Sonrió.

—Creo que esta noche vas a descubrir muchas cosas de mí que no esperabas. —Señalé al frente—. Aparca delante de una de esas tiendas.

—¿Donde están esos chicos?

—Sí.

Autumn siguió mis instrucciones, pero cuando aparcó fue a apagar el motor.

—Déjalo encendido, solo tardaré un minuto.

—Quiero ir contigo.

—Ni lo sueñes.

—¿Por qué no?

—¿No puedes confiar en mí?

—Vale, vale, esperaré en el coche. —Suspiró. Abrí la puerta y me volví a mirarla antes de salir:

—Cierra las puertas cuando salga.

Había tres chicos delante de un supermercado de barrio cerrado. Me observaron mientras me acercaba.

—Estoy buscando a un niño de doce años llamado Storm. ¿Lo habéis visto por aquí por casualidad?

El más alto de los tres levantó la barbilla.

—¿Quién pregunta?

—Yo. Me llamo Decker.

—No conozco a ningún Decker. —Sacudió la cabeza.

—Ya no vivo en el barrio, pero solía juntarme con Darío en la calle Cleveland y comía donde Bud casi todas las noches.

El chico se frotó la barbilla.

—Has dicho Decker, ¿no? Me suena de algo.

—Mira, intento encontrar al chaval antes de que se meta en más problemas de los que ya tiene. —Incliné la cabeza hacia el coche—. Esa del coche es su asistencia social. Se está jugando el cuello por no avisar de que se ha escapado de Park House. Si no lo encontramos, tendremos que llamar y tendrá más problemas de los necesarios.

Dos de los tipos intercambiaron una mirada y uno de ellos asintió.

—No sé si el niño que buscas estará allí, pero un grupo de más o menos esa edad se junta en el solar abandonado de la Avenida Belmont. Y puedes mirar detrás de la pizzería de la calle Jerome.

—Gracias.

Autumn y yo paramos en un parque que había de camino. Salí del coche y eché un vistazo, pero estaba vacío. Después, le indiqué cómo llegar al solar abandonado que habían mencionado los tipos del supermercado.

—Te conoces muy bien el barrio. ¿Tenías clientes aquí cuando te dedicabas a los delitos callejeros?

—No, antes vivía aquí.

—¿En serio? No me suena que lo mencionaras cuando… quedamos para intercambiar las maletas.

La miré y esperé a que su mirada se encontrara con la mía.

—No me suena que tú mencionaras que solo tenía setenta y dos horas para contarte toda la historia de mi vida porque ibas a desaparecer.

—Supongo que me lo merezco. —Sonrió con tristeza.

Los dos nos quedamos callados hasta que llegamos al terreno abandonado. Una vez más, salí solo e intercambié unas palabras con las personas que me encontré. Por desgracia, Storm no estaba allí, pero uno de los chicos lo conocía y sugirió preguntar en la manzana donde vivía una tal Katrina, porque al parecer Storm «estaba muy pillado por ella».

Durante dos horas, fuimos de aquí para allá. Empezaba a parecer un intento en vano cuando por fin vimos a un niño con la misma constitución que Storm andando solo por una manzana por la que no debería ir andando solo. Nos acercamos un poco y, en efecto, era él.

—¿Puedo encargarme yo? —preguntó Autumn cuando nos acercamos.

Asentí.

—Por supuesto. Pero quédate cerca del coche, por favor. Y si se comporta como un niñato malcriado y echa a correr, tienes que volver al coche y dejar que lo persiga yo a pie. ¿De acuerdo?

—Trato hecho.

Observé desde el coche mientras Autumn y Storm hablaban. Parecía que lo estaba poniendo de vuelta y media y el chico era lo bastante listo para soportarlo y no contestar. Después de unos diez minutos, se subió en el asiento trasero mientras Autumn volvía a sentarse tras el volante. Me giré hacia él.

—Estoy seguro de que Autumn ya te ha dicho casi todo lo que teníamos que decir, así que solo voy a añadir dos cosas. —Conté con los dedos—. Una, puede que te importe una mierda lo que te pase, pero podrían arrestar a Autumn por no informar de tu fuga. Voy a asumir que no lo sabías. Pero ahora que lo sabes, tienes que pensarte dos veces cómo tus acciones afectan a los demás, en especial a una persona que se porta bien contigo. —Storm evitó mirarme a los ojos, así que le dije en tono severo—: Mírame.

Los ojos le brillaron cuando se encontraron con los míos.

—¿Con cuántas de las personas que conoces puedes contar? Me da que es un número muy bajo. Así que te voy a dar un consejo, de hombre a hombre, no de abogado a cliente estúpido. Cuando encuentras a alguien que te cubre las espaldas, debes asegurarte de cubrir las suyas. Así que, a partir de ahora, antes de hacer algo estúpido, compórtate como un hombre y piensa en las consecuencias, ¿entendido?

Sorprendentemente, el chico no protestó mucho.

—Entendido.

Autumn conducía y no pudo observar nuestra interacción, pero señalé con la cabeza en su dirección, esperando que Storm pillara la indirecta. Frunció el ceño, pero, después de unos segundos, dijo:

—Lo siento, Autumn. No pretendía meterte en problemas.

Satisfecho, continué con el sermón.

—Y dos, puede que seas un chico duro, pero no debes pasear por estas calles solo por la noche. Pégate a un colega o, mejor todavía, a dos o tres. Si creciste aquí, sabes que estabas haciendo una estupidez. Puede que conozcas gente de por aquí y sepas qué manzanas es mejor no pisar, pero no es seguro pasear por aquí solo, no importa lo duro que seas.

Ante ese comentario no se mostró tan receptivo, pero por lo menos no protestó. Francamente, parte de la lucha de un niño en esa situación era saber cuándo pelear y cuándo rendirse. Storm era inteligente y lo había aprendido pronto.

—No me acuerdo de cómo ir a la comisaría —dijo Autumn mientras conducía—. En el semáforo, ¿giro a la derecha o a la izquierda?

—La comisaría está a la derecha, pero gira a la izquierda. Vamos a dejarlo en Park House antes de volver a mi coche.

—No te preocupes, puedo encargarme yo. Ya te he hecho estar fuera hasta muy tarde.

—Estoy bien. Prefiero asegurarme de que la directora de la residencia no se ha adelantado y ha llamado al Departamento de Libertad Condicional y de que nadie te echa la bronca.

—Ah, vale, gracias.

Park House estaba tranquilo y por suerte nadie había llamado al Departamento de Libertad Condicional. Cuando supe que no iba a haber problemas, esperé fuera para darles a Autumn y Storm tiempo para hablar. Me dio la sensación de que quería tener otra conversación seria con él. Cuando salió unos minutos más tarde, la esperaba apoyado en el coche.

—¿Todo bien?

Asintió.

—Aunque también pensaba que todo iba a ir bien el otro día cuando lo dejé aquí. No sé qué tiene que pasar para que se asuste.

—Por desgracia, a los chicos como él no les asustan muchas cosas.

Autumn me recorrió el rostro lentamente.

—Parece que hablas desde la experiencia.

—Pues sí.

Puso una cara que me recordó por qué no hablaba de mi infancia a menudo. Odiaba que sintieran lástima por mí. Deberían sentirla por los que no podían hacer nada para solucionarlo.

Me metí las manos en los bolsillos.

—Todos los niños problemáticos que consiguen salir de las calles tienen a una persona que marcó la diferencia en sus vidas. Tú eres la de Storm. Deberías aprovecharte de vez en cuando.

—¿A qué te refieres?

—En estos momentos no se valora a sí mismo, pero a ti sí. No tengas miedo de hacer lo que he hecho yo en el coche: recuérdale que las consecuencias de sus errores pueden meterte en problemas o hacerte daño de algún modo. Por ti hará lo correcto, incluso aunque no haga lo correcto por sí mismo.

—Eso me parece muy manipulador.

Le sonreí.

—Créeme, él te está manipulando más a ti.

Autumn suspiró.

—Gracias. No solo por venir conmigo, sino por ayudarme a entender qué le pasa por la cabeza a Storm. No enseñan esas cosas cuando estudias para ser trabajador social.

—De nada.

—Te debo una. No sé si podré ponerme una capa y acudir a tu rescate como has hecho tú conmigo esta noche, pero guárdate el favor por si necesitas ayuda de los servicios sociales en algún caso o lo que sea.

Asentí.

—Vamos —continuó ella—. Te dejaré en el coche antes de que llegue la hora de irte a trabajar.

—En realidad, ¿te apetece que tomemos un café o un refresco? No estoy cansado.

Autumn se mordió el labio inferior.

—Debería irme.

Habría sido más inteligente usar su favor para que hablara bien de mí a su novio, pero, en lugar de eso, metí la mano en el bolsillo y fingí sacar algo de él. Extendí la mano vacía hacia ella y le dije:

—Me gustaría canjear este favor que me está quemando en el bolsillo. —Sonreí—. Tómate un café conmigo.

Capítulo 7

Autumn

—¿Es latín? —Seguí el brazo de Donovan con la mirada cuando lo levantó para beber.

—Sí.

—¿Qué significa? Si no te importa decírmelo.

—Para nada, *Vincit qui se vincit*. Significa «Vence el que se conquista a sí mismo». Alguien cercano a mí solía decírmelo siempre que me metía en líos cuando era pequeño. Para mí significa que si puedo controlarme, puedo conseguir lo que sea.

—Eso simplifica muchas cosas, ¿no?

Donovan sonrió enseñando uno de sus hoyuelos y yo sentí un cosquilleo en el estómago. Su sonrisa escondía un deje travieso bajo la superficie. Era una sonrisa segura y de algún modo abiertamente sexual. Peligrosa. Aparté los ojos de su rostro solo para acabar posándolos en sus antebrazos, algo que no me ayudó mucho. Eran musculosos y bronceados, y los tatuajes lo hacían increíblemente *sexy*.

—¿Sabes? Estás muy diferente en vaqueros y camiseta respecto a cuando llevas traje y corbata.

Me recorrió el rostro con la mirada.

—¿Ah sí? ¿Qué te gusta más?

Era una pregunta difícil, como tener que decidir entre las trufas de chocolate con leche y las de chocolate negro. Las dos estaban riquísimas. Un hombre como Donovan, que era igual de atractivo con un traje a medida y cuando mostraba todos esos tatuajes escondidos debajo, era un peligro para mi cordura. Pero no me pareció inteligente compartir esos pensamientos con él, así que me encogí de hombros y seguí comiendo patatas fritas.

Cuando levanté la vista, Donovan me miraba como si tuviera dos cabezas.

—¿Qué? —Me limpié la barbilla y me miré la camiseta—. ¿Me he manchado?

Él me miró entre divertido y asqueado.

—¿Has mojado la patata en el batido antes de comértela?

—Oh. —Reí—. Pues sí.

—Es asqueroso.

—¿Lo has probado alguna vez?

—No.

—Entonces, ¿cómo sabes que es asqueroso? Puede que te encante.

Donovan sonrió mientras le daba un sorbo a su batido de chocolate.

—Tampoco he probado la mierda de perro. Estoy seguro de que hay cosas que no hay que probar para saber que no van a saber bien.

—Como tú digas. —Me encogí de hombros—. No sabes lo que te pierdes.

Donovan y yo habíamos ido a tomar un café a una de esas cafeterías cerca de Park House que estaban abiertas las veinticuatro horas del día. Tenía algo de hambre porque no había cenado, así que me había pedido un batido y patatas fritas, mientras que él había optado por un batido. Seguramente, ir allí con él había sido una estupidez, pero ¿cómo iba a decirle que no después de que hubiera pasado horas recorriendo las calles conmigo para encontrar a Storm? Al menos ese era el motivo por el que me decía a mí misma que había accedido a ir. No tenía nada que ver con lo guapo que era el hombre que tenía delante, ni con la atracción magnética que sentía hacia él.

—¿Sabías que las patatas fritas son uno de los platos más caros en Venezuela? —Le apunté con una patata—. McDonald's tuvo que retirarlas del menú durante un tiempo.

—No lo sabía. ¿Has estado en Venezuela hace poco?

Sacudí la cabeza.

—Lo leí una vez cuando buscaba otra cosa.

—Déjame adivinar. —Sonrió con satisfacción—. Alguien mencionó que las patatas eran el alimento con más almidón del mundo y caíste de lleno en el pozo de Google. He echado de menos tus búsquedas e información aleatorias.

Le saqué la lengua porque tenía razón. Había encontrado esa información en una de mis búsquedas, así que no podía replicar. Donovan me miró la boca.

—No deberías sacarla a menos que planees usarla. —Me guiñó el ojo y yo reí. Pero también di un sorbo lo bastante grande al batido para que se me congelara el cerebro, ya que tenía que calmarme. Agité lo que quedaba en el vaso con la pajita y le comenté:

—Espero no haber interrumpido nada cuando te he llamado esta tarde, al ser sábado por la noche y eso.

Él sonrió. Dios, tenía que dejar de hacer eso.

—¿Me estás preguntando si había quedado con alguien?

—No —respondí a la defensiva—. Solo decía que espero no haber interrumpido nada importante.

—Lo has hecho.

Arrugué el ceño al sentir una punzada inesperada de celos.

—Vaya, lo siento.

Donovan se inclinó hacia mí y amplió la sonrisa.

—Tenía planeada una cita sensual con Bruce Willis. ¿Qué hay de ti? ¿Se te ha estropeado algún plan esta noche?

Sacudí la cabeza.

—Solo iba a ponerme al día con *The Bachelor*.

—¿Te gusta ese programa? —Donovan arrugó la nariz.

—Soy adicta a él, tanto que no puedo con el estrés de verlo una vez a la semana y esperar para descubrir qué pasa. Los grabo y no empiezo a verlos hasta que pueda pasar una tarde entera viendo todos los episodios seguidos. Mi amiga Skye y yo lo vemos juntas.

Él soltó una risita.

—Me hace gracia cuando las mujeres habláis de la gente de ese programa como si fueran de verdad.

—¿A qué te refieres con *como si fueran de verdad*? Son de verdad.

—¿En serio crees que ese tipo de programas no sigue un guion?

—¡No digas eso!

—¿Acabo de decirle a la Autumn de ocho años que Papá Noel no existe? —rio él.

—Bueno, aunque sigan un guion, es mejor que... ¿A qué héroe de acción envejecido has dicho que ibas a ver? ¿Bruce Willis o Tom Cruise?

—Bruce.

—Esas películas son más falsas que *The Bachelor*. La mayoría de los actores ni siquiera graban sus escenas de riesgo.

La mirada de Donovan bajó a mis labios durante un momento. Fue menos de un segundo, si hubiera pestañeado me lo habría perdido, pero esa fracción de segundo hizo que se me despertaran las mariposas del estómago. Ese era el motivo por el que, por primera vez, había pasado un fin de semana entero con un hombre al que apenas conocía. Saltaron chispas con solo mirarnos.

Sentí la necesidad de cambiar de tema, pero ¿qué era más seguro que hablar de películas de acción?

—En fin —concluí—. Me alegro de no haber interrumpido nada.

Él asintió y nos quedamos en silencio mientras me miraba. Tenía la sensación de que deliberaba sobre si decirme algo y, cuando al fin habló, supe que tenía razón.

—En cuanto a Dickster... ¿cuánto hace que salís juntos?

—No mucho, un mes o así. —Removí el batido otra vez para evitar mantener el contacto visual.

Asintió.

—Supongo que algo ha cambiado este último año, ¿no?

—¿A qué te refieres? —Fruncí el ceño.

—Después del intercambio de maletas, desapareciste porque solo querías lo que tuvimos, un fin de semana, no una relación. Y ahora tienes pareja.

—No tengo una relación seria con Blake, solo salimos.

—Y aun así le has dado tu número de teléfono y has quedado con él más de una vez…

—Es diferente.

—¿Por qué?

—Blake y yo solo nos vemos una vez a la semana, y a veces ni eso. Nos lo tomamos con calma. Está divorciado y tiene hijos y yo no busco nada complicado.

—Me lo habría tomado con calma, si era lo que querías.

—¿De verdad? Porque yo no habría podido.

—¿Por qué no?

—No lo sé. —Sacudí la cabeza—. Pero el tiempo que pasamos juntos no me pareció tranquilo. ¿A ti te lo pareció?

Me estudió con la mirada.

—No, pero eso no significa que te hubiera pedido más de lo que estabas dispuesta a darme. A veces trabajo entre ochenta y noventa horas a la semana.

Suspiré.

—Prefiero que no haya complicaciones.

—¿Y con Dickson no hay complicaciones?

—No.

—Y eso significa…

—No lo sé. Supongo que significa que no tengo que preocuparme por que sintamos demasiado.

Donovan se rascó la barbilla.

—Deja que intente entenderlo. Te gusté y lo pasaste bien cuando estuvimos juntos aquel fin de semana, pero creíste que alguno de los dos empezaría a sentir algo por el otro. Con Dickson no te pasa eso, así que sigues viéndote con él.

73

—Bueno… sí.

—¿Así que solo sales con hombres que no te gustan de verdad?

—Ehh…, no…, bueno… —Volví a sacudir la cabeza—. Deja de hacer de abogado conmigo. Haces que no sepa ni qué estoy diciendo.

Donovan sonrió y sacudió la cabeza.

—Estar en el otro lado es un asco.

—¿Qué otro lado?

—Ser el que recibe la excusa de «no eres tú, soy yo». Suelo ser el que evade, como tú ahora mismo.

—No te estoy evadiendo, solo intento ser sincera contigo.

Una vez más, volvió a mirarme los labios. Pero, esta vez, mantuvo la mirada en ellos durante más tiempo. Cuando por fin me miró a los ojos, sentí como si pudiera ver lo que pensaba.

—Entonces, ¿no sois exclusivos?

—Yo sí.

—¿Y él no? —Entrecerró los ojos y yo me encogí de hombros.

—A lo mejor sí, no lo sé. Nunca lo hemos hablado. Pero yo prefiero…, ya sabes…, solo con una persona a la vez.

Donovan apretó la mandíbula y su piel morena pareció oscurecerse todavía más. Asintió bruscamente.

—Entendido.

Unos minutos más tarde, la camarera vino a ver cómo iba todo. Cuando dije que no quería nada más, Donovan pidió la cuenta. Era tarde, pero me dio la sensación de que sus ganas repentinas de dar la noche por finalizada no tenían nada que ver con la hora.

Después de pelearnos por pagar y de que Donovan se hiciera cargo de la cuenta, nos dirigimos a mi coche. Fuimos en silencio a la comisaría, pero el aire estaba cargado de todo lo que no habíamos dicho. Me dirigí al hueco que había al lado de su coche y puse el mío en punto muerto.

—Gracias otra vez por lo de esta noche. Te agradezco de verdad todo lo que has hecho por Storm.

—No hay problema.

Donovan abrió la puerta del coche y, una vez fuera, se giró para mirarme. Las luces del aparcamiento le daban un brillo suave y amarillento a su atractivo rostro. Me miró durante un momento y despacio, como para darme tiempo para que lo detuviera, se acercó a la ventanilla, estiró el brazo y me acarició la mejilla con el pulgar. El corazón me dio un vuelco.

—¿Por qué me parece tan mal salir del coche sin darte las buenas noches con un beso? —Volvió a mirarme los labios y no pude evitar que se me acelerara la respiración.

—No… no lo sé.

Se acercó a mí poco a poco. Al principio pensé que iba a hacerlo, pero, en el último momento, desvió la cabeza y sus labios se posaron en mi oreja.

—¿Me pararías si lo hiciera?

En ese momento, no lo habría hecho. Lo peor es que parte de mí quería que me besara. Desesperadamente. Había aguantado hasta la respiración esperando a que se atreviera.

Pero cuando no dije nada, Donovan se apartó y me miró a los ojos. Me acarició la mejilla una última vez antes de alejarse.

—Lo que hay entre nosotros puede ser complicado, pero todavía no ha acabado. Conduce con cuidado, pelirroja.

Capítulo 8

Donovan

Recorrer mi viejo vecindario en esa última semana me recordó que había pasado mucho tiempo desde que me había acercado a ver a Bud. Bud, cuyo verdadero nombre era Frances Yankowski, era lo más cercano a un padre que había tenido en mi vida. Si era sincero, también era lo más cercano que había tenido a una madre. Así que, la noche siguiente, en lugar de ir a casa al salir del bufete, volví a Brooklyn y me pasé por uno de los negocios locales para descubrir dónde se había instalado Bud últimamente. Entré en una tienda de comida rápida que había estado allí desde que era niño, aunque nunca había visto a la mujer que había detrás del mostrador.

—Hola. ¿Me puede indicar cómo llegar a la floristería de Bud, por favor? —Era la forma de preguntar en clave «¿Dónde está el comedor comunitario de Bud hoy?». Todos los negocios locales sabían la respuesta y no les importaba ayudar a que se corriera la voz. O, por lo menos, no les importaba compartir la información con gente que pareciera pasar hambre.

Pero la cajera me miró de arriba abajo y frunció el ceño.

«Sí, lo sé. No me he cambiado la ropa del trabajo». Muchas personas te juzgan si llevas ropa de segunda mano con agujeros, pero no en mi antiguo barrio. Entra con ropa de marca y estarás destinado a hacer enfadar a alguien.

—En el cuatrocientos sesenta y dos de la calle Carnie. —Señaló los pasillos que había detrás de mí con la barbilla—. Tienes aspecto de poder llevarles algunos postres.

—Buena idea. —Sonreí, cogí unos cuantos paquetes de galletas de una estantería y los llevé a la caja para pagarlos—. Que tenga una buena noche.

Cuando llegué a la dirección que me había dado la mujer, vi que la gente salía y entraba de una casa en ruinas con las ventanas tapiadas y supe que estaba en el sitio correcto. Bud preparaba una cena para la comunidad los siete días de la semana en cualquier edificio o aparcamiento abandonado que encontrara. A veces conseguía quedarse en algún sitio durante meses y otras veces lo echaban cuando solo había estado allí uno o dos días. La gente que armaba un escándalo por ello solían ser los propietarios que habían dejado que el edificio se deteriorara tanto que ya no se podía alquilar, o el banco que había vuelto a hacerse con la propiedad. Los policías miraban para otro lado cuando se trataba de Bud. A lo largo de los años, incluso había visto a unos cuantos dejar con él a gente que necesitaba comer.

Durante el día, Bud repartía suministros: repartía carne fresca a tiendas de comida rápida, restaurantes y supermercados todas las mañanas, pero también recogía los alimentos que estaban a punto de caducar y los convertía en un festín para alimentar a los hambrientos y a los vagabundos de la comunidad. Pero nadie comía gratis más de una vez, sin excepciones. Tenías que trabajar para Bud para que siguiera dándote de comer, ya fuera ayudándolo con el jardín, cargando y descargando el camión de suministros o echando una mano a los restaurantes que lo ayudaban. Bud era el corazón de la comunidad, y también era el único modo que había tenido yo de comer algo decente cuando se fue mi madre.

Entré en el edificio en ruinas y me dirigí a la fila de mesas en las que Bud se encontraba emplatando la comida, que calentaba en unos hornillos de batería. Puede que ya tuviera casi setenta años, pero era más listo que el hambre y nunca se le escapaba nada. No pensé que me hubiera visto entrar hasta que gruñó sin levantar la mirada.

—Por Dios, pareces del escuadrón antidrogas. —Bud señaló mi traje con el cucharón que llevaba en la mano.

Reí. En este barrio, si llevara un traje de sirvienta me tocarían menos las pelotas.

—Yo también me alegro de verte, Bud.

Señaló el hueco que tenía al lado, detrás de la mesa donde se servía.

—Ponte un delantal, chaval. Me vendría bien algo de ayuda, pero no quiero que te estropees el traje.

No importaba si tenía trece años o treinta, haría lo que el viejo me pidiera. Así que durante la siguiente hora, servimos la cena hombro con hombro, charlando mientras emplatábamos pasta primavera, brócoli y pan duro que Bud había convertido en pan de ajo. Le pregunté por sus queridas plantas y me habló sin parar de unas semillas de tomates abigarrados que había plantado y que solo se conseguían en México. Me lo dijo como si el dato debiera impresionarme. A las siete y media, apagamos los hornillos, que iban y venían todos los días para que nadie los robara, y nos llevamos dos platos de comida a las escaleras de la entrada, donde nos sentamos a comer.

—¿Qué tal en el mundillo de los peces gordos? ¿Has conseguido que absuelvan a alguno de esos idiotas de las estafas piramidales que roban el dinero de la jubilación a la gente últimamente?

—Por suerte, no. —Me metí el tenedor lleno de pasta en la boca. Seguramente fuera lo más delicioso que había probado en meses. Bud se tomaba muy en serio la cocina y las plantas. Me limpié la salsa de la boca—. ¿Qué tal la rodilla?

—Voy haciendo. Me ayuda que no haya mucha humedad últimamente. No sé por qué se considera que Florida es la tierra de los jubilados. El clima seco sienta mucho mejor a los huesos viejos.

Bud me puso al día de todos los cotilleos del barrio: quién estaba peleado con quién y a quién habían pillado haciendo qué. Le conté que me había pasado a ver a Darío el otro día y, cuando me quise dar cuenta, éramos los únicos que quedábamos en la casa.

—Vaya... —Se puso en pie—. Será mejor que nos vayamos antes de que los drogatas se enfaden porque estemos en su casa.

Sonreí.

—Te ayudo a cargar la furgoneta.

Guardé todos los utensilios y cerré la furgoneta de Bud con la misma cadena y candado oxidados que había usado desde que yo era niño. Con él todavía en la mano, le comenté:

—Creo que ya va siendo hora de comprar un candado nuevo.

—¿Por qué? ¿Se ha roto?

—No, pero está oxidadísimo. Algún día la llave no girará.

Bud se encogió de hombros.

—Pues ese día me compraré uno nuevo.

Nos dimos la mano junto a la furgoneta.

—Si no estás ocupado este fin de semana —comentó él—, tengo que ocuparme del jardín y me vendrían bien un par de manos extra.

—¿El sábado o el domingo?

—El sábado. Tengo planes con mi amiga especial el domingo.

«Mierda». Tenía que trabajar el sábado para seguir facturando. Tendría que ir en cuanto amaneciera, pero me las apañaría.

—¿A qué hora? —le pregunté.

—A las dos me va bien. Cuando acabes, puedes ayudarme a preparar la cena de la comunidad.

Asentí.

—Me parece bien, nos vemos el sábado. —Empecé a alejarme, pero me di la vuelta—. Oye, ¿te importa si traigo a alguien?

Bud se encogió de hombros.

—¿Tiene brazos y sabe usar una pala?

—Tiene brazos y puedo enseñarle a usar una pala si no sabe cómo. Es un cliente de doce años. Por desgracia, me recuerda mucho a mí cuando tenía su edad.

—Oh, Dios. —Bud sacudió la cabeza—. No sé si podré con los dos. Pero sí, no hay problema. Tráelo.

***

—¿Una pala? Le has dicho a la señora Benson en Park House que íbamos a tu despacho a preparar nuestra estrategia.

—Bueno, no era del todo mentira. Para mí, cualquier sitio en el que esté es mi despacho, y en algún momento del día sí que me gustaría hablar de tu caso durante un rato.

—Pero ¿por qué vas a trabajar en el jardín de alguien?

Miré a Storm y después devolví la mirada a la carretera.

—Yo no.

—Acabas de decir que íbamos a casa de un tío a cavar en su jardín para que pueda plantar uno nuevo. ¿Es que eso no es trabajar en el jardín de alguien?

—Sí, pero has preguntado por qué iba a trabajar. Y no trabajaré yo solo, tú también.

Storm me miró extrañado.

—Yo no pienso trabajar.

—¿Qué te apuestas?

—¿Qué coño…?

Lo señalé.

—Esa lengua. Bud te hará cortar un montón de cebollas, aunque no las necesite, si hablas así. Además, ten un poco de respeto. Soy mayor que tú y soy tu abogado.

—Por eso, deberías estar ayudando a que me absuelvan en vez de llevándome a escarbar jardines.

Tuve que contenerme para no reírme a carcajadas. El chico era igualito a mí cuando tenía doce años. Por eso sabía que necesitaba a un hombre como Bud en su vida.

—¿Conoces al hombre que sirve cenas comunitarias en tu antiguo vecindario?

—¿Te refieres al viejo que da de comer a los yonquis?

—Se llama Bud y no solo da de comer a la gente con problemas de adicción. Cualquiera que tenga hambre puede ir a pedirle una cena caliente cada noche. El jardín en el que vamos a trabajar es suyo.

Storm se encogió de hombros.

—¿Y por qué tenemos que ayudar?

—Porque uno recoge lo que siembra.

Storm arrugó la nariz.

—¿También tenemos que sembrar?

Sonreí.

—No, quiero decir que en esta vida debes ayudar a los que ayudan.

—¿Por qué?

—Por muchos motivos. Porque ayudas a otros que necesitan ayuda. Te sentirás mejor contigo mismo y aprenderás algunos valores.

Storm desconectó de lo que le decía y echó un vistazo a la parte delantera del coche.

—¿Es madera de verdad?

Asentí.

—Es nogal.

—Así que ayudas a sembrar árboles y después haces que los corten y los pongan en tu lujoso coche.

—Eres un tocapelotas. —Esa vez no pude esconder la sonrisa.

—Ten cuidado con esa boca o tendrás que cortar cebollas. —Storm me señaló con el dedo.

Iba a ser un día muy largo.

***

—¿Cuál es su historia? —Bud se encontraba junto a la ventana trasera de la casa, observando cómo Storm trabajaba en el jardín.

81

Me lavé las manos en el fregadero de la cocina.

—Vive en Park House. Es muy inteligente, sus padres son unos inútiles y recurre a los puños cuando se enfada.

La mirada de Bud se cruzó con la mía levemente antes de volver a posarse en el exterior.

—Se parece a un chico que conocí.

Me sequé las manos, llené dos vasos de agua fría y me puse a su lado junto a la ventana.

—Sí. —Le ofrecí un vaso—. Le vendría bien algo de ayuda.

—¿Toma drogas? —Bud dio un trago al agua.

Negué con la cabeza.

—Hierba. Nada más que yo sepa.

—Eso es bueno. ¿Tiene familia?

—Su madre sigue viva, pero ni siguiera lo fue a ver el día de su cumpleaños. Es drogadicta.

Bud arrugó el ceño. Su hija era drogadicta. Murió de sobredosis el mismo año que nací yo. No hablaba de ello a menudo, pero sabía que era uno de los motivos por los que había empezado a dar de comer a los demás. Solía sacarla del mismo tipo de edificios en los que ahora pasaba las noches. Muchas veces, cuando iba a buscarla, veía a los niños morirse de hambre mientras sus padres colocados usaban el poco dinero que les quedaba para comprar más drogas. Que diera de comer a la gente del barrio y pasara las horas en esos sitios siempre me había parecido en parte un castigo y en parte una penitencia por no haber sido capaz de salvar a su hija.

—Parece confiar en su asistenta social —comenté—. Autumn.

Bud asintió.

—Es bueno que tenga a alguien, aunque ambos sabemos que la gente de servicios sociales suele rotar muy rápido. Un día están y al siguiente, se han ido, y los chicos como Storm se sienten abandonados otra vez.

Sabía que era cierto, así que me contuve y no le mencioné que su asistenta social ya había abandonado a otro chico como Storm… A mí.

Storm acabó de escarbar lo que quedaba del jardín mientras Bud y yo comenzábamos a preparar la cena. Cuando acabamos los tres, salí para llamar a Park House y avisar a la directora de que iba a llevar a Storm a cenar y lo devolvería después. Por supuesto, le pareció bien, ya que los abogados estaban en la lista de visitantes a los que se les permitía sacar a los niños del edificio. Y, además, tenía una persona menos de la que preocuparse.

Cuando volví a entrar, le pedí a Storm que me ayudara a cargar la furgoneta de Bud.

—He pensado que esta noche podríamos ayudar a Bud a servir la cena.

Storm se encogió de hombros.

—Bueno.

Nunca lo admitiría, pero estaba casi seguro de que le había gustado trabajar en el jardín.

—¿De dónde viene Bud? —me preguntó cuando volvíamos a la casa—. ¿Es el diminutivo de Budrick o algo?

—El verdadero nombre de Bud es Frances. Todo el mundo lo llama Bud por su jardín, por los brotes de las plantas en inglés. Ese hombre es capaz de hacer crecer cualquier cosa.

Storm volvió a sacudir la cabeza.

—Frances es peor que Augustus.

Abrí la puerta y le revolví el pelo a Storm.

—Ve a lavarte, Augustus.

***

El día había ido mejor de lo que esperaba. Storm había bajado la guardia y estaba casi seguro de que se había sorprendido al ver a varias personas que conocía durante la cena, incluido uno de sus colegas del barrio.

Paré delante de Park House y aparqué.

—Le he dicho a la directora que te iba a llevar a cenar —le comenté—. No le he dicho dónde.

—¿Me estás pidiendo que mienta? —Storm sonrió con suficiencia.

—Por supuesto que no. Si alguien te pregunta, diles la verdad. Solo te decía que no he especificado dónde era la cena, así que no lo comentes si no te preguntan.

Storm sonrió de oreja a oreja.

—Así que… no quieres que mienta, pero sí que omita algunos detalles.

Le di un empujón en el hombro.

—No seas coñazo.

Storm rio.

—Le voy a decir a Bud que has dicho coñazo, así que tendrás que ponerte a cortar cebollas.

Salimos del coche y caminamos hasta la entrada.

—Pórtate bien. O no conseguirás lo que te ha ofrecido Bud.

Bud le había ofrecido a Storm una bicicleta vieja que tenía en el garaje a cambio de pintarle la valla del jardín.

—¿Puedes llevarme el próximo fin de semana para que pueda empezar a pintar?

Asentí.

—Déjame hablar con Autumn y a ver qué opina ella.

Dentro de Park House, registré la llegada de Storm en la recepción. Me sorprendió cuando extendió la mano.

—Gracias.

—De nada. —Sonreí mientras se la estrechaba.

De camino al coche me sentí muy bien. Hacía mucho que no pasaba tanto tiempo con Bud. Además, tenía la sensación de que a Bud le vendría tan bien tener a Storm en su vida como a Storm tener a Bud.

Y había una ventaja extra: tenía un motivo para llamar a Autumn al día siguiente.

Capítulo 9

Donovan

—¿Todo bien? —me preguntó la secretaria cuando entré por fin en la oficina en mitad de la tarde—. Pensaba que volverías en un par de horas.

Suspiré.

—Sí, yo también. El juez O'Halloran ha denegado la petición de aplazamiento del fiscal, así que ha empezado el juicio. Menos mal que tenía preparado el alegato de apertura.

—Vaya. Sí, menos mal. —Señaló la puerta de mi despacho—. Te he dejado los mensajes en el escritorio, pero una mujer ha llamado dos veces. No creo que sea una clienta porque no he reconocido el nombre, y cuando le he preguntado para qué llamaba, me ha dicho que era personal. —La secretaria se estremeció—. Parecía disgustada y frustrada, así que quizá deberías llamarla primero a ella.

Arrugué la frente. No había hecho enfadar a ninguna mujer últimamente, al menos que yo supiera.

—¿Cómo se llama?

—Autumn Wilde. Te he dejado el número en el escritorio.

«Mierda». ¿Qué había hecho Storm ahora? Y yo que pensaba que había conseguido entenderme un poco con él el día anterior.

Me quité la americana y la tiré sobre el respaldo de la silla. Antes de que tuviera tiempo de echar un vistazo a la pila de mensajes del escritorio, la secretaria asomó la cabeza por el despacho:

—Ehh… tienes una llamada por la línea uno.

Sacudí la cabeza.

—Diles que les llamaré. Necesito un minuto para organizarme.

—Es Autumn Wilde otra vez.

Asentí.

—Ahora lo cojo. ¿Puedes cerrar la puerta cuando salgas, por favor?

Me senté a la mesa, descolgué el auricular y pulsé el botón de la línea uno.

—Autumn, ¿qué pasa?

—¿Por qué no me has devuelto las llamadas?

—Porque he estado en el juzgado toda la mañana y toda la tarde. ¿Qué ha pasado? ¿Storm ha vuelto a meterse en líos?

—No, pero estoy segura de que solo es cuestión de tiempo hasta que lo haga, dado que lo llevas a pasar tiempo con drogadictos.

Eché la cabeza hacia atrás.

—¿Qué?

—¿Cómo se te ocurrió que llevar a un chico conflictivo de doce años a un edificio abandonado lleno de drogadictos sería una buena idea?

Levanté una mano, aunque sabía que no podía verme.

—Espera un segundo, creo que solo sabes una parte de la historia.

—¿De verdad? ¿O sea que no llevaste a Storm anoche a un edificio abandonado? ¿Un edificio tapiado?

—Sí, pero…

—¿Y el edificio no estaba lleno de drogadictos y vagabundos? Ah, ¿y un tipo que se hace llamar Jesús no le ofreció a Storm unirse a sus discípulos?

Sacudí la cabeza.

—Artemis es inofensivo. Solo se le va un poco la cabeza, pero nunca le haría daño a nadie.

—¿En serio, Donovan? ¿Solo se le va un poco la cabeza? ¿Qué narices…?

—Oye, sé que suena mal, pero estás sacándolo todo de contexto. ¿Te ha dicho Storm por qué fuimos allí, o te ha contado lo de Bud?

—Storm no me ha contado nada. Cuando lo he visto esta mañana, le he preguntado qué tal el fin de semana y solo se ha encogido de hombros y me ha dicho que bien. Pero, al parecer, ha estado fardando delante de unos chicos de que había estado en un fumadero de crack y uno de los más pequeños ha sido lo bastante listo como para venir a decírmelo, porque lo admira y su madre murió de una sobredosis, así que estaba preocupado.

«Mierda». Me froté la cara con las manos.

—Vale. De verdad que no es lo que parece. Llevé a Storm a conocer a Bud, un anciano local que sirve cenas comunitarias. Lo conozco desde hace más de veinte años. Es un buen tipo y Storm no estuvo fuera de mi vista en ningún momento. No estuvo en peligro en ningún momento, lo juro.

—Si no estuvo en peligro y lo llevaste a un sitio tan respetable como dices, ¿por qué mentiste a la directora?

—No mentí. Le dije que me lo llevaba a cenar.

—No uses tácticas de abogado conmigo, Donovan. Omitir información es lo mismo que mentir, porque no estás revelando toda la verdad. Puede que sea aceptable en tu línea de trabajo, pero no en la mía, o en la vida en general.

Me pasé una mano por el pelo.

—Mira, lo siento, no quería disgustarte. De verdad que pienso que Bud será una buena influencia para Storm. Pensaba llamarte hoy, pero el juicio se ha alargado. Bud le ha ofrecido trabajo a Storm y creo que…

—¿Un trabajo de qué? ¿Vendiendo drogas?

Suspiré. Autumn se había formado una opinión y no lograría que cambiase de idea a menos que viera por sí misma lo que le explicaba. Miré el reloj, eran poco más de las cinco.

—¿Has cenado ya?

—No, pero ¿qué tiene que ver eso…?

Esta vez la interrumpí.

—Perfecto, no comas nada. Te recogeré en una hora. Podemos hablar del tema mientras comemos.

—¡No voy a salir a cenar contigo!

—No te hagas ilusiones, no es una cita. Bud se siente insultado si lo visitas y no comes lo que ha preparado. Así que tendrás que comer para ver el sitio al que llevé a Storm, tienes que verlo por ti misma. Envíame tu dirección.

***

—Y cuando tenía trece años, robó un Cadillac y lo estrelló contra un coche de policía.

Levanté las manos.

—No robé el coche, el hermano de Jimmy Lutz lo compró por cien pavos.

—Compró un Cadillac de un año impoluto por cien pavos y él y el inútil de su amigo pensaron que eran invencibles y se lo llevaron a dar una vuelta. —Bud sacudió la cabeza—. Lo condujeron tres manzanas y lo estamparon en la parte trasera de un coche de policía.

Autumn rio. Llevaba sonriendo prácticamente desde que nos habíamos sentado con Bud. Había olvidado lo encantador que podía ser el viejo, y deseé que siguiera contando historias (ni siquiera me importaba que me hicieran quedar como un completo idiota) porque ver la sonrisa en el rostro de Autumn superaba por goleada el hecho de parecer interesante. Autumn me pilló mirándola y entrecerró los ojos durante un instante, como si intentara adivinar qué se me pasaba por la cabeza. Y se lo diría tan tranquilo, pero probablemente me pegaría. Aunque en realidad era culpa suya, porque ¿cómo esperaba que viera cómo se le curvaban las comisuras de los labios de placer y no recordara que habían hecho lo mismo cuando le había practicado sexo oral el fin de semana que pasamos juntos?

Algunas mujeres ponen caras muy raras cuando llegan al orgasmo: cierran los ojos con fuerza y retuercen la boca como si acabaran de chupar un limón. Estuve con una mujer que, justo antes de correrse, perdió todo el color de la cara y puso los ojos como platos. Después abrió la boca en un grito silencioso. La primera vez que la vi, pensé que habría un asesino con un hacha detrás de mí a punto de cortarme la cabeza. Pero Autumn no, ella sonrió durante todo el orgasmo. Y fue espectacular.

Después de que Bud contara unas cuantas historias más sobre lo horrible que había sido de niño, se excusó y fue a hablar con otra persona.

Señalé al tipo de pelo largo y pantalones rotos con aspecto *hippie* que podría haber pasado por alguno de los vagabundos que venían a comer.

—Es el pastor de la iglesia episcopal local. Bud no deja que venga nadie a dar sermones, ni los consejeros especializados en abusos de sustancias ni los miembros del clero. Pero está en contacto con todos los líderes de las iglesias locales. Si ocurre algo en la comunidad, ellos siempre lo saben.

Autumn vio cómo Bud saludaba al pastor y los dos salían.

—Es increíble. No puedo creer que solo haya dejado de servir comida cuatro días en veintiséis años. ¿No se pone enfermo nunca?

—No que yo recuerde, o por lo menos no lo suficiente como para parar. Aunque no creo que exista algo que pueda parar a ese hombre, excepto una cuerda y unas cadenas —me burlé—. Y aun así encontraría la manera de escapar.

—Siento haber sacado conclusiones precipitadas sobre tu decisión de traer a Storm aquí. No sabía que podía aprender tantas lecciones en un sitio así.

—No pasa nada. Debería haberte avisado, pero solo pretendía traerlo para que conociera a Bud, no esperaba que se quedara a la cena. Ni siquiera sé lo que esperaba que pasara al traerlo. Es solo que siento que Bud me salvó, así que pensé que a Storm también se le pegaría algo.

Autumn sonrió con ternura.

—¿Tu madre te envió a trabajar con Bud de voluntario porque te metiste en líos de adolescente?

Removí el maíz por el plato con el tenedor.

—¿De voluntario? No exactamente. Empecé a trabajar para Bud porque tenía hambre.

La sonrisa de Autumn vaciló.

—Ay, lo siento. Pensaba que…

—No pasa nada. No tienes que pedirme perdón, no me avergüenzo de dónde vengo o de las cosas que tuve que hacer para comer. O por lo menos ya no. Es solo que no hablo de ello a menudo, porque cuando la gente descubre que tu madre era prostituta y que a veces desaparecía durante días o semanas y dejaba que un niño de ocho años se valiera por sí mismo, te miran diferente.

El rostro de Autumn se suavizó y lo señalé con el tenedor.

—Así. Me miran justo así.

Ella sonrió.

—Lo siento. ¿Tienes más familia?

—Solo a Bud. Mi madre sigue viva, o por lo menos lo estaba la última vez que se puso en contacto conmigo para pedirme dinero. Mi padre era uno de sus clientes. Mi madre no sabe cuál de ellos y no le pareció importante descubrirlo. Mis abuelos murieron antes de que yo naciera. Tuvieron a mi madre cuando ya eran mayores y, por lo que sé, era hija única. Aunque la mitad de lo que dice mi madre es mentira, así que es posible que tenga parientes en alguna parte. Por lo que sé, podría estar emparentado con la reina de Inglaterra.

Autumn se quedó en silencio durante un momento.

—Es curioso. Eres como una cebolla. Cuando nos conocimos en la cafetería, pensé que te tenía calado.

—¿Qué pensaste de mí?

Se encogió de hombros.

—Supuse que eras como la mayoría de los hombres que había en Old Greenwich, Connecticut, donde me crie: listos, educados, adinerados, de los que nacen con un pan debajo del brazo. Has ido a Harvard y llevas camisas hechas a medida y gemelos. Aunque las treinta botellitas de champú y acondicionador y las otras cosas que había en tu maleta me confundieron.

—Entonces ya somos dos. No entendía para qué necesitabas cuatro vibradores gigantes.

Autumn se sonrojó y se cubrió la cara con las manos.

—Madre mía —rio—. Puedo explicarlo…

—Lo entendí cuando tomamos el café y mencionaste que acababas de volver de una despedida de soltera y tenías algunos recuerdos vergonzosos en la maleta. A menos que suelas llevarlos contigo a todas partes. —Le señalé el bolso con la barbilla—. ¿Llevas alguno ahí dentro?

—¡No! —rio—. Dios… Me alegra que los dos fuéramos unos entrometidos.

—En realidad yo no había rebuscado en tu maleta, pero cuando insististe tanto en que no lo hiciera, no me quedó otra.

—Bueno, vale… —Sacudió la cabeza—. Tú ya sabes por qué tenía cosas raras en la maleta, lo justo es que me cuentes por qué llevabas lo que había en la tuya. ¿Te topaste con un carrito de la limpieza sin supervisión y te sentiste rebelde o qué?

—No, solo es un viejo hábito. Cuando era niño y mi madre desaparecía durante un tiempo, me quedaba sin la mayoría de cosas. Así que me colaba en los hoteles, buscaba a alguien de la limpieza, fingía que era un huésped y pedía un poco más de todo. —Me encogí de hombros—. Viajo mucho por negocios, así que hace años que no compro champú o pasta de dientes. Ya no suelo pedir de más, a menos que me tope con alguien de la limpieza en el pasillo. En aquel viaje, cuando pasé por la habitación de al lado vi que había una mujer que limpiaba. Le pedí si podía dejar uno o dos más de cada en mi habitación. Dijo que no había problema y añadió que me parecía a su hijo. Cuando volví, había dejado un montón.

Autumn sonrió.

—¿Lo ves? Eres una cebolla. Tampoco habría imaginado que tuvieras todos esos tatuajes escondidos debajo de la camisa de vestir que llevabas cuando nos vimos en el Starbucks. Cuando te pregunté sobre ellos, me dijiste que habías tenido una adolescencia rebelde, así que supuse que te habías rebelado contra tu familia rica y estirada durante un tiempo. Y las plantas de tu apartamento. Por alguna extraña razón, me desconcertaron. Dijiste que te gustaban las plantas, pero pensé que alguna de tus exnovias las había dejado allí.

—Bud me ha aficionado a las plantas —Sonreí—. Trabajo demasiado para tener un perro o un *hobby*, así que son lo que tengo.

—Ahora ya lo sé.

—Además, no contestan.

—¿Cómo que no contestan? ¿Les hablas?

Me encogí de hombros.

—A veces solo practico con ellas mis alegatos de apertura y clausura, pero otras veces pagan los platos rotos cuando estoy cabreado.

Autumn sonrió y no pude evitar mirarle los labios. Cuando me pilló, le señalé el plato.

—¿Quieres más?

—No, gracias, pero estaba riquísimo. —Se frotó la barriga.

Asentí.

—¿Y tú qué? Ahora sabes mucho de mi vida, pero yo no sé mucho de ti.

—¿Qué quieres saber?

Me encogí de hombros.

—No lo sé. ¿Por qué decidiste dedicarte al trabajo social? ¿Siempre habías querido ayudar a los niños?

—No, me ha costado mucho llegar hasta aquí. Estudié un grado de negocios y después empecé Derecho en Yale. Pero hice el primer año y me di cuenta de que no era lo que quería hacer.

—¿En serio?

—Sí. Ya sabes que mi padre es abogado. Yale fue su *alma mater* y siempre había querido que yo también estudiara allí.

—Siempre había querido él, ¿y tú qué querías?

—Sé que parecerá una tontería, pero no sé si me había planteado lo que quería hacer antes de empezar a estudiar. Como no me apasionaba nada más y era lo que se esperaba de mí, me dejé llevar.

—¿Y qué te hizo cambiar de opinión?

Autumn bajó la mirada.

—Todo.

Me quedé callado esperando a que se explicara, pero no lo hizo.

—¿Qué hizo que te decantaras por el trabajo social?

Suspiró.

—Es una larga historia. Conocí a una chica que había pasado por una mala época y quería ayudarla de alguna manera, pero no sabía cómo. Empecé a darle vueltas, así que asistí como oyente a una clase que formaba parte de un máster en trabajo social para ver si era lo que quería hacer. A la tercera semana, decidí inscribirme en el curso completo. Ahora estoy haciendo un doctorado en Psicología. Estudio a media jornada. Me tomé el verano libre, pero debería terminar el año que viene.

—Vaya, es impresionante. No es fácil salir de un camino una vez empiezas a recorrerlo. Me parece admirable que hayas podido retroceder y descubrir qué querías hacer. La mayoría habría terminado Derecho y sería infeliz ejerciéndolo.

—Gracias. —Sonrió—. ¿Y tú? ¿Siempre supiste que querías ser abogado?

—Sabía que o necesitaría uno o sería uno. No sabía hacia qué lado se inclinaría la balanza.

Autumn rio.

—¿Es coincidencia que crecieras con dificultades y tengas un trabajo en el que te pagan bien y tratas con clientes ricos, mientras que yo crecí en Old Greenwich, Connecticut, consentida y rodeada de gente rica, y tenga un trabajo en el que me pagan una miseria y en el que trato con gente casi siempre en la pobreza todo el día?

Me froté la barbilla.

—Supongo que ambos aprendimos lo que no queríamos en la vida. —Hice una pausa—. ¿Todavía sigues en contacto con ella?

Autumn frunció el ceño.

—¿Con quién?

—Con la chica a la que conociste y que querías ayudar, pero no sabías cómo.

—Lo cierto es que sí. —Sonrió—. Skye cumplirá veintidós años el mes que viene y con el paso del tiempo se ha convertido en mi mejor amiga.

Bud se acercó a nosotros y se señaló el reloj.

—Es hora de cerrar. —Señaló a dos chicos a unos metros detrás de él—. Tararí y Tarará me ayudarán a desmontar y cargarlo todo en la furgoneta. ¿Por qué no salís de aquí antes de que se haga muy tarde?

Me llevé la mano a la oreja y la ahuequé.

—¿Cómo dices? Debo de haberte oído mal. Me ha parecido que me ofrecías comida gratis. —Miré a Autumn por encima de la mesa—. Nadie come gratis más de una vez mientras Bud esté de guardia.

Bud me hizo un gesto con la mano.

—Ten cuidado, listillo. O te haré lijar el óxido de algunas de las tuberías de mi sótano.

—¿Ya toca hacerlo otra vez? —Sacudí la cabeza—. Parece que fue ayer cuando me mandaste a hacerlo con un trozo de papel de lija tan usado que ya no tenía arenilla.

—Tenía papel de lija nuevo en el cajón. No sé qué había hecho aquella vez para molestarme, pero seguro que se lo merecía. —Bud le guiñó el ojo a Autumn.

Autumn rio.

—Te creo.

—Además —continuó Bud—, tengo algunos agujeros en las paredes que necesitan masilla, si no has perdido la mano con la espátula. Sé que el trabajo manual no es lo tuyo últimamente, lo veo en lo suaves que las tienes, guapetón.

—No tengo las manos suaves, viejo.

—Perfecto —asintió él—. Entonces puedes pagarme la cena cuando traigas al chico a ganarse la bicicleta.

Miré a Autumn.

—¿Te parece bien que Storm haga algunas tareas para Bud?

Ella asintió con una sonrisa.

—Creo que le irá muy bien.

Nos despedimos de Bud y le dije que lo vería el fin de semana siguiente. Autumn estuvo callada en el camino de regreso a su apartamento. Yo también, pero porque me planteaba secuestrarla y llevármela a casa para recordarle lo increíble que había sido nuestro fin de semana. A unas manzanas de su piso, aparqué y apagué el motor.

—Te acompaño —le comenté.

—No hace falta.

—A lo mejor no, pero lo voy a hacer igualmente.

Troté hasta su lado del coche para abrirle la puerta y le ofrecí la mano para ayudarla a salir. Vaciló, pero la aceptó. Llegamos a su puerta demasiado pronto.

Se giró para mirarme.

—Gracias por lo de esta noche. Lo siento otra vez por haberte saltado a la yugular sin entender adónde habías llevado a Storm y por qué.

Me encogí de hombros.

—No pasa nada, necesita a alguien que lo proteja. Prefiero hacerte enfadar a que nadie se preocupe una mierda por él.

Autumn asintió, pero bajó la mirada. Cuando volvió a mirarme, vi que dudaba.

—¿Puedo hacerte una pregunta personal?

—Adelante.

—¿Se involucraron los servicios sociales cuando eras pequeño? Conociste a Bud porque necesitabas un sitio para comer. ¿Ellos no te ayudaron?

Me encogí de hombros.

—A veces, sobre todo cuando me metía en líos. Pero llamaba a mis amigos, hacía que buscaran a mi madre en los sitios que frecuentaba, le pagaban veinte dólares para que fuera a la comisaría y fingiera que le importaba, como si solo fuera un crío descontrolado. Y los servicios sociales no investigaban más porque alguien había ido a buscarme. Supongo que hay demasiados niños como Storm, que no tienen a nadie que pueda fingir que les importa.

Suspiró.

—Al sistema le queda mucho para ser perfecto.

—Al final todo salió bien.

—Supongo.

—¿Ahora puedo hacerte yo una pregunta personal?

—Claro, es lo más justo dado que soy tan cotilla.

—¿Por qué no quieres una relación y solo sales con tíos que quieran lo mismo que tú?

Ella arrugó el ceño.

—Qué directo, ¿no?

—Lo siento. Son gajes del oficio, supongo. Pero me gustaría saber qué se me escapa, sé que hay algo.

Autumn asintió y apartó la mirada antes de empezar a hablar otra vez.

—Tuve una relación y… se terminó. Y no estoy preparada para empezar otra vez.

Vi que se sentía incómoda hablando del tema, pero se había abierto un poco, así que insistí con suavidad.

—¿Cuánto hace que terminó?

—Seis años.

«Vaya». Era mucho tiempo para superarlo, pero caí en la cuenta de que tal vez había sufrido una pérdida. Algo así haría que se necesitara más tiempo del normal para volver al mercado, por decirlo de alguna manera.

Antes de que pudiera preguntarle algo más, se dio la vuelta para entrar.

—Buenas noches, Donovan. Gracias otra vez por todo.

Capítulo 10

Autumn

Diez años antes

—Le has dado un regalo muy bonito a Lena. —La voz grave pareció surgir de la nada.

—Dios, qué susto me has dado.

—¿Cuánto tiempo llevas ahí sentada?

—No lo sé. —Me encogí de hombros—. Unos veinte minutos.

El patio estaba completamente oscuro, pero reconocí la voz. Braden Erlich. El hijo del nuevo socio de mi padre. Corrección: el hijo superatractivo del nuevo socio de mi padre.

—¿Se han estropeado las luces? —preguntó—. ¿Las que se encienden cuando detectan algún movimiento?

—No que yo sepa.

Braden se quedó en silencio un instante.

—¿Eso significa que no te has movido en veinte minutos?

Sonreí en la oscuridad.

—Es como un *hobby*. Me gusta ver cuánto tiempo puedo quedarme quieta antes de que me descubran los sensores de movimiento.

—¿Y cuál es tu récord?

Detecté un deje de diversión en su voz.

—Veintiséis minutos.

Se quedó en silencio un momento.

—Vale, veamos si podemos superarlo.

Me reí con cuidado de no mover mucho la cara o el cuerpo.

—¿Vas a quedarte ahí de pie y no moverte para que pueda superar mi récord?

—Depende.

—¿De qué?

—De si admites que el regalo que ha abierto la prometida de tu padre ahí dentro es un regalo que te hicieron a ti.

—¿Qué te hace pensar que es un regalo que me hicieron?

—Porque mi madre te lo regaló en la fiesta de graduación del instituto hace tres meses.

«Mierda». ¿Fue ella? Cerré los ojos. Ay, Dios, creo que sí.

—Lo siento —le dije.

—¿Por qué lo sientes? ¿Por no querer una figurita de porcelana con dieciocho años?

—Es de Lladró. Seguro que costó setecientos dólares.

—A mi madre no le costó tanto.

—¿Cómo lo sabes?

—Porque fue un regalo que le hizo mi abuela hace dos años.

Abrí mucho los ojos.

—¿Estás de broma?

—No.

Reí.

—Vaya. Ahora ya no me siento tan mal.

—No deberías. Eres demasiado guapa para sentirte mal.

«Vaya». Me alegré de que siguiéramos en la oscuridad, así no pudo ver cómo me sonrojaba.

—Gracias.

—De nada.

—¿Sabes que hay una edición limitada de Lladró que cuesta cuarenta y siete mil dólares? Solo han hecho quinientas.

—Así que has mirado el precio antes de volver a regalarla, ¿eh?

Reí.

—En realidad, no. A veces me gusta buscar datos aleatorios.

—Qué interesante.

Lo más seguro es que pareciera tonta.

—No es que siempre esté en casa buscando información, es algo que hago de vez en cuando.

—Me gusta, eso quiere decir que eres curiosa.

Pasó un minuto y ninguno de los dos dijo nada. Al final, Braden rompió el silencio.

—¿Sigues ahí?

—Sí.

—¿No te preocupaba que Lena recordara el regalo de tu fiesta de graduación?

—Lena no vino. Ella y mi padre se conocieron el Cuatro de Julio.

—Eso fue hace menos de dos meses.

—Sí.

—¿Y ya están comprometidos?

—Mi padre le propuso matrimonio para celebrar que llevaban un mes juntos.

—Vaya.

—Sí. Es como una tradición para él. A su última mujer le propuso matrimonio cuando llevaban seis meses.

—¿A su última mujer? ¿Cuántas ha tenido?

—Esta será la cuarta.

—¿Qué número fue tu madre?

—Fue la primera. Murió cuando yo tenía doce años.

—Lo siento.

—Gracias.

—Me siento mal por haber sacado tema. Sé dónde puedo conseguir una bonita figura de Lladró para compensártelo.

Reí.

—Estoy bien, pero gracias por la oferta.

—¿Y qué haces aquí fuera sentada en la oscuridad?

—Dentro solo está la gente del trabajo de mi padre y la familia de Lena. Además, la noche está despejada y me gusta ver las estrellas.

—¿Has ido a Long Wharf Park a ver las estrellas alguna vez?

—No, ¿dónde está?

—En New Haven.

Suspiré.

—A mi padre no le gusta que conduzca por la Interestatal 95 de noche porque me saqué el carné de conducir hace solo seis meses. A lo mejor puede llevarme mi amiga Alley.

Braden se quedó callado un momento.

—Yo tengo el carné desde hace tres años.

Se me aceleró el corazón. ¿Estaba diciendo que le gustaría llevarme a ver las estrellas? Antes de que pudiera responder, volvió a hablar.

—Te diré una cosa, ¿qué te parece si hacemos una pequeña apuesta? Si superas tu récord, te diré cómo llegar al mejor sitio para ver las estrellas. Pero si no lo superas, tienes que dejar que te lleve yo.

Ehhh... ¿A quién le importaba el estúpido récord? Empecé a pensar en cómo activar el detector de movimiento de inmediato sin que pareciera que lo había hecho a propósito.

—¿Trato hecho? —dijo Braden.

—Claro, ¿por qué no? —Intenté parecer despreocupada.

Cinco segundos más tarde, se encendieron las luces. Pestañeé para que los ojos se me adaptaran a la luz. ¿Me había movido? Creía que no.

Miré a Braden, que sonreía de oreja a oreja.

—No me he movido —le comenté.

Su sonrisa se ensanchó todavía más.

—Lo sé, he agitado el brazo en el aire. La apuesta que has aceptado no especificaba de quién tenía que ser la culpa de que se encendieran las luces, solo que debían encenderse. —Ladeó la cabeza y extendió la mano—. Venga, vámonos de aquí.

Capítulo 11

Autumn

Sonreí cuando el rostro de mi amiga Skye apareció en la pantalla del teléfono y deslicé el dedo para contestar. Era la primera vez que veía esa foto, tenía los ojos bizcos y sacaba la lengua de manera adorable.

—¡Hola!

—Empiezo a sentirme abandonada —dijo ella—. No me llamas… No me escribes…

Reí.

—¿Cuándo has cambiado tu foto en mi móvil?

—La última vez que estuve en tu casa. Si no recuerdo mal, me estabas ignorando mientras buscabas en el portátil el origen de una canción que habías oído en un anuncio.

—Ah, sí. «Magic» de The Pilots. ¿Sabes que son escoceses?

—Claro que sí. Me lo dijiste junto a otros cuatrocientos datos que te pusiste a buscar después de haber visto un anuncio de solo diez segundos.

El taxi que pasó por mi lado en la calle tocó el claxon.

—¿Dónde estás? —preguntó Skye.

—He quedado con Blake para cenar. He cogido un Uber, pero había atasco, así que me he bajado para recorrer las dos últimas manzanas a pie.

—¿Blake? ¿Es el tipo nuevo que me pareció aburrido?

—Es muy simpático.

—También lo es mi vecino de setenta y ocho años, Wilbur. Recuérdame que te lo presente si lo vuestro no funciona.

—Qué maja.

—En fin, solo te llamaba para saber si sigue en pie lo de la semana que viene y si todo fue bien con el chico que desapareció. Se suponía que ibas a llamarme al día siguiente.

—Lo siento. Las cosas han sido un poco…, no lo sé, raras, últimamente. Debería haberte llamado, pero he estado muy distraída. Encontramos a Storm y está bien, y claro que sigue en pie lo de la semana que viene. Me muero por saber qué pasará con Kayla.

—Vale, genial. Por lo demás, ¿va todo bien? ¿Qué es lo que está siendo raro?

—¿Recuerdas a un chico del que te hablé, que se llamaba Donovan?

—¿El tipo de la maleta y las plantas con el que querías montártelo pero no lo hiciste?

—El mismo. —Sonreí.

—¿Qué pasa con él?

—Bueno, hemos vuelto a vernos.

—Oooh… ese tío era mucho más interesante que el nuevo. Tenía tatuajes. Nunca he conocido a un tío aburrido que tenga tatuajes. Déjame adivinar, Blake no tiene.

Suspiré.

—Ni uno.

—Entonces, ¿también te estás viendo con el de las plantas?

Meneé la cabeza.

—A nivel personal no, pero representa a Storm, así que supongo que nos seguiremos viendo. —El restaurante en el que había quedado con Blake estaba a solo unos edificios de distancia—. Oye, tengo que colgar, estoy a punto de entrar en el restaurante. ¿Nos vemos la semana que viene?

—Qué ganas. Que vaya bien.

—Igualmente.

Colgué justo cuando llegué a la puerta del restaurante. Antes de entrar, me detuve y respiré hondo. Me habrían venido bien unos minutos más para despejar la mente, pero ya llegaba tarde y no quería ser maleducada. Esperaba que mi estado de ánimo hubiera mejorado al entrar en el restaurante, pero, en lugar de eso, había pasado de no tener muchas ganas de salir a no apetecerme en absoluto. Aun así, esbocé mi mejor sonrisa cuando la camarera me acompañó hasta la mesa. Blake ya me esperaba allí.

Se puso en pie y me dio un beso en la mejilla.

—Estás preciosa.

—Gracias.

Me retiró la silla y me senté.

—Siento llegar tarde.

—Empezaba a pensar que ibas a dejarme plantado.

—Me han cancelado el Uber tres veces, debería haberte escrito.

—Podría haberte recogido en casa de tu amiga.

Casi me había olvidado de que le había mentido a Blake y le había dicho que venía directa de casa de una amiga para evitar que pasara a recogerme. En realidad, lo había dicho sin pensar. Cuando me comentó que estaría en mi casa a las siete, por algún motivo me entró el pánico y respondí que nos veríamos directamente en el restaurante. No me había quedado otra que inventarme un motivo que justificara que no pudiera venir a mi casa. Durante los últimos días, había hecho todo lo posible por evitar pensar en los motivos que me habían llevado a eso, aunque, en el fondo, sabía la respuesta. No quería que Blake viniera a mi apartamento porque no podía dejar de pensar en otro hombre, motivo por el cual me había obligado a ir esa noche, cuando habría preferido quedarme en casa viendo la tele.

—Vive en la otra punta de la ciudad, y tu despacho está muy cerca de aquí.

—Por ti merece la pena tomarse la molestia.

Me obligué a sonreír. La camarera nos trajo la carta de vinos. Sabía que a Blake le gustaba el tinto, así que la ojeé y le dije:

—El que te apetezca ya me va bien.

—¿Estás segura?

—Segurísima.

Conocí a Blake en Tinder y quedamos a tomar café, que era mi primera cita habitual. De ese modo, si era incómodo o el tipo resultaba ser un baboso, acababa con el sufrimiento bastante rápido. No obstante, Blake y yo no habíamos tenido ni un minuto de incomodidad desde que empezamos a vernos. Las conversaciones siempre fluían con naturalidad y nunca había habido un silencio incómodo... hasta ese momento. No estaba segura de si todo eso solo estaba en mi cabeza o no, pero de repente me sentí torpe, como si no tuviera nada que decir. Así que cogí un palito de pan para tener un pretexto para no hablar.

—¿Qué tal el trabajo esta semana? —me preguntó—. Parecías ocupada cuando hablamos el otro día.

Asentí.

—Se supone que solo debemos tener dieciocho casos abiertos a la vez y ayer me asignaron el número treinta y uno.

—Tu trabajo es como el mío. Solo que, para mí, tener más casos significa tener más dinero. Para ti solo es trabajo extra.

Asentí.

—No quiero ni pensar en cuánto cobro de verdad por hora.

—¿Alguna vez te has planteado estudiar Derecho? Se gana bastante dinero y puedes seguir ayudando a los demás cogiendo algunos casos *pro bono*.

Nunca le había mencionado que había estudiado Derecho durante un año y, por algún motivo, no me apetecía discutirlo ahora mismo, así que sacudí la cabeza.

—No creo que sea para mí.

—Hablando de casos *pro bono,* ¿cómo va con el chico con el que necesitabas ayuda?

—Bien.

«Si consideras el hecho de que se escapara unos días después de que lo arrestaran y pasara un rato en un refugio improvisado para indigentes como que todo va bien, entonces sí».

—Perfecto. Avísame si el abogado que te asigné no te presta la atención que necesitas.

«Me está prestando mucha atención».

Recordé que Donovan me había dicho que optaba a que lo hicieran socio y necesitaba el voto de Blake, así que supuse que hablar bien de él lo ayudaría. Era lo mínimo que podía hacer.

—Donovan se está portando muy bien. No es la primera vez que Storm se mete en líos, así que no es un caso tan fácil. Pero se está esforzando mucho más que cualquiera de los otros abogados con los que he tenido que tratar por mis niños a lo largo de los años. —Me aclaré la garganta—. ¿Hace mucho que trabaja en tu bufete?

—Poco más de siete años. Personalmente, nunca me ha caído muy bien. Pero su trayectoria es impresionante.

Me puse a la defensiva de inmediato.

—A mí me ha parecido bastante simpático. ¿Qué es lo que no te gusta de él?

—Es un resentido. Es típico de personas como él.

—¿A qué te refieres?

Blake se encogió de hombros.

—Un niño mimado que ha ido a una universidad prestigiosa.

Era evidente que no conocía muy bien a su empleado, pero lo último que necesitaba Donovan era que su jefe sospechara más de él si lo defendía. Así que esbocé una sonrisa falsa.

—Sé lo que quieres decir, pero me parece que está ayudando mucho a Storm.

La camarera nos trajo el vino. Sirvió un trago a Blake, que lo probó y asintió, antes de llenarnos la copa a los dos.

—Decker opta a convertirse en socio —explicó Blake—. Cada cinco años, incorporamos a dos socios nuevos. Uno lo tenemos muy claro, lleva doce años trabajando en el bufete y es de fiar. Al otro puesto optan Decker y otros candidatos. Pero la cosa está entre él y otro tipo.

—Ah, ¿sí? ¿Te decantas más por uno que por otro? —Me puse nerviosa mientras esperaba su respuesta.

—Por el otro —dijo después de un momento—. Lleva diez años con nosotros. Ha trabajado muy duro.

Se me cayó el alma a los pies.

—Vaya, ¿así que es cuestión de antigüedad?

—No siempre, a mí me hicieron socio en ocho años. Decker factura más horas que nadie, convertirlo en socio en tiempo récord solo serviría para alimentar más su ego.

—Parece que ya has tomado una decisión. —Suspiré para mis adentros.

—Todavía hay tiempo hasta la votación. —Extendió el brazo y entrelazó los dedos con los míos—. He apostado con otro socio a que Decker despedirá a un cliente que ha hecho algo muy estúpido esta tarde. Si consigue controlarse y no hacerlo, y si cuida bien de ti, puede que reconsidere mi voto.

***

—¿Vamos a mi casa? —En el coche, Blake se abrochó el cinturón y me miró, esperando una respuesta.

—Ehhh… Creo que me voy a ir a casa. Llevo todo el día con dolor de cabeza y estoy en esos días del mes, así que me vendría bien descansar un poco.

Blake arrugó el ceño, pero intentó disimularlo.

—Por supuesto.

En mi bloque, me acompañó a la puerta.

—¿Por casualidad estás libre el próximo sábado por la tarde?

—Ehhh…

—El bufete organiza una barbacoa para los socios. Para serte sincero, suele ser una tortura, así que me vendría bien la compañía. La mayoría acuden con alguien de su familia o con su pareja. Tenerte a mi lado hará que el día sea más soportable.

Vio la duda en mi rostro.

—Además, a los socios les gustaría conocerte.

—¿Saben quién soy? —Me quedé desconcertada.

—Tuve que mencionar que me veía con alguien para que los otros socios me dejaran aceptar un caso *pro bono* tras haber cubierto la cuota anual. Y puede que fardara un poco sobre lo buena persona que es la mujer con la que salgo.

Mierda. ¿Cómo iba a decirle que no lo acompañaba si se había desvivido por ayudarme? No podía, así que me volví a obligar a sonreír.

—Claro, parece divertido.

Como habíamos cenado a las siete, pude desplomarme en el sofá vestida con mis pantalones de chándal favoritos a las nueve y media. Era muy tarde para empezar a ver *The Bachelor*. Además, le había prometido a Skye que esperaría para que lo viéramos juntas. Así que eché un vistazo a las redes sociales con el móvil.

Pero tenía la mente en otra parte desde que Blake y yo habíamos hablado de Donovan, e incluso antes, si era sincera conmigo misma. Tampoco estaba segura de qué hacer con la información que había compartido conmigo durante la cena, sobre lo que debía hacer Donovan para que lo hicieran socio. Por un lado, estaría mal contarle una conversación privada que había tenido con el hombre con el que salía. Por otro lado, Donovan había hecho lo imposible por Storm y por mí cuando me había ayudado a buscarlo, por no mencionar que le había presentado a Bud y había intentado enseñarle algunos valores. Sentía que le debía una a Donovan y contarle algo de información privilegiada me serviría para devolverle el favor.

Estuve sentada durante diez minutos mirando el número de teléfono de Donovan en la lista de contactos mientras deliberaba una y otra vez. En un momento dado, el teléfono me vibró en la mano y darme cuenta de quién me había escrito fue la señal que necesité para decidirme.

DONOVAN: Bud tiene que posponer las tareas de Storm hasta la tarde. Se ha olvidado de que tenía un compromiso.

Le respondí:

AUTUMN: Oh, vale. Gracias por decírmelo. ¿A qué hora debería llevarlo?
DONOVAN: Sobre las tres.
AUTUMN: Gracias.

Me di golpecitos en el labio con el índice durante un minuto mientras decidía una vez más cómo decirle lo que había descubierto. Al final, concluí que lo mejor sería llamarlo.

AUTUMN: ¿Estás ocupado? ¿Puedes hablar un momento?

El teléfono sonó cinco segundos después. Contesté con una sonrisa.

—Hola.

—¿No te has enterado todavía? —dijo—. Nunca estoy lo bastante ocupado para ti.

Su voz grave y suave me hizo sentir algo en el estómago. El sonido de su voz y el coqueteo me hicieron sonreír tanto que me sorprendió que no se me agrietara la cara.

—Apuesto a que se lo dices a todas.

—No, solo a una.

Reí.

—Oye, sé que es un poco raro que lo mencione, pero he hablado con Blake antes y me ha preguntado qué tal iba el caso de Storm. Le he dicho que iba muy bien y me ha comentado que optas a convertirte en socio.

—Vale...

—Ha dicho que todavía no ha decidido a quién votar, pero que había dos cosas que podían inclinar la balanza a tu favor.

—¿El qué?

—Que el caso de Storm vaya bien y… no sé a qué caso se refiere, pero ha comentado que tienes un cliente que ha hecho algo estúpido hoy y que si no lo despedías, sería bueno para ti.

Donovan se quedó callado tanto rato que me pregunté si había colgado.

—¿Sigues ahí?

Dejó escapar un gruñido largo.

—¡Jodeeeeer!

—¿Qué pasa?

—Lo he despedido hace veinte minutos.

—¿Has despedido al cliente? Ni siquiera sabía que se podía.

Por el sonido de su voz, lo imaginé pasándose la mano por el pelo.

—Es algo que solo yo suelo hacer. —Hizo una pausa—. ¡Mierda!

—Lo siento.

—No es culpa tuya. ¡Joder, joder, joder! Tengo que ponerme en contacto con Bentley.

—¿Es el cliente?

—Sí.

—Vale, te dejo para que lo arregles.

—Joder, siete años dejándome el pellejo podrían no haber servido de nada si no me lo hubieras contado.

Me sentí bien por haberlo ayudado.

—Me alegro de haberme decidido a ir.

—¿Adónde?

—A cenar con Blake.

Se hizo el silencio. Cuando Donovan volvió a hablar por fin, lo hizo con voz apagada.

—Tengo que colgar, gracias por la información.

Capítulo 12

Donovan

—¿Qué cojones…?

Estaba frente a la casa de Bud con una bolsa de basura en la mano y vi que un coche bajaba por la calle. Mientras se acercaba, el sonido de algo que rascaba el asfalto se fue intensificando y saltaron chispas de la rueda del lado del conductor. Cuando el coche se detuvo, me di cuenta de que Autumn iba al volante. La parte delantera izquierda del coche estaba completamente abollada y un trozo de metal, que era el responsable del roce y las chispas, colgaba de ella. Vi que estaba hecha polvo, en especial cuando aparcó e intentó salir del coche, pero la puerta no se abría.

—¡Para! —le grité y levanté la mano. Ella intentó abrirla con el hombro una vez más, así que me acerqué al coche—. Deja que lo intente por este lado.

Con los primeros tirones, la puerta se abrió un poco, pero no lo bastante para que pudiera salir. Apoyé un pie en el lateral de la puerta para hacer palanca y la abrí de un tirón. Autumn salió con un gruñido, mientras que Storm, algo nervioso, salió del lado del copiloto. Ni el día que estaba retenido en la comisaría de policía parecía tan inquieto.

—¿Qué le ha pasado al coche? —pregunté.

—Me han dado un golpe.

—¿Estás bien? —Miré a Storm—. ¿Y tú?

110

—Estamos bien —me aseguró Autumn—. No estábamos en el coche cuando ha ocurrido. He parado a unas manzanas para comprarle un pastel a Bud. Cuando he salido, alguien se había estrellado contra el coche. —Miró la abolladura y después señaló a Storm con la cabeza—. Por suerte, este no cree que sea capaz de entrar en una tienda sin guardaespaldas, sino habría estado dentro.

Eso me hizo sonreír. No la habrían atracado de día por aquí (o, por lo menos, había pocas posibilidades), pero yo tampoco la habría dejado entrar sola.

Buen trabajo. Asentí en dirección a Storm.

Autumn puso los ojos en blanco.

—Cuando le he pedido al otro conductor los papeles del seguro, me ha dicho que no tenía. ¿Quién conduce sin seguro?

—¿Has llamado a la policía? —le pregunté.

—Sí, aunque el tipo no quería que los llamara.

Eso explicaba por qué habían llegado una hora tarde. Empezaba a pensar que no iban a venir, que a lo mejor estaba enfadada por mi actitud al teléfono la noche anterior.

Me agaché junto al coche y eché un vistazo.

—El policía tendría que haber llamado a la grúa, no deberías haber conducido así.

—Solo es una abolladura.

Sacudí la cabeza.

—Mira la llanta. Se supone que tiene que ser redonda, Autumn.

Ella entornó los ojos y después frunció el ceño.

—No me había dado cuenta.

—Tienes la llanta torcida, parte de la chapa del coche está rozando la rueda y vas arrastrando algo de metal.

—Genial —suspiró.

Señalé la casa de Bud con la cabeza.

—Vamos, entremos. Hay un taller muy bueno a unas manzanas, o por lo menos lo había hace unos años. Le preguntaré a Bud si sigue abierto. Si lo está, les pediremos que le echen un vistazo y le hagan algún arreglillo para que puedas conducirlo con seguridad. Así podrás llevarlo a que lo reparen más cerca de tu casa.

—¿Y cómo iremos hasta allí? Acabas de decir que no es seguro que lo conduzca.

—Y no lo es, por eso yo conduciré tu coche y tú me seguirás con el mío. Storm puede quedarse aquí con Bud.

***

—Gracias por ayudarme —dijo Autumn.

Abrí la puerta del copiloto de mi coche frente al taller mecánico Demott.

Autumn me miró antes de entrar.

—Oye, respecto a anoche cuando te llamé. Siento si te disgusté.

—No pasa nada. Cuando colgué me di cuenta de algo que me hizo sentir mejor.

—¿De qué? —Arrugó el ceño.

—Me hablaste de Dickson y me contaste cosas que no habrías mencionado si él estuviera contigo.

—Sí, ¿y qué pasa?

—Eso quiere decir que estabas sola en casa. Saliste a cenar con un tío con el que llevas un tiempo saliendo y aun así te fuiste a casa, sola, y no eran ni las diez de la noche.

—Me dolía la cabeza.

Sonreí.

—Claro que sí.

—¿Por qué sonríes? ¿No me crees?

Sacudí la cabeza.

—Ni lo más mínimo. Solo saliste con él para que siguiera existiendo una barrera entre nosotros. Pero al final no fuiste ni capaz de pasar la noche con él.

—Te lo tienes muy creído.

Me encogí de hombros.

—No pasa nada, no tienes que admitirlo. Sé la verdad. Y, para que lo sepas, yo tampoco he estado con nadie más desde la noche de la comisaría. Tengo paciencia, esperaré hasta que estés lista.

Me miró con los ojos entrecerrados.

—¿Y si nunca estoy lista? ¿Vas a esperar eternamente?

Di medio paso para ponerme frente a ella. Autumn no intentó apartarse y me miró atentamente, pero no era ni el momento ni el lugar para ver qué hacía si insistía un poco. En su lugar, bajé la mirada a sus pies y la subí por su figura lentamente. Observé con admiración la curva de sus caderas y detuve la mirada en sus pechos grandes y bonitos. Mientras la observaba, los pezones se le pusieron duros bajo la camiseta, como una flor que florece. Cuando llegué a su rostro, tenía los labios entreabiertos y los párpados entornados.

Me incliné hacia ella y le susurré al oído:

—No creo que tardes tanto.

***

—Madre mía, y después Lindsey se sentó entre ellos y lo besó.

—Esa chica no da más que problemas —dijo Bud.

—¿A que sí? Pero, al parecer, al soltero le gustan los problemas. Y también le gusta Justine.

—No puedo creer la conversación que estoy oyendo, me siento como si estuviera comiendo con Juliette. —Sacudí la cabeza.

Autumn y Bud llevaban veinte minutos hablando de *The Bachelor*. Sabía que Autumn veía esa porquería, pero ¿Bud? Seguí sacudiendo la cabeza. Dijo que su nueva «amiga» lo veía y lo había enganchado a él también.

Autumn se volvió hacia mí.

—¿Quién es Juliette?

—Una compañera de trabajo. No te preocupes, no supone un peligro para ti. —Le guiñé el ojo—. Juliette no es mi tipo.

Autumn puso los ojos en blanco, pero vi que sonreía cuando se dio la vuelta.

—¿Lo has visto alguna vez?

—No, y me sorprende que tú sí. Es un programa en el que un tío sale, básicamente, con veinte mujeres a la vez mientras ellas hacen estupideces excesivas para pelear por su atención. A las mujeres les encanta, pero se ponen hechas unas fieras si el hombre con el que salen quiere salir con otra mujer.

Autumn negó con la cabeza.

—Una cosa es lo que quieren las mujeres en la vida real y otra lo que quieren ver en los *realities*.

—Si tú lo dices…

Storm entró desde el garaje. Había estado fuera limpiando y pintando la mayor parte del día.

—Me muero de hambre.

—Voy a servir bocadillos calientes para cenar —dijo Bud—. Y puedes coger lo que quieras de la nevera.

Sacudí la cabeza.

—¿Qué os parece si pido una *pizza?* Tus bocadillos calientes siempre son un éxito y nunca sobran.

Bud sonrió.

—Eso es porque tuesto el pan en la parrilla y fundo el queso antes de echarle la salsa por encima. Eran los favoritos de Donovan cuando era pequeño. Siempre tenía que esconder tres si no llegaba pronto a cenar.

Storm se rascó la sien.

—¿Comías con los pobres?

—No, era de los pobres.

—Pero ahora te sobra el dinero. Eres abogado con un coche lujoso y siempre te brillan los zapatos.

—Sí, ¿y…?

Se encogió de hombros.

—La mayoría de las veces, los pobres siguen siendo pobres para siempre.

Estaba arreglando la puerta de un armario, pero me detuve y puse toda mi atención en Storm.

—Si piensas así, es lo que suele ocurrir. Tienes que ser capaz de imaginarte teniendo éxito para alcanzarlo. Y tienes que trabajar mucho más que la gente a la que le han dado todo hecho. —Sentí la mirada de Autumn clavada en mí, así que la miré—. Sin ánimo de ofender.

—No me ofendes. —Sonrió.

—¿Alguna vez has hecho atletismo en el colegio? —le pregunté a Storm.

—Sí.

—¿Sabes por qué no todos los corredores empiezan en la misma marca?

—Porque la pista interior es la más corta.

—Exacto. Hacen que sea justo para todos. Pero eso no pasa en la vida real. Algunas personas empiezan desde más atrás, y por otros motivos además de ser pobres. —Me detuve para asegurarme de que me seguía. Asintió ligeramente con la cabeza —. Tienes que aprender a correr más rápido y no olvidar nunca que hay gente que empieza desde mucho más atrás que tú.

Terminé de arreglar el armario y ayudé a Autumn, que había estado pintando las molduras de la cocina de Bud mientras yo trabajaba. Podría haber echado una mano a Storm, pero Bud había salido a ayudarlo y creí que un rato a solas con él le iría bien. Además, no podía desperdiciar la oportunidad de trabajar cerca de Autumn. La miraba de reojo siempre que podía: cuando se estiraba por encima de la cabeza para pintar las molduras de arriba, se le subía la camiseta y le quedaba expuesta la piel blanca y suave del vientre, y cuando se agachaba para mojar el pincel en la pintura me ofrecía un primer plano de su culo espectacular.

Era muy poco discreto y Autumn me pilló con las manos en la masa en más de una ocasión, pero siempre sonreía en lugar de llamarme la atención. Sabía que se hacía una idea de lo que se me pasaba por la cabeza y me preguntaba si ella también me leía la mente como yo podía leer la suya. Dado que no me había abofeteado, deduje que probablemente solo había un adivino en la habitación.

Después de haber engullido una *pizza* entera, Bud tenía que prepararse para ir a servir la cena y Autumn tenía que llevar a Storm de vuelta a Park House, así que los llevé al taller para ver si habían podido reparar el coche de Autumn lo suficiente para que pudiera conducirlo. Por desgracia, al final lo de la llanta no era una simple grieta y tenían que soldarla, así que dejamos el coche allí y Autumn y yo fuimos juntos a dejar a Storm. Antes de que saliera, le preguntó si tenía algún plan esa noche y él le dijo que iba a estudiar.

—¿De verdad crees que va a estudiar? —me preguntó cuando ya estábamos solos en el coche.

—Por supuesto que no.

—A lo mejor te ha hecho caso cuando le has dicho que debía trabajar el doble.

Aparté la vista de la carretera y la miré con una mueca para hacerle entender que no me lo tragaba.

—Bueno, voy a ser positiva y suponer que decía la verdad.

—Hazlo, pero no ha dicho la verdad. —Le sonreí con suficiencia.

—¿Cómo estás tan seguro?

—Se me da bien descubrir cuando alguien miente, es mi superpoder. Soy un detector de mentiras andante.

—¿Ah sí?

—Sí.

Se dio unos golpecitos en el labio con los dedos. A pesar de que conducía, vi cómo le daba vueltas a lo que había dicho.

—Me encanta la *pizza* con piña, es mi comida favorita.

Arqueé una ceja.

—¿Se supone que tengo que adivinar si mientes?

—Sí. Adelante, Detector de Mentiras Andante. Veamos lo buenos que son tus superpoderes.

Estábamos a punto de pasar frente a un local de comida rápida Wendy's, así que puse el intermitente y entré en el aparcamiento. Autumn arrugó la frente.

—¿Tienes hambre?

—No, pero para que mi superpoder funcione tengo que mirarte. —Me dirigí a la primera plaza libre que vi y aparqué. Entonces me removí en el asiento para colocarme frente a ella.

«Me encanta este juego. Con una vista así, deberíamos jugar más a menudo».

—Adelante —le dije—, vuelve a hablar de tu *pizza* preferida.

Autumn se giró para mirarme de frente y se irguió en el asiento. Su sonrisa divertida era adorable.

—Me encanta la *pizza* con piña, es mi comida favorita.

En realidad no era capaz de adivinar si mentía o no, pero como tenía un cincuenta por ciento de posibilidades, decidí improvisar:

—Mentira.

Le brillaron los ojos.

—¿Cómo lo has sabido?

—Ya te lo he dicho, tengo un mentirómetro.

—Puede haber sido suerte —rio ella—, déjame probar otra vez.

—Adelante.

Miró por la ventanilla un momento y después volvió a mirarme.

—Cuando tenía doce años, me escapé de casa.

La forma en que lo dijo fue diferente a cuando había hablado de la *pizza,* así que deduje que no era mentira.

—Verdad.

Se quedó boquiabierta, pero hizo todo lo posible por no parecer impresionada.

—Ha sido de chiripa.

—¿Cuántas veces voy a tener que adivinarlo para que creas en mi talento? —Me crucé de brazos.

—No lo sé. ¿Unas cinco veces seguidas?

—Pues venga. Pero espera un segundo, tengo curiosidad. ¿Por qué te escapaste de casa?

Arrugó el ceño.

—Mi madre había muerto seis meses antes, y mi padre se presentó en casa con una mujer a la que nunca había visto y me dijo que iba a casarse con ella.

—Joder, lo siento.

Autumn se encogió de hombros.

—No pasa nada, solo fui a casa de mi amiga Jane unas manzanas más abajo y su madre hizo galletas, así que no es que me escapara como alma en pena con un hatillo cargado al hombro. Además, ese matrimonio solo duró ocho meses.

—¿Ese matrimonio? ¿Cuántos ha habido?

—Muchos. Ha vuelto a comprometerse hace poco.

Ese dato me hizo preguntarme si su querido padre era parte del motivo por el que odiaba tanto las relaciones.

—Vale… Tengo otra —dijo. Esta vez, mientras hablaba, levantó el brazo y se arregló el pendiente—. Una vez tuve una aventura con un profesor de la universidad.

—Mentira.

—¿Cómo lo sabes? Podría haber sido verdad. Había uno que me tiró los tejos unas cuantas veces.

—Por el mentirómetro, ya te lo he dicho. —Estiré el brazo y le toqué el pendiente—. Además, juegas con esto cada vez que mientes.

Abrió mucho los ojos.

—¿En serio?

—Sí.

—Vaya, nunca me había fijado. ¿Siempre eres tan perceptivo? ¿Te fijas en cosas así con todo el mundo?

—No me fijo en todo el mundo. —Mi mirada buscó la suya—. Solo en la gente que me interesa.

Autumn suavizó la mirada y se me olvidó por completo que estábamos en un aparcamiento lleno en medio de Brooklyn. No dejaban de salir y entrar coches para recoger pedidos en el autoservicio que teníamos justo detrás y un coche hizo sonar el claxon, pero aun así el momento fue extrañamente íntimo y romántico (y a lo largo de los años muchas mujeres me habían acusado de no ser romántico).

—¿Qué hay de ti? —le susurré—, ¿crees que podrás adivinar si miento?

Se quedó muy quieta. Me pregunté si ella sentía lo mismo que yo, como si estuviéramos en una pequeña burbuja que se rompería si nos movíamos.

—No lo sé —dijo en voz baja.

—Inténtalo. —Me acerqué un par de centímetros más a ella y agaché la cabeza para que nuestros ojos quedaran a la misma altura—. Creo que eres absolutamente increíble.

—No lo sé. —Tragó saliva.

—Verdad. Prueba otra vez. —Me acerqué otro centímetro—. No he podido dejar de pensar en ti desde que te vi con mi maleta.

Autumn se mordió el labio inferior.

—Mentira.

Sacudí la cabeza de un lado a otro lentamente.

—Verdad. Una más. Me muero de ganas de besarte.

Volvió a tragar saliva y susurró:

—¿Verdad?

—Totalmente. —Sonreí de oreja a oreja.

Autumn me devolvió la sonrisa y, durante unos segundos, pensé que habíamos progresado, que me daría luz verde para que besara esos bonitos labios como me moría por hacer desde que había reaparecido en mi vida. Pero entonces ocurrió: vi cómo lo que fuera que la retenía la golpeaba como un rayo. Su sonrisa se convirtió en una mueca y se aclaró la garganta antes de volver a reclinarse en el asiento.

—Debe de ser muy útil para tu trabajo tener un… ¿cómo lo has llamado? ¿Mentirómetro?

Aunque había girado la cabeza y miraba por la ventanilla, seguí observándola.

—Sí, es útil.

—Qué bien.

No dijo nada más. Al parecer, nuestro jueguecito había acabado. Di marcha atrás y retomé el camino de vuelta a su casa. El resto del trayecto se redujo a una cháchara banal.

Autumn estuvo callada mientras la acompañaba a la puerta.

—Por cierto, no te he dado las gracias —le comenté.

—¿Por qué?

—Ayer me salvaste el culo.

—¿Eh?

—Cuando colgamos, llamé al cliente al que había despedido y arreglé las cosas. Me dolió lamerle el culo, pero lo conseguí, así que no he desperdiciado la oportunidad de que me hagan socio… todavía.

Autumn sonrió cuando llegamos a la puerta.

—Me alegra haberte ayudado, porque te debo unos cuantos favores. Gracias por todo lo que has hecho hoy, Donovan. Siento que te lo digo muy a menudo, siempre te estoy dando las gracias por algo: por ayudar a Storm, por ayudarme a encontrarlo cuando se escapa, por ayudarme con mi coche… Eres…

Arqueé la ceja cuando dejó la frase a medias.

—¿Útil?

Rio.

—Iba a decir que eres un buen amigo. Pero sí, eres útil.

Le tiré de un mechón de pelo.

—¿Eso me consideras? ¿Un buen amigo?

—Sí. —Bajó la mirada, pero asintió—. Eres un buen amigo.

Alargué la mano y le toqué la muñeca de la mano con la que jugueteaba con el pendiente. Al principio pareció confundida, pero después se dio cuenta de lo que intentaba decirle.

Autumn se tapó la boca.

—Madre mía.

Sonreí y le guiñé el ojo.

—No puedo esperar a hacerte decir esas palabras otra vez, mentirosa.

Capítulo 13

Autumn

Ocho años antes

—Uno más. —Nick me ofreció la botella de tequila. Negué con la cabeza.

—Ni de broma, ya he llegado a mi límite.

Mi amiga Felicia me señaló con el pulgar.

—Su límite es uno. Dámela.

Nick puso los ojos en blanco.

—Creía que estábamos celebrando que nos has dado una paliza en el examen de cálculo.

—Y eso hacemos, pero yo celebro con responsabilidad. Tú te emborrachas hasta perder el sentido y te desnudas en el autoservicio de Taco Bell para después ponerte a la defensiva cuando la mujer de la ventanilla no quiere darte la comida.

Nick sonrió.

—Eso fue una vez, y esa mujer tenía que soltarse un poco.

Felicia y yo reímos.

—Creo que hemos descubierto por qué estamos celebrando mi nota perfecta en el examen y no el seis que has sacado tú.

Nick le quitó la botella a Felicia y le dio otro trago muy largo antes de dársela a uno de sus hermanos de fraternidad.

—Vamos a bailar, señoritas.

Miré a nuestro alrededor. Nadie más bailaba en la fiesta, pero eso nunca había detenido a Nick, y vaya si sabía bailar. Me encogí de hombros.

—Claro, ¿por qué no?

Nick montó un numerito porque decía que necesitaba más espacio en el salón y después le gritó a su colega que subiera la música. En mitad de la canción, la mayoría de los invitados ya se nos habían unido. Nick se puso delante de mí, sacó el culo y yo fingí que se lo azotaba. Felicia y yo apretujamos a Nick entre nosotras y movimos las caderas de arriba abajo. Era algo inofensivo, los tres hacíamos el tonto desde que nos conocimos en la orientación de primero el año pasado. Además, a Nick le iba más el asistente del profesor de cálculo de lo que le íbamos Felicia y yo.

Bailamos un par de canciones más y cantamos una nueva balada de Ariana Grande mientras la interpretábamos con una coreografía. En un momento dado, me di la vuelta mientras fingía ser la chica que se marcha de la canción y me fijé en el otro extremo de la habitación. Mi mirada se encontró con la de Braden. Parpadeé unas cuantas veces. Había tomado un par de copas, pero no podía ser él. Aunque se parecía mucho a él... Fuera quien fuera, no parecía muy contento. El tipo estaba en un rincón de la habitación y no hizo el intento de acercarse a mí, a pesar de que me miraba fijamente. Hice señas a mis amigos para avisar de que volvía enseguida y me dirigí a él mientras me limpiaba el sudor de la frente.

—Madre mía, sí que eres tú. Pensaba que me lo había imaginado. —Sonreí—. ¿Qué haces aquí? No sabía que ibas a venir este fin de semana.

—Obviamente. Vengo a ver a mi novia y me la encuentro perreando con otro tío, así que ya estamos sorprendidos los dos.

Señalé a mi amigo.

—Ese es Nick, ya lo he mencionado alguna vez.

—Estoy casi seguro de que dijiste que estudiabais juntos, no que os restregabais.

—Nick es gay, no está interesado en mí. Solo nos estamos divirtiendo.

—¿Os divierte hacerme quedar como un idiota?

—¿Por qué te hago quedar como un idiota?

Alguien subió la música todavía más. Braden frunció el ceño. Tuvo que inclinarse hacia mí y gritar para que lo oyera.

—Esto no me va. Me voy, te veré la próxima vez que se te ocurra volver a casa.

—¿En serio? ¿Te vas? ¡No! No seas ridículo, deja que les diga a mis amigos que me voy. Ahora vuelvo.

Me hice un hueco entre la gente para volver con Nick y Felicia. Apenas podía oírme a mí misma cuando les grité por encima de la música, pero señalé a Braden y me despedí con la mano, y parecieron entender lo que intentaba decirles.

Volví con Braden y nos marchamos juntos. Cuando salí al porche, mi amigo Jason no vio al chico que tenía detrás y me dio un abrazo de oso.

—Aquí estás. ¿Juegas conmigo al *beer-pong*, preciosa?

Noté la tensión que desprendía Braden antes siquiera de darme la vuelta. Me separé de Jason y le dije:

—Ehhh, ya me voy. Este es mi novio, Braden.

Jason alargó la mano.

—Braden, eres un cabrón con suerte.

Braden miró la mano que le ofrecía y después a él sin mediar palabra y se cruzó de brazos.

Jason llevaba unas cuantas horas bebiendo, pero era imposible que no hubiera notado la frialdad con la que lo había tratado. Captó la indirecta y retiró la mano.

—Pues bueno. —Intercambió una mirada conmigo—. ¿Estás bien, Autumn?

Sonreí para agradecerle que se preocupara, aunque no fuera necesario.

—Sí, estoy bien. Gracias, Jason.

Braden y yo bajamos las escaleras y cruzamos el césped. Giró a la derecha al llegar a la acera y yo lo seguí, a pesar de que la residencia donde yo vivía estaba a la izquierda. Pasamos unas cuantas fraternidades más mientras recorríamos la manzana en silencio. Cuando llegamos a un BMW, Braden se dirigió a él.

—¿Y este coche? ¿De quién es?

Se dirigió al asiento del copiloto y me abrió la puerta.

—Es mío.

—¿Tuyo? ¿Qué ha pasado con el Toyota?

—Me he deshecho de él. Me pareció que necesitaba un coche más bonito para los clientes, ahora que tengo trabajo.

Abrí los ojos como platos.

—¿Te han dado el trabajo? ¿Cuál de ellos?

—Me ofrecieron tres, pero al final acepté la oferta de Andrews y Wilde.

—¿Vas a trabajar en el bufete de nuestros padres? Pensaba que no querías.

—Me lo he pensado mejor. Era la mejor oferta y me darán casos mucho antes que en otros sitios.

—Vaya, ¡enhorabuena! —Le rodeé el cuello con los brazos y lo estreché. Braden no me devolvió el gesto, pero tampoco me detuvo—. Estoy orgullosa de ti.

—Gracias. —Señaló la puerta abierta—. ¿Por qué no entras?

Una vez dentro, nos pusimos el cinturón y decidí aclarar las cosas. Aunque me había sorprendido ver a Braden, me alegraba de que hubiera venido.

—Oye, no quería hacerte enfadar bailando con Nick. Supongo que me parece inofensivo porque no le gustan las chicas y solo estábamos bailando.

—Restregarse no es bailar, es simular el sexo. Aunque el tío no esté interesado, estás montando un espectáculo para toda la puta fraternidad, Autumn.

Nunca me lo había planteado de ese modo. De hecho, nunca me había parado a pensar en la imagen que daban nuestros bailes, solo bebíamos y nos desfogábamos.

—Lo siento, no lo había pensado, pero supongo que tienes razón.

Braden no dejó de sacudir la cabeza con la mirada fija en la carretera, a pesar de que seguíamos aparcados.

—¿Esto es lo que haces todos los fines de semana? ¿Ir a fiestas de fraternidades y emborracharte? ¿Jugar al *beer-pong* y actuar como una zorra?

Levanté la cabeza de golpe.

—¿Zorra? No actúo como una zorra. Puede que estuviera bailando con mis amigos, pero no me llames zorra.

—Entonces intenta no comportarte como una.

—Te he pedido perdón, te he dicho que no me había planteado cómo me mirarían los demás mientras bailaba. No me llames zorra. Es más, no me insultes de ninguna manera.

Me desabroché el cinturón y agarré la manija de la puerta. Cuando fui a abrirla, Braden me cogió de la otra muñeca con mucha fuerza.

—Ay, me estás haciendo daño. Suéltame. —Braden apretó la mandíbula. Me miró fijamente, pero sentí como si no me viera en realidad—. Braden, suéltame. Me haces daño.

Unos instantes después, me soltó la mano.

—Quédate, no te vayas.

—Me has hecho daño, Braden. —Me froté la muñeca.

—Lo siento, no pretendía hacerlo. Solo quería evitar que te fueras.

Algo en ese incidente no me había gustado y el instinto me dijo que me marchara de allí, pero Braden me acarició el pelo.

—Lo siento, cariño. Lo siento por todo, por haberte insultado y por haber apretado tanto. —Se llevó mi muñeca a los labios y me dio un beso en el interior—. He conducido hasta aquí después del trabajo para darte una sorpresa y contarte las buenas noticias y, cuando te he visto, estabas con un tío y luego otro te ha abrazado. —Sacudió la cabeza—. He exagerado. Te quiero. ¿Me perdonas?

Me sentí mal. Había conducido cinco horas hasta Boston solo para ver cómo me restregaba con otro hombre.

—Vale, pero, por favor, que no vuelva a pasar.

125

Sonrió.

—No volverá a pasar. —Se inclinó sobre el compartimento central del coche y me apartó el pelo de la cara—. Te he echado de menos, me alegro de haberte encontrado.

Me ablandé.

—Yo también te he echado de menos.

Cuando arrancó el coche, caí en la cuenta por primera vez de que, efectivamente, me había encontrado.

—¿Cómo sabías dónde estaba?

—Por la ubicación del móvil.

—Ah. —Reflexioné un minuto—. No sabía que lo tenía activado. ¿No tengo que darte acceso o algo por el estilo?

Braden se encogió de hombros y alargó la mano.

—Supongo que lo harías en algún momento.

Una vez más, me invadió una fugaz sensación, pero era mi novio desde hacía dos años… Lo más seguro es que hubiera compartido mi ubicación con él en algún momento y no lo recordara. Así que me deshice de la duda y entrelacé los dedos con los suyos.

Sin embargo, durante el resto del fin de semana no pude quitarme de encima esa molesta sensación. Seguía intentando recordar el momento exacto en el que había compartido la ubicación con Braden, pero, a pesar de que tenía muy buena memoria, por muchas vueltas que le diera, no recordaba haberlo hecho.

Capítulo 14

Donovan

—Venga, Elliott. Ayúdame un poco.

Elliott Silver lanzó una de las carpetas de su escritorio a una mesa plegable que había montada a la derecha. La carpeta chocó con una pila enorme y tiró otras dos carpetas al suelo. Frunció el ceño.

Desde luego, no echaba de menos mi época en la oficina del fiscal del distrito.

—Ya ha cometido dos delitos anteriormente y tiene doce años, Decker. Además, le rompió dos huesos de la nariz al otro, el nivel de violencia va en aumento. Es el tipo de caso en el que no debería hacer un trato.

—¿Y si te entregamos a un traficante?

Elliott gesticuló hacia su oficina.

—¿Te parece que necesito más casos?

—No sería solo otro caso, sería un caso mejor. Puedes deshacerte de este delito de menores sin importancia y encerrar a un tío que ha estado llenando las calles de drogas durante años.

Sacudió la cabeza.

—No te ofendas, Decker, pero lo único que tengo que hacer es conducir hasta cualquier rincón de ese barrio, bajar la ventanilla y enseñar algunos billetes para atrapar a un traficante. ¿Por qué voy a dejar escapar a un gamberro cuando no necesito la información que puede ofrecerme?

Estaba resultando más difícil de lo que esperaba.

—Storm no es un gamberro. Es un buen chico con buenas notas al que la vida ha tratado mal. Es una víctima de su entorno. Meterlo en un reformatorio solo agravará su situación, no la mejorará.

Elliott entornó los ojos antes de echarse a reír.

—Joder, has mejorado con los años. Casi me creo que pienses que el chico merece una oportunidad.

Exhalé. El chico merecía una oportunidad, lo sabía porque yo había sido como él. Normalmente no era de esas personas que trataban a los demás con prepotencia, pero en ese momento estaba desesperado.

Me incliné hacia delante.

—Oye, ¿alguna vez has cometido un error?

—¿Que si alguna vez le he roto la nariz a alguien? Pues no.

—Vale, pero has tenido que cometer algún error. —Vacilé, porque amenazar a los demás no es mi estilo, al menos no desde que me hice adulto. Pero, joder, necesitaba que me hiciera caso por más de un motivo—. Quizá aquí, en el trabajo. ¿Alguna vez has cometido un error que podría haberte jodido y alguien te dio una segunda oportunidad?

Elliott había empezado a guardar las cosas en la cartera, pero se detuvo en seco y me miró. Durante nuestro primer año en la oficina del fiscal, la había cagado pero bien con un caso: rompió un acuerdo de confidencialidad y le dio información a una mujer con la que se acostaba, que resultó ser la hermana del traficante, que le había tendido una trampa. Yo me había hecho cargo del caso y había enterrado su error por él haciendo un trato con el tipo, un trato que no se merecía.

—Eres un hijo de puta, ¿lo sabías? —Me sostuvo la mirada mientras sacudía la cabeza.

Agaché la cabeza y asentí, demasiado avergonzado para mirarle a los ojos.

—Lo necesito, Elliott.

Siguió guardando carpetas en la cartera y comentó entre dientes:

—Vale, pero no voy a retirarle los cargos inmediatamente. Tendrá que ir a un programa de prevención de la delincuencia juvenil, a un psicólogo una vez por semana durante un año, apuntarse a un programa de gestión de la ira y hacer cincuenta horas de servicios comunitarios. —Levantó un dedo a modo de advertencia—. Cuando lo complete todo, si es que lo completa, y si no se mete en más problemas, retiraré los cargos.

Levanté el puño para mis adentros.

—Hecho.

Elliott me miró fijamente a los ojos.

—Y después de esto estamos en paz. No estoy de coña, Decker. No vuelvas a hacerme algo así, joder.

—Entendido. —Asentí.

Señaló la puerta que había detrás de mí.

—Y ahora lárgate de mi despacho.

***

—¿Por qué llegas tan tarde? —Juliette se limpió la boca, arrugó la servilleta y la lanzó a la caja de comida vacía que había encima de la mesa.

Cogí la bolsa y saqué mi comida. Habían hecho nuestro pedido habitual de los miércoles mientras yo volvía de la oficina del fiscal del distrito.

—Estaba en el centro por un caso.

—Ah, ¿sí? ¿A qué inmerecido multimillonario has salvado hoy?

Me senté y abrí las gambas al estilo de Sichuan con brócoli.

—Por si te interesa, hoy he usado mis superpoderes por el bien de un niño.

Trent y Juliette intercambiaron una mirada.

—¿Has diseñado ya una estrategia para manejar las cosas? —me preguntó Juliette.

Cogí una gamba con los palillos y me la metí en la boca.

—No necesito ninguna estrategia. He conseguido un trato.

Juliette sacudió la cabeza.

—No me refiero al chico, sino a su asistenta social.

Fruncí el ceño y me encogí de hombros.

—No se lo he dicho todavía, pero estoy seguro de que se alegrará.

—Me refería a cómo vas a sobrellevarlo todo una vez vuelvas a acostarte con ella. ¿O ya lo has hecho? Hace varios días que no te vemos…

—No me estoy acostando con Autumn, mamá y papá. Pero si fuera el caso, ¿para qué iba a necesitar una estrategia? Es bastante sencillo… es como bailar la canción del *hokey pokey* en horizontal. La metes, la sacas, la metes y sacudes sin parar. Puedo escribiros las instrucciones si queréis, sé que hace tiempo que no lo hacéis.

Juliette estaba mordisqueando el extremo de su palillo, pero lo usó para clavármelo en el brazo.

—Lo digo en serio, tonto del culo. ¿Qué vas a hacer con Dickson?

—No voy a bailar el *hokey pokey* horizontal con él.

—Deja de comportarte como un imbécil y céntrate durante un minuto —dijo ella—. Necesitas el voto de Dickson. ¿Crees que cuando se entere de que te estás acostando con la mujer con la que sale te dará su voto?

—Primero, no me estoy acostando con Autumn, y segundo, si lo estuviera haciendo, no sería asunto suyo.

Juliette frunció el ceño.

—Así que esa es tu estrategia, no tener ninguna.

Miré a Trent, que era la voz de la razón.

—¿Qué me estoy perdiendo? ¿Qué estrategia debería tener?

Trent sorbió por la pajita de su refresco hasta que hizo ruido.

—Tu estrategia debería ser retirarte, por lo menos hasta la votación de los nuevos socios.

—¿Cómo voy a retirarme de un caso?

Juliette puso los ojos en blanco.

—Acabas de decir que has llegado a un acuerdo en el caso del que ella forma parte. La llamas, le das la buena noticia y después no hablas con ella en un mes o así.

Yo había pensado más bien en decírselo en persona y sugerirle que tomáramos algo para celebrarlo, pero no lo mencioné.

—Os preocupáis por nada.

Comíamos en una sala de reuniones con las paredes de cristal, así que básicamente estábamos en una pecera. Justo cuando me llevaba a la boca otro pedazo de gamba, el mismísimo Dickson pasó junto a la sala. Echó un vistazo, me vio y abrió la puerta.

—Decker, ¿qué pasa con el caso de Stone?

Menudo imbécil. Sabía a qué se refería, pero ¿por qué iba a ponérselo fácil?

—¿Stone? ¿Es nuevo? No me suena.

Frunció los labios.

—¿Ni siquiera recuerdas el nombre del maldito niño? El caso *pro bono* que te asigné…

—¡Oh! Storm. El nombre del cliente es Storm.

—Como sea. ¿Cómo lo llevas?

Ni de broma iba a dejar que llamara a Autumn para darle mi buena noticia.

—Estoy hablándolo con el fiscal del distrito y parece que va por buen camino.

Asintió.

—Muy bien. Arréglalo, este caso es importante para mí. Mantenme informado.

Apreté los dientes y esbocé una sonrisa digna de un político.

—Por supuesto.

Cuando se daba la vuelta para irse, comentó:

—No creo que deba recordarte que tu futuro depende de cómo vayan las cosas en el próximo mes. No olvides darlo todo en todos los casos, incluso en aquellos por los que no nos pagan. No los revises solo por encima únicamente porque no sean horas facturables.

Como si le importaran una mierda los casos *pro bono*. El año pasado, la clienta de mi caso gratuito fue una mujer que vivía en una residencia de ancianos y Dickson me había dicho que el tiempo que le dedicara al caso debería ser en proporción a cuánto fuese a durar la mujer.

Apreté la mandíbula.

—Por supuesto. No lo revisaré por encima, me involucraré hasta el fondo.

Por el rabillo del ojo, vi que Juliette puso cara de sorpresa y después apartó la mirada rápidamente. Si Dickson se dio cuenta, no lo demostró. Nos miró a los tres y asintió.

—Muy bien, mantenme informado.

En cuanto se cerró la puerta y Dickson salió al pasillo, Juliette me miró con los ojos muy abiertos:

—¿Estás loco?

—Solo hago lo que quiere el jefe. —Sonreí con suficiencia.

—Eres un idiota. El comentario tonto sobre involucrarse hasta el fondo da igual, por suerte parece que lo ha pasado por alto. Pero te ha preguntado si has resuelto el caso, que lo has hecho, y has dicho que sigues trabajando en ello para poder contárselo personalmente a Autumn.

—¿Y? —Me encogí de hombros—. ¿Por qué no puedo darle yo las buenas noticias al cliente?

—Autumn no es el cliente, sino el niño. Además, te ha pedido que lo mantengas informado del estado del caso. ¿No crees que se enfadará cuando se entere de que lo has resuelto por la mujer con la que sale?

Tenía algo de razón, pero no iba a dejar que ese idiota se llevara el mérito de los hilos que yo había tenido que mover. Sacudí la cabeza.

—Deja de preocuparte tanto, todo saldrá bien.

—¿Sabes qué necesitas?

Asentí.

—Lo sé, de hecho, soy la única persona que sabe lo que necesito.

Juliette me ignoró.

—Necesitas una distracción.

Últimamente, estar en el bufete me había parecido una distracción.

—Te voy a organizar una cita con mi amiga. Es profesora de yoga: se dobla como un *pretzel* y es preciosa.

—No es necesario, pero gracias.

Trent había estado callado, pero me miró y sacudió la cabeza.

—Juliette tiene razón. Queda poco más de un mes para la votación de los socios y Dickson está insistiendo en saber cómo va este caso por algo. Es obvio que le gusta mucho Autumn. No digo que te apartes para siempre, sino que dejes a un lado lo que quieres durante una temporada. Un mes no es tanto tiempo.

Había pasado menos de una semana desde que había visto a Autumn y ya me parecía demasiado tiempo. Estaba seguro de que mis amigos exageraban, pero no me llevó mucho tiempo darme cuenta de que quizá tenían algo de razón…

Capítulo 15

Autumn

No me apetecía ir a una fiesta.

Mientras conducíamos hasta los Hamptons para asistir a la barbacoa, me dolía la tripa. No conseguía librarme de la sensación de que estaba haciendo algo mal, como si fuera culpable aunque no hubiera cometido ningún delito. Por lo menos, no un delito físico. Pero ¿un estrangulamiento emocional? Eso ya era otro tema.

Blake me echó un vistazo mientras yo miraba por la ventanilla.

—¿Te encuentras bien?

—Sí, es solo que tengo demasiadas cosas en la cabeza por culpa del trabajo.

Asintió.

—¿Stone te está dando problemas otra vez?

Arrugué el ceño.

—Storm. Y no, en realidad últimamente está un poquito mejor.

—Blake Jr., mi hijo de ocho años, también se porta mal a veces. A menudo es solo porque quiere un poco más de atención.

«Ehhh… Creo que a Storm le preocupa más que su madre sea una adicta que lo abandonó y tener que vivir en un hogar lleno de niños problemáticos a los que no quiere nadie».

134

—La mayoría de mis chicos se portan mal porque están enfadados, no porque necesiten más atención. No saben cómo manejar las emociones y en las calles les han enseñado que mostrar sus sentimientos es de débiles.

Blake sonrió.

—Mírate, ya pareces la doctora Wilde.

Intenté sonreírle y volví a mirar por la ventanilla.

La casa de Rupert Kravitz se encontraba en el pueblecito de Sagaponack, que formaba parte de los Hamptons. Si Blake no me hubiera dicho que era el código postal más caro de la Costa Este, puede que me hubiera gustado el pueblo pintoresco mientras lo atravesábamos en coche. Sin embargo, en cuanto empezó a recitar los nombres de los famosos que vivían allí y mencionar cuántos corredores de bolsa del grupo Goldman Sachs tenían casas en primera línea de playa, tuve el mismo mal sabor de boca que tenía cuando volvía a Greenwich y veía a los amigotes arrogantes de mi padre.

Para ser honestos, me arrepentía de haber ido.

En la propiedad de Kravitz, me sentí como si hubiera entrado en una fiesta de jubilación. Los hombres tenían el pelo blanco, llevaban pantalones de color caqui y chaquetas azul marino y bebían de vasos de cristal mientras que sus estiradas mujeres llevaban sombreros enormes para proteger el bótox de los rayos del sol. Saludé con la misma sonrisa falsa que había usado en las fiestas de mi padre durante años mientras Blake hacía las presentaciones. Fuera había algunos hombres jóvenes, pero Blake parecía ser uno de los más jóvenes, si no el que más. También me fijé en que había conocido a muchos socios llamados Rupert, Michael y Larry y, aunque por lo menos había algo de diversidad entre los hombres, no había ninguna Susan, Michelle o Christine.

—¿A tu bufete no le gustan las socias? —pregunté discretamente de camino al bar que habían instalado junto a la piscina.

Blake sonrió.

—Hay una. Teníamos dos, pero una se fue.

—¿Cuántos socios hay en total?

—Hay nueve socios mayoritarios que dirigen la empresa y otros veintiocho socios capitalistas.

—Treinta y siete socios y solo una mujer, y otra que se fue. ¿Quizá porque se sentía fuera de lugar?

Él rio.

—En realidad, Elaina se fue porque se mudó a Grecia. Era de allí. Su madre se puso enferma, así que decidió tomarse un tiempo para cuidarla y, mientras estaba allí, decidió que prefería la vida sencilla que tenía en casa.

—¿Por qué hay tan pocas socias?

—Supongo que porque no es fácil que te hagan socio en el bufete. De media, un abogado trabaja entre setenta y ochenta horas a la semana durante más de diez años antes de lograrlo. Te gradúas en Derecho con unos veinticuatro años y muchas mujeres quieren un trabajo menos exigente porque se casan o tienen hijos, o planean hacerlo.

—Suena muy anticuado.

—Puede ser. —Se encogió de hombros—. Pero se trata de compaginar la vida personal y la laboral. Si estás casado con tu trabajo, es difícil estar casado con alguien más. Si no pregúntale a mi exmujer. —Salimos al bar—. ¿Quieres vino?

—Claro. Blanco, por favor.

Mientras esperábamos a que nos sirvieran la bebida, eché un vistazo alrededor.

—Me has presentado a muchas esposas, ¿cómo se las arreglan para que los matrimonios funcionen?

—No lo hacen. O por lo menos no con las primeras mujeres. —Blake examinó el espacio—. De las mujeres que veo, ninguna es la original. Cuando te casas por primera vez, normalmente lo haces por amor, y esa persona espera que le dediques tu amor y tu tiempo. Cuando no funciona, te casas por la compañía y por conveniencia. Todas las cartas están sobre la mesa y ambos sabéis dónde os metéis.

—Suena un poco… triste.

—Puede, pero también es realista. Muchas mujeres pierden el puesto de socias porque quieren formar una familia, pero el mismo número de hombres pierde una familia porque quieren ser socios.

No sabía si era por mi estado de ánimo antes de llegar o por la conversación que acabábamos de tener, pero me invadió un sentimiento de melancolía. La descripción que Blake había hecho de las segundas mujeres me hizo darme cuenta de que eso era básicamente lo que él buscaba: una compañera con la que pasar tiempo, pero a la que nunca querría de verdad. Me entristeció pensar en que nunca habría pasión en nuestra relación, o por lo menos no de la que te consume el corazón, el cuerpo y el alma. Sí, podría haber pasión sexual. Y durante los últimos años con eso me había bastado, incluso puede que hubiera olvidado que podía existir algo más que eso. Pero últimamente me parecía imposible sacármelo de la cabeza.

—¿Estarás bien si te dejo sola unos minutos? —preguntó Blake—. Después de un viaje tan largo, tengo que ir al baño.

—Sí, claro.

Me dio un beso en la mejilla y en realidad me sentí aliviada cuando se alejó. Necesitaba estar sola unos minutos. Me estaba dejando llevar por las emociones. Y, aun así, mientras miraba el agua azul y clara de la piscina, no pude evitar pensar en Donovan. Lo que sentía cuando estaba con él era muy distinto a lo que sentía cuando pasaba tiempo con Blake. Donovan me hacía querer más cosas; correr más riesgos, volver a confiar, creer que el mundo podía cambiar y ser un sitio mejor. Me dolía físicamente intentar librarme de esos sentimientos. Suspiré y di un trago al vino.

Blake volvió demasiado pronto.

—¿Me has echado de menos? —preguntó.

—Por supuesto —mentí.

Sopló una brisa ligera que hizo que se me pusiera la piel de gallina. Llevaba un vestido sin mangas y me froté el brazo para protegerme del frío.

—¿Tienes frío? —Blake arrugó el ceño.

—No lo he tenido hasta ahora, ha sido por la brisa.

Blake había envuelto el vaso que tenía en la mano con una servilleta. La despegó del vaso y la usó para limpiarse el sudor de la frente.

—Debo haberme perdido esa brisa. Si vuelve a pasar, mándamela. Me estoy asfixiando aquí al lado de la piscina.

Supuse que era porque llevaba una camisa de vestir de manga larga mientras que yo llevaba un vestido sin mangas.

—¿Por qué no nos ponemos debajo de la marquesina? No tengo frío, es solo que la brisa me ha puesto la piel de gallina.

—Si no te importa, me parece perfecto.

Nos dirigimos allí. Yo iba delante de Blake, mirando al suelo para que no se me clavaran los tacones en el césped, pero cuando llegamos al patio levanté la cabeza y me detuve en seco. Blake se chocó con mi espalda y me derramó parte de su bebida sobre la piel expuesta. Se disculpó, pero yo estaba demasiado ocupada mirando al frente para prestar atención a lo que fuera que estuviera diciendo.

Después de todo, la piel de gallina no había sido por la brisa.

Pestañeé un par de veces para asegurarme de que no era fruto de mi imaginación. Pero la mirada azul que me atravesaba era muy real.

«¿Qué hace aquí Donovan?».

***

Ahora era yo la que sudaba.

Me quedé junto a Blake e hice todo lo posible por fingir que participaba en la conversación que tenía con uno de los socios, pero seguía desviando la mirada hacia el hombre que había al otro lado del patio. Lo miraba cada treinta segundos aproximadamente, y todas y cada una de las veces, él me devolvía la mirada. Me daba miedo que Blake lo pillara, pensara que intentaba ligar conmigo y Donovan perjudicara sus posibilidades de convertirse en socio. Blake ya había dicho que no era un gran admirador de Donovan Decker. Me puse en tensión, me sentía como si estuviera esperando a que ocurriera un accidente de coche. Lo veía venir, acercándose a noventa kilómetros por hora, y no podía hacer nada por evitarlo.

Estaba absorta en mis pensamientos mientras la gente hablaba a mi alrededor hasta que la conversación captó mi atención.

—Veo que ya han llegado Mills y Decker. ¿Qué piensas de ellos?

—Me gusta Mills —dijo Blake—. Tiene la cabeza bien amueblada, toma decisiones firmes y ha trabajado mucho. Decker es mejor abogado, pero también es muy impulsivo. Se deja llevar por sus emociones y eso es señal de que seguramente no está preparado para ser socio.

—Eso es cierto. —El otro tipo señaló a Blake con el vaso—. Pero Decker también le da mil vueltas a la facturación de Mills. Y trae muchos clientes nuevos. Se ha forjado un nombre entre los ejecutivos de éxito como al que debe acudirse cuando se arma bien gorda. No me gustaría que abandonara el barco y se llevara todo el negocio con él. Tenemos que darle un motivo para quedarse.

Blake se encogió de hombros.

—Todavía no lo he decidido del todo. —Me miró y me guiñó el ojo—. Estoy esperando a ver cómo salen algunas cosas.

Me aclaré la garganta.

—Pensaba que la barbacoa de hoy era solo para los socios.

—Sí, bueno, más o menos. Todos los socios vienen, pero también se invita a los candidatos a socio. Es una forma de conocerlos fuera del bufete. Muchos de los socios interactúan muy poco con los abogados de otros departamentos y aun así pueden votar. Así que es tradición invitar a los candidatos.

El otro tipo sonrió con suficiencia.

—Es su última oportunidad para arrastrarse.

Unos minutos más tarde, el socio que era dueño de la casa llamó a Blake para que entrara. Él se disculpó y me dio un beso en la mejilla.

—Vuelvo en unos minutos.

En cuanto cruzó el arco de la terraza, Donovan se acercó. Cuando llegó a mi lado, el corazón ya se me había salido del pecho.

—No esperaba verte aquí. —Tenía la voz firme, pero su mirada estaba llena de emoción.

Fruncí el ceño.

—Yo tampoco tenía ni idea de que estarías aquí. Blake me dijo que era una barbacoa para los socios y tú nunca mencionaste que fueras a venir.

Donovan dio un sorbo a un botellín de cerveza. No se me había escapado que probablemente fuera la única persona de esa fiesta tan pija que no bebía de una copa de cristal. Me miró por encima de la botella mientras tragaba.

—Te llamé ayer y no me devolviste la llamada.

—Lo siento. Estaba… ocupada.

—Ocupada evitándome.

—Donovan, yo… —Por encima de su hombro vi que Blake salía de la casa y se dirigía hacia nosotros. Donovan debió de notarme el cambio en la cara y se dio la vuelta para seguir mi mirada.

Blake estaba a solo unos metros cuando Donovan volvió a darse la vuelta. Me miró a los ojos y se inclinó hacia mí para susurrarme:

—Me está matando ver cómo te pone las manos encima, aunque solo sea en la espalda, joder. ¿De verdad te gusta lo que sientes cuando te toca?

Aunque sus palabras habían sonado enfadadas, había mucho dolor en su voz. Se me encogió el estómago y tuve que tragar saliva para deshacerme del nudo que se me había formado en la garganta. Donovan se apartó de mí, se puso derecho y se bebió el resto de la cerveza de un trago sin quitarme los ojos de encima.

—Decker —dijo Blake con una inclinación brusca de la cabeza. Me rodeó la cintura con un brazo y Donovan bajó la vista para quedarse mirando los dedos de Blake, que asomaban por delante de mí. Cerré los ojos mientras rogaba para mis adentros que no hiciera ninguna estupidez.

—Dickson. —Donovan le devolvió el saludo brusco.

—¿Qué pasa con el caso de Autumn? Pensé que pasártelo a ti sería una decisión inteligente, pero empiezo a dudarlo. Contaba con que por lo menos consiguieras que rebajaran los cargos a delito menor.

Donovan apretó la mandíbula.

—En realidad, he conseguido que Storm entre en un programa de prevención para la delincuencia juvenil. Le retirarán los cargos por completo si hace algunas cosillas y no se mete en problemas durante un año.

Pestañeé.

—¿De verdad?

Donovan asintió.

—Te llamé anoche para discutir los detalles y me saltó el buzón de voz después de un tono. Debías de estar al teléfono… o me colgaste.

Solté una risita nerviosa.

—Debía de estar al teléfono. Supongo que no he comprobado los mensajes, pero es una noticia fantástica. ¿Cómo lo has conseguido? Era su tercer delito, así que pensaba que estaba metido en un buen lío.

Los labios de Donovan se curvaron en un gesto parecido a una sonrisa, pero no había felicidad en él.

—He vendido mi alma al diablo, pero sabía que era un caso importante y era necesario.

Blake me quitó la mano de la cintura y se la extendió a Donovan.

—Buen trabajo, no lo olvidaré. Me has sorprendido últimamente, estaba seguro de que te desharías del viejo Bentley después de lo que hizo la semana pasada.

La ojos de Donovan se posaron brevemente en los míos. Tomó la mano que le extendía Blake, pero era evidente que sus palabras iban dirigidas a mí.

—Quería hacerlo, pero me di cuenta de que no era buena idea.

La mujer a la que me habían presentado antes como la anfitriona de la fiesta, la esposa del socio dueño de la casa, se acercó a nosotros y le rodeó el bíceps a Donovan con la mano.

—Aquí estás. Me alegro de verte, Donovan.

—Yo también, Monica.

—Mi marido se niega a preguntarte si estás soltero, así que se me ha ocurrido acercarme y hacer los honores.

Donovan volvió a cruzar la mirada con la mía.

—Sí.

—Bien. —Inclinó la cabeza hacia la piscina, junto a la que se encontraba una mujer preciosa.

Probablemente tendría unos veinticinco años y llevaba un vestido corto de color blanco que le resaltaba las piernas larguísimas y bronceadas.

—Me gustaría presentarte a mi sobrina. Acaba de mudarse desde California y empezará Derecho este otoño. He pensado que podríais ser amigos.

Me invadieron los celos. Sabía que era una tontería, dado que a mí me rodeaban los brazos de otro hombre, pero la lógica no iba a cambiar lo que sentía.

Donovan sonrió con amabilidad.

—Por supuesto. —Hizo un último gesto a Blake con la cabeza y se acercó con la anfitriona a la mujer de la piscina sin dirigirme otra mirada.

Durante el resto de la tarde, intenté concentrarme en las conversaciones de las que se suponía que debía formar parte mientras trataba de no observar a ciertas personas. Fracasé estrepitosamente. Cada vez que la rubia se revolvía el pelo, me sentía como un toro cuando ve un capote rojo, y madre mía, la de veces que se sacudía los mechones. Tuve la suerte de que era

142

un día caluroso, así el rubor de mis mejillas era menos evidente. En un momento dado, la rubia puso las manos sobre el pecho de Donovan mientras reía y tuve muchas ganas de irme a casa.

—Disculpadme un momento, por favor —les dije a Blake y a los socios con los que estábamos hablando en ese momento. Para ser sinceros, todos me parecían iguales—. ¿Puedes decirme dónde está el baño?

—Por supuesto. —Él señaló la casa—. Sube las escaleras y gira a la izquierda o la derecha. Hay uno a ambos lados.

Giré a la izquierda en lo alto de las escaleras, pero ya había alguien en ese baño, así que fui en busca del otro. Este estaba libre, entré, dejé el bolso sobre la cisterna del váter y me agarré a los lados del lavabo mientras exhalaba con fuerza. Sentí que era la primera vez que había podido respirar en horas. Quería mojarme la cara con agua fría, pero no llevaba maquillaje para arreglar el destrozo que iba a causar. En su lugar, agaché la cabeza, cerré los ojos y respiré profundamente. Unos minutos más tarde, empecé a sentirme mejor… hasta que llamaron a la puerta.

No sé por qué, pero me quedé mirando la puerta fijamente sin mediar palabra. Después de unos treinta segundos de silencio, la manija se movió de arriba abajo, pero había echado el cerrojo al entrar. Cuando pasó algo más de tiempo y pensaba que tal vez la persona había pillado la indirecta, volvieron a llamar. Esta vez, el sonido vino acompañado de una voz.

—Soy yo.

Donovan.

Me acerqué a la puerta, apoyé la cabeza en ella y le dije en voz baja:

—Vete.

—No voy a ir a ninguna parte. Abre la puerta, Autumn.

Me planteé discutírselo, pero tenía el presentimiento de que no iba a echarse atrás y no quería que nadie lo viera allí hablando a través de la puerta del baño. Así que quité el cerrojo.

Donovan abrió la puerta con vacilación. Cuando no hice ni dije nada, entró y cerró el pestillo de nuevo.

—Será mejor que no te quedes mucho rato —le dije—, tu nueva amiga se preguntará dónde estás.

A Donovan se le crispó la comisura del labio.

—¿Estás celosa?

—No. —Fruncí el ceño.

Los labios fruncidos dieron paso a una sonrisa engreída en toda regla.

—Claro que no.

Suspiré.

—¿Qué quieres, Donovan? Te van a pillar, deberías bajar a la terraza.

—Me importa una mierda que me pillen. ¿Y cómo que qué quiero? Pensaba que ya lo habrías averiguado. —Se acercó más a mí—. Te quiero a ti, Autumn.

Bajé la mirada y sacudí la cabeza.

—Vete con la rubia. —Solo decirlo hizo que sintiera un pinchazo en el corazón.

—No quiero a la rubia. Quiero lo que tengo justo delante. —Me puso dos dedos debajo de la barbilla y me levantó la cabeza para que nuestras miradas se encontraran—. Estoy loco por ti, Autumn. Y sé que tú sientes lo mismo por mí. ¿Qué más tiene que pasar para que lo admitas de una vez?

Noté el gusto de la sal en la garganta y tragué saliva con fuerza para luchar contra las lágrimas que sabía que amenazaban con salir.

—No puedo, Donovan.

Se acercó todavía más.

—Sí que puedes. No sé por qué tienes tanto miedo, pero, sea lo que sea, te ayudaré a superarlo.

Podía soportar sentir celos. Podía soportar que él estuviera celoso y enfadado, pero no podía soportar que fuera tan increíble y cariñoso. Las lágrimas me inundaron los ojos.

—Donovan…

Dio otro paso hacia mí y me tomó las mejillas. Se me escapó una lágrima cálida y comenzó a caerme por el rostro, pero él la atrapó con el pulgar.

—No sé qué más decir para convencerte. Así que te lo mostraré. —Me miró a un ojo y luego al otro—. Párame ahora si no te parece bien.

El corazón me latía con fuerza en el pecho y un montón de emociones contradictorias me pasaban por la mente, pero no por el cuerpo. Mi cuerpo deseaba más lo que estaba a punto de pasar de lo que recordaba haber querido algo alguna vez, tanto que separé los labios y los humedecí con la lengua antes de darme cuenta de para qué se estaban preparando. Donovan me miraba fijamente. A pesar de que mi cuerpo le había sacado la alfombra roja y lo había invitado a besarme, me dio tiempo por si cambiaba de opinión.

Se acercó con cuidado, centímetro a centímetro, hasta que estuvimos nariz con nariz y mis inhalaciones se convirtieron en sus exhalaciones. Retiró una de sus grandes manos de mi mejilla y me acarició el rostro hasta posármela en la nuca. Donovan me miró a los ojos por última vez y, aunque había dicho que tendría que pararlo, vi que dudaba. En ese momento, el pánico que había sentido porque me besara se convirtió en pánico porque no lo hiciera. Así que asentí.

Una enorme sonrisa le iluminó el rostro justo antes de posar sus labios sobre los míos. Nuestras lenguas chocaron con impaciencia. Había pasado casi un año desde que nos habíamos besado, pero nuestros cuerpos no necesitaron tiempo para volver a conocerse. Donovan dejó caer la mano desde la nuca para posarla en mi trasero y, con un movimiento rápido, me levantó. Le rodeé la cintura con las piernas y él se dio la vuelta y nos guio hasta que choqué de espaldas con la pared. Donovan se apretó contra mis piernas abiertas, me tomó del pelo y me tiró de la cabeza hacia atrás para dejarme el cuello al descubierto. Gimió mientras me besaba los labios y luego la barbilla y me recorría el cuello con sus dulces besos.

—Joder —gruñó—. ¿Lo notas? Debes de notarlo, es como si algo me rasgara desde dentro para salir. —Me volvió a besar en la boca.

Nada me había sabido nunca tan bien o me había hecho sentirme tan bien. Nada en absoluto. Era imposible negar la conexión física que teníamos, incluso aunque siguiera negando la emocional.

No sé cuánto tiempo estuvimos así, besándonos y acariciándonos, manoseándonos y restregándonos, pero no quería que acabara nunca. No podía sentirme mejor, todo era perfecto. Aunque, como dice el dicho, todo lo bueno…

Acaba siendo interrumpido por unos golpes en la puerta.

«Donovan…».

Capítulo 16

Autumn

—Donovan... —Le di un empujoncito en el pecho—. ¿Has oído eso?

—Di mi nombre otra vez, me encanta —murmuró contra mis labios.

—No... Donovan... —Me aparté de él—. Ha llamado alguien.

Me agarró la nuca con firmeza y trató de volver a acercarme a él.

—Solo es el sonido de mi corazón latiéndome contra las costillas.

¿Era posible que me lo hubiera imaginado? No lo creía. Pero había estado tan absorta en lo que hacíamos que todo era posible. Presté mucha atención durante unos instantes, pero el único sonido que se oía eran nuestros jadeos.

—¿Lo ves? —dijo Donovan, y volvió a atraerme hacia él por el cuello—. Ahora vuelve a besarme.

Sin embargo, cuando nuestros labios volvieron a encontrarse, llamaron a la puerta de nuevo, esta vez con más fuerza.

—¿Hay alguien?

Di un gritito de sorpresa al oír la voz de hombre. Donovan me cubrió la boca rápidamente con una mano y se llevó el índice a los labios con la otra. Lo miré con los ojos de par en par mientras inclinaba la cabeza hacia la puerta y decía:

—Está ocupado, salgo en un minuto.

—Lo siento, no hay prisa.

Donovan volvió a mirarme a los ojos y a pedirme que me callara con el dedo. Asentí, así que apartó la mano y me dejó en el suelo antes de guiarme hasta el lado opuesto del baño y abrir el grifo.

Se inclinó hacia mí y me susurró al oído:

—Es Kyle Andrews, uno de los socios. Es un tipo decente, pero come con Dickson todos los días.

Sentí que palidecía.

—¿Qué vamos a hacer?

—Yo saldré primero e intentaré entretenerlo para que puedas escabullirte.

—¡Madre mía! Nos van a pillar.

—No voy a dejar que te pase nada.

—No estoy preocupada por mí, Donovan. Sí, lo que he hecho está muy mal. He venido con otro hombre y me moriré de la vergüenza si nos pillan, pero lo que tengo con Blake no es serio. En cambio, tú perderás el trabajo.

—No te preocupes por mí.

Sacudí la cabeza.

—Vamos a quedarnos aquí dentro.

Donovan frunció el ceño.

—Está esperando. Además, al final la gente se dará cuenta de que no estamos. O por lo menos Dickson se dará cuenta, si tiene algo de cerebro.

—¿Por qué no les decimos que no me encontraba bien y has entrado a ayudarme?

Donovan bajó la mirada hacia mi boca y me pasó el dedo por el labio inferior hinchado.

—No es idiota.

Nerviosa, exhalé una bocanada de aire caliente y asentí.

—Vale.

—Quédate escuchando en la puerta. Cuando diga que hoy hace calor, significa que tienes vía libre para salir.

Asentí.

Donovan cerró el grifo y se dirigió a la puerta. Yo lo seguí de cerca para no perderme nada de lo que dijeran. Antes de alcanzar el picaporte, se detuvo y se dio la vuelta. Me sujetó por las mejillas, se acercó a mí y me dio un beso suave en los labios. «¿Lista?», movió los labios sin mediar palabra.

No lo estaba, pero asentí igualmente.

Me sentí físicamente enferma cuando abrió la puerta lo suficiente para salir. En lugar de cerrar la puerta tras él, la dejó abierta una rendija para que escuchara.

—Sí que has tardado —afirmó la voz de hombre.

—Lo siento. Por cierto, ¿dónde está tu mujer? Cheryl, ¿no?

—Sí, no ha venido. Está en casa con el «embarazo interminable», como lo llama ella. Dios me libre de recordarle que todavía le quedan dos meses.

Donovan rio.

—Es diseñadora, ¿verdad?

«¿Cómo narices está tan tranquilo y suena tan normal?».

—Ahora se dedica más que nada a gastarse una fortuna en redecorar habitaciones en casa que ya decoró hace un año o dos, pero sí, era diseñadora de interiores.

—¿Has visto el cuadro que hay al final del pasillo?

—No, ¿por qué?

—¿Te importaría sacarle una foto y preguntarle si sabe quién es el artista?

—¿Por qué no le preguntas a Kravitz?

—Porque no se acuerda.

—Oh… sí, claro.

Oí cómo los pasos se alejaban de la puerta. Cuando se detuvieron, Donovan dijo:

—Este es. Supongo que lo mejor es que tu mujer no haya venido, porque hoy hace un calor infernal.

«Ay, Dios». Era la señal. Pensaba que iba a vomitar, pero abrí la puerta lo suficiente para echar un vistazo al final del pasillo. El socio estaba de espaldas a mí y de cara al cuadro mientras toqueteaba el teléfono. Donovan se inclinó hacia atrás y miró en mi dirección antes de hacerme un gesto con la mano para que me fuera. Así que inhalé profundamente, me colgué el bolso del hombro mientras salía por la puerta y me dirigí hacia las escaleras haciendo el mínimo ruido posible.

No tenía ni idea de si alguien me había visto, porque no miré atrás. El corazón me latía a mil por hora mientras me dirigía a la planta principal. Hasta que no alcancé el último escalón, no me di cuenta de que estaba conteniendo la respiración. Y, al parecer, tampoco prestaba atención a por dónde iba, porque me choqué con un pecho firme.

—Uy, ¿por qué tanta prisa? —Blake sonrió, pero me miró a la cara y su sonrisa se apagó—. ¿Estás bien?

Me temblaban las manos, tenía las yemas de los dedos entumecidas y ni siquiera podía ocultar que no me quedaba sangre en el rostro. Una capa de sudor me cubría la frente.

Cuando no respondí de inmediato, Blake me puso las manos en los hombros:

—¿Te encuentras bien?

Gracias a Dios. Necesitaba que alguien me proporcionara una excusa creíble.

—No, lo siento. No sé si he pillado algo o si he comido algo que no me ha sentado bien, pero acabo de vomitar.

—Me preguntaba por qué tardabas tanto en el baño. ¿Quieres que te traiga algo? ¿Un refresco, agua, o algo?

—No. —Sacudí la cabeza—. Lo siento, creo que voy a llamar a un Uber e irme a casa.

—¿Un Uber? No digas tonterías, yo te llevo.

—No, es una fiesta de tu trabajo y no hemos estado mucho rato. Deberías quedarte aquí, no quiero fastidiarte la barbacoa.

Blake sonrió con cariño.

—No estás fastidiando nada. Odio estos sitios y ya me he dejado ver por aquí, es todo lo que tenía que hacer.

Realmente quería escabullirme por la puerta, subirme a un Uber y volver pitando a la ciudad, pero tampoco quería levan-

150

tar sospechas. Así que asentí, aunque la idea de pasar dos horas volviendo de los Hamptons en el coche de Blake después de lo que acababa de pasar en el baño me hizo sentir como si fuera a salirme urticaria.

Blake se acercó y me besó en la frente.

—Hay una biblioteca al final de ese pasillo, es la última puerta a la izquierda. ¿Por qué no me esperas allí? Haré una ronda para despedirme y nos iremos.

Tenía que despejar la mente, así que le di las gracias y recorrí el pasillo. Diez minutos más tarde, Blake entró en la biblioteca.

—Siento haber tardado tanto —comentó—, ¿estás lista?

Me puse en pie e hice un último intento desesperado.

—De verdad que no me importa coger un Uber. ¿Estás seguro de que no prefieres quedarte antes que pasar dos horas en el coche con alguien que no se encuentra bien?

Blake me rodeó con los brazos y me atrajo hacia su pecho.

—Dos horas contigo enferma son mejores que una tarde con todos estos payasos. —Me dio un beso en la coronilla.

¿Por qué tenía que ser tan bueno? Como si no me sintiera suficientemente como una mierda.

—Venga. —Me soltó y señaló la puerta—. Vamos a sacarte de aquí.

Pensé que habíamos conseguido salir ilesos de la fiesta hasta que Blake abrió la puerta principal para dejarme pasar. Donovan estaba en el porche, solo. Me miró, después a Blake y luego a mí otra vez sin mediar palabra.

—¿Qué haces aquí, Decker? —Blake cerró la puerta detrás de él—. No estarás intentando escabullirte de la fiesta, ¿no?

El rostro de Donovan permaneció impasible.

—No, solo necesitaba aire fresco.

—¿Te encuentras mal? Autumn cree que le ha sentado mal algo que ha comido. Espero que no acabemos todos con una intoxicación alimentaria.

Donovan me miró fijamente.

—Estoy casi seguro de que no es una intoxicación.

—Bien. Pues disfruta de la fiesta. —Sin advertir nada, Blake me puso la mano en la espalda—. Y, Decker, lo de hoy es una buena oportunidad. No vayas a hacer algo estúpido y estropearlo.

Cerré los ojos. Dios, ¿por qué no le había dado ese consejo media hora antes? Sentí la mirada de Donovan sobre mí, pero no quería empeorar las cosas, así que mantuve la cabeza gacha mientras me despedía y hacía, cabizbaja, el paseo de la vergüenza hasta el coche.

El trayecto de vuelta fue largo y lo pasé perdida en mis pensamientos. Respondía cuando Blake me hacía una pregunta directa, pero, más allá de eso, no hablé mucho. Por suerte, tanto los síntomas físicos que había demostrado como la distancia mental podían deberse a que no me encontrara bien. Cuando llegamos a mi apartamento, Blake empezó a buscar una plaza de aparcamiento, pero yo quería estar sola.

—Siento que hayas tenido que irte antes de la fiesta, pero si no te importa, no me apetece tener compañía ahora mismo.

—Sí, claro. Lo entiendo. A mí también me gusta estar solo cuando no me encuentro bien.

Me obligué a sonreír.

—Gracias.

—Aparco y te acompaño a la puerta.

Sacudí la cabeza.

—No pasa nada, no tienes que acompañarme.

—¿Estás segura?

Asentí.

—Al menos deja que pare y te abra la puerta.

—De acuerdo.

Blake rodeó el coche hasta mi lado y abrió la puerta. Alargó la mano, me ayudó a salir del coche y no me soltó.

—Te mandaré un mensaje más tarde para ver cómo te encuentras.

Estaba segura de que me sentiría igual, como una mierda. Sin embargo, volví a sonreír.

—Gracias.

Se inclinó para besarme y me inundó una ola de pánico. Sin pensar, le puse la mano en el pecho para detenerlo. Blake arrugó el ceño.

—No… no quiero contagiarte.

Sonrió.

—Me arriesgaré.

—No, en serio. —Me cubrí la boca.

Blake esbozó una sonrisa conciliadora, se llevó mi mano a la boca y me dio un beso suave en los nudillos.

—Espero que te mejores. Nos vemos pronto.

Capítulo 17

Donovan

«No la voy a llamar. La pelota está en su tejado. Si quiere seguir saliendo con ese capullo, me parece bien. No puedo hacer nada».

Di un trago al tercer vodka con tónica que había bebido desde que había entrado por la puerta hacía menos de una hora, tomé el rociador de la encimera de la cocina y comencé a regar las plantas mientras farfullaba.

—Es una idiotez, no hay manera de que sienta lo mismo con Dickson, joder.

Flus, flus.

—Lo que me pasa es que tengo que acostarme con alguien, eso es todo.

Flus, flus.

—No la voy a llamar. Que le den a todo. Es más, que le den a ella.

Flus, flus.

Pero entonces recordé el aspecto que tenía en el baño: las mejillas rojas, los labios hinchados y el pelo despeinado como si le hubieran dado tirones… porque se los había dado yo. Joder. Estaba preciosa.

Y después recordé el aspecto que tenía cuando salió de la casa: pálida, nerviosa, parecía tan enferma como fingía estar.

«A lo mejor debería ver cómo se encuentra…».

Miré el móvil, que descansaba sobre la encimera, y sacudí la cabeza.

—No, no la vas a llamar. Está bien.

Flus, flus.

«Pero, ¿y si…?».

—No. —Flus, flus—. Ni de broma.

Diez minutos más tarde, se me ahogaban las plantas, así que decidí que me uniría a ellas y me serví otra copa de vodka con tónica. Yo era más de tomarme un par de cervezas, o una copa de vino para cenar, por lo que los destilados me sentaban como un tiro.

Me bebí la mitad de la copa de un trago y me quedé mirando el teléfono móvil.

—Deja de mirarme, o también te regaré.

Por algún motivo absurdo, este último comentario me hizo reír como un maníaco. Me sentí un poco loco partiéndome de la risa solo en mi apartamento, pero cuando acabé, mi enfado se había esfumado. Al parecer, necesitaba unas buenas risas… o el cuarto vodka.

Ya sin estar enfadado, cogí el teléfono de la encimera y me dirigí al salón con la copa a medio terminar en la mano. Reposé los pies en la mesilla y alterné entre reclinar la cabeza para mirar al techo fijamente y beber vodka con tónica, perdido en mis pensamientos.

Ese beso. Por muy cursi que sonara, me gustaban los besos. No pasaba muy a menudo, pero cuando introducías la lengua en la boca de una mujer y su sabor te consumía… era casi mejor que el sexo. Sí, es verdad. Soy un tío y pienso que un beso puede ser mejor que echar un buen polvo. El caso es que tengo treinta y un años, la mano ya me sirve para correrme. Un agujero en la pared haría la misma función. Y no es por ser un capullo engreído, pero tengo bastante suerte con las mujeres cuando quiero. Así que el sexo en sí, correrse en un coño, una boca, una mano o donde sea, está bien, pero en general es bastante común. Pero ¿un beso con una mujer que te ha robado el corazón? No tiene nada de común. Es inolvidable.

Me terminé la copa y decidí que necesitaba saber si era el único que se sentía así. Así que dejé el vaso vacío en la mesita y accedí a mis contactos. Autumn era la primera, así que ni siquiera tuve que molestarme en buscarla.

Respondió al segundo tono.

—Hola.

A riesgo de parecer más nenaza de lo que probablemente había parecido con la idea del beso, su voz provocó que un fuego me recorriera las venas.

—¿Crees que un beso puede ser mejor que el sexo?

—Si me lo hubieras preguntado hace un año, lo más seguro es que te hubiera dicho que no.

Dejé caer la cabeza sobre el respaldo del sofá otra vez y disfruté del momento.

—¿Y ahora?

—Ahora creo que un beso puede ser como el oxígeno cuando no puedes respirar.

Sonreí.

—¿Estás sola?

—Sí.

—¿Dónde está el capullo?

—Me ha dejado en casa.

—¿Es lo que quería?

Suspiró.

—Es lo que quería yo.

—¿Y eso por qué?

—Porque no suelo meterle la lengua en la garganta a dos tíos en el mismo día.

Ambos nos quedamos callados durante un momento. Al final, le dije:

—Menudo beso. —Cuando no respondió, insistí—. ¿No?

—Sí, pero también ha estado mal.

—A mí no me ha parecido que estuviera mal.

—Estaba allí con otro hombre, Donovan.

—Un hombre con el que tienes una relación abierta y que no te gusta demasiado.

—¿Quién ha dicho que Blake no me guste demasiado?

—Yo, ahora mismo. Dime que te gusta.

Volvió a quedarse callada durante un rato. Cuando habló, lo hizo con suavidad.

—No es que no me guste, es muy amable e inteligente. Tenemos charlas interesantes.

Solté un resoplido.

—Yo he tenido una buena charla con las plantas hace un rato y eso no significa que quiera besarlas apasionadamente.

—Donovan…

—Autumn. —Sacudí la cabeza.

—Siento lo de hoy. Te estoy mandando señales contradictorias. No deberíamos habernos besado.

—Y una mierda.

—Me gustas, Donovan. De verdad.

—Y a mí también me gustas, muchísimo. Tanto que últimamente no soy capaz de pensar con claridad. Eres todo en lo que pienso. ¿Qué problema hay?

—Ya te lo dije. No quiero una relación.

—Pero sales con Dickson…

—Es una relación distinta.

—Bueno, aceptaré cualquier cosa. Sea cual sea el trato que tengas con Dickson, lo acepto.

—Ojalá fuera tan sencillo…

—¿Y por qué no lo es?

—Porque…

En el fondo sabía la respuesta, aunque no la entendía para nada.

—Porque sientes algo por mí, pero no por él.

—Sé que parece una tontería, pero sí.

—¿Serviría de algo que fuera un capullo contigo? Podríamos quedar para cenar y te dejaría plantada.

Rio con suavidad.

—Eres un buen tío, Donovan.

Intuí que la conversación estaba a punto de terminar, así que volví a insistir una última vez.

—Dime por qué no quieres salir con un hombre que te guste. Por lo menos dímelo para que pueda aceptarlo y pasar página.

—Quiero seguir centrada en el trabajo y en terminar los estudios.

Sabía que era mentira, pero excepto comportarme como un capullo, no podía hacer nada más. Esa vez fui yo el que suspiró profundamente. Ninguno de los dos dijo nada durante los cinco minutos siguientes, pero la oía respirar y no quería colgar. En las negociaciones, el primero que rompe el silencio casi siempre suele ser el que pierde.

—Lo siento, Donovan —dijo al final—. Pero creo que de momento debemos mantener las distancias.

Tuve que aclararme la garganta e incorporarme.

—Vale. ¿Quieres que le transfiera el caso de Storm a otra persona?

—No. Él confía en ti y no es algo que suceda muy a menudo. Además, le has conseguido un trato, así que supongo que ya está casi cerrado.

—Sí. Tendremos que presentarnos ante el juez para aceptar los términos, pero solo nos llevará unos diez minutos.

—Vale, gracias.

—Bueno, pues supongo que ya no queda nada más que decir. Le pediré a mi secretaria que te llame cuando me envíen la fecha de la vista, así no tendrás que hablar conmigo si no hace falta.

—Vale. —La voz de Autumn sonó tan triste como me sentía yo.

Quería ser amable, pero me sentía frustrado y el alcohol no me ayudaba en nada.

—Que disfrutes de tu vida sin emociones, pelirroja.

El viernes siguiente fue la *happy hour* del bufete. No había tenido ningún contacto con Autumn, aunque tampoco lo esperaba después de nuestra última conversación. Pero, aun así, la semana había sido un asco. Había perdido un juicio sumario importante, perdido un día entero preparando mociones para impedir que el banco incautara más bienes al señor Bentley (algo que iban a hacer igualmente, pero que el cliente me había pedido que intentara) y había tenido que cubrir a un socio cuya mujer había perdido a su madre y asistir a nada más y nada menos que a Dickson en un juicio.

No sabía qué era peor, pasar todo el día sentado a su lado o el hecho de que se le daban muy bien los alegatos orales. Por lo menos, en ningún momento surgió el tema de Autumn, gracias a Dios. Lo único que quería era irme a casa y buscar consuelo en mis plantas, pero Trent y Juliette no me dejaron. Prácticamente me habían arrastrado a la *happy hour* y, mientras bebía una cerveza que no quería, me di cuenta de por qué habían insistido tanto en que viniera esta noche.

—Donovan, esta es mi amiga Margo. —Juliette sonrió—. Ya te la mencioné, es la profesora de yoga.

Le hice un gesto con la cabeza.

—¿Qué tal, Margo?

Me miró de arriba abajo y ni siquiera trató de ocultar su interés.

—Mi día acaba de mejorar mucho.

«Mierda». Era una mujer preciosa, bajita, con los ojos muy grandes, de labios carnosos y una cintura diminuta, pero unas tetas y un culo tremendos… El tipo exacto de mujer que me atraería normalmente, pero no estaba interesado. Juliette, creyendo que me había hecho un gran favor, me sonrió e hizo un gesto de despedida con los dedos.

—*Ciao,* os dejo para que os conozcáis mejor.

Genial.

Margo dejó el bolso en el trozo de barra que había junto a mí y levantó la mano para llamar la atención del camarero.

—¿Puedo invitarte a algo? —preguntó.

No estaba interesado, pero tampoco era un cabrón.

—No, gracias. —Cuando Freddie, el camarero habitual, se acercó, Margo pidió un Bay Breeze. Levanté la barbilla hacia él—. Freddie, ¿puedes ponerlo en mi cuenta, por favor?

—Claro, jefe. —Dio unos golpecitos en la barra con los nudillos—. Sin problema.

—Gracias —dijo Margo, y se volvió para mirarme—. Juliette me ha dicho que estás soltero.

—Así es.

—¿Por qué?

—¿Que por qué estoy soltero? —Arqueé una ceja y ella asintió—. No sabía que necesitaba un motivo para estar soltero.

Margo sonrió.

—Eres abogado, y muy bueno, según me ha dicho Juliette. Obviamente, eres muy guapo, no creo que te pille por sorpresa dado que hay un espejo ahí mismo. Y mi amiga dice que eres un buen tipo de verdad. Los hombres así no están solteros durante mucho tiempo.

Sonreí y me froté el labio.

—Así que Juliette ha dicho que soy muy buen abogado y un buen tipo.

Margo se encogió de hombros.

—Pues sí, pero no dejes que se te suba a la cabeza. También me ha dicho que a veces puedes ser un capullo.

Reí.

—Vale, esa sí que parece la Juliette a la que conozco. Me empezaba a preocupar que se estuviera muriendo o algo al decir tantas cosas buenas de mí.

Margo sonrió y ladeó la cabeza.

—Entonces, ¿a qué se debe? ¿Una ruptura reciente? ¿Eres un mujeriego? ¿Tienes fobia al compromiso? —Entrecerró los ojos—. No me pareces un niño de mamá.

—No soy un niño de mamá precisamente. Y tampoco ha habido una ruptura reciente. No me da miedo el compromiso y, si soy un mujeriego, no se me da muy bien, dado que hace cuatro o cinco meses que no me acuesto con nadie.

Margo suspiró e inclinó la cabeza con dramatismo.

—Entonces eres del peor tipo de hombre soltero.

Me parecía divertida y tenía curiosidad, así que piqué.

—¿Cuál es el peor tipo de hombre soltero?

Se llevó la mano al corazón y sacudió la cabeza.

—Estás muy colado por una mujer que no está interesada en ti.

Mi sonrisa se desvaneció. Margo se dio cuenta y me acarició el brazo.

—Lo siento, no quería deprimirte.

—No pasa nada, no lo has hecho. —Fingí una sonrisa.

Freddie se acercó a nosotros y deslizó la bebida de Margo por la barra.

—Un Bay Breeze para la señorita.

—Gracias, Freddie —respondí.

Margo dio un trago a su bebida mientras me estudiaba el rostro, después la dejó sobre la barra y se frotó las manos.

—Vale, cuéntame.

Sacudí la cabeza.

—¿El qué?

—Tus problemas de faldas.

—No puedo.

—Claro que sí. A veces lo único que necesitas es que un desconocido le dé algo de perspectiva a lo que ocurre, a menos que ya sepas cuál es el problema.

Lo cierto es que estaba desesperado, pero Margo parecía simpática y era evidente que había venido con otras expectativas para la noche. No quería ser un aguafiestas y arruinársela.

—Estoy bien, pero gracias por la oferta. Te lo agradezco.

Margo siguió bebiendo el cóctel y, mientras yo me terminaba la cerveza, comentó:

—Estoy enamorada de un hombre casado.

El alcohol se me fue por el otro lado y me atraganté.

—¿Cómo dices? —pregunté con la voz ronca.

Sonrió.

—Me has oído bien. Es el dueño del gimnasio en el que trabajo, y otros dos más.

—Joder, ¿y él lo sabe?

Margo negó con el dedo.

—No tan rápido, si vamos a irnos a casa juntos e intentar que el otro olvide sus problemas, los dos tenemos que compartir nuestros secretos. Por lo menos dime cómo se llama.

—Autumn.

—Es un nombre bonito. ¿Es pelirroja?

Sonreí.

—Sí, y tiene los ojos verdes.

—Qué guapa. Donald tiene los ojos azules. —Señaló una mesa con la cabeza—. ¿Quieres sentarte y hablar del tema? No sé si nos ayudará en algo, pero no tengo nada mejor que hacer.

Reí.

—Claro, ¿por qué no?

Margo y yo hablamos durante las dos horas y media siguientes. Era una pena que estuviera tan colado por una mujer a la que no le interesaba estar conmigo, porque me gustaba Margo. Era inteligente y franca. Además, era monitora de yoga, ni más ni menos. Me aconsejó que hiciera lo contrario a lo que había estado haciendo con Autumn, no huir. Sospechaba lo mismo que yo, que Autumn había tenido una mala experiencia con alguna relación y había salido escaldada o había perdido a alguien, algo que había hecho que desconfiara de los hombres. Me sugirió que le mostrara que se podía confiar en mí no rindiéndome tan fácilmente.

No estaba muy seguro de que su estrategia fuera la correcta, pero me había gustado ver las cosas desde la perspectiva de una mujer. Por desgracia, el consejo que le ofrecí yo a ella no le dio tanto que pensar. Le había dicho que buscara un nuevo trabajo y no mirara atrás. A Donald le gustaba la atención que ella le prestaba, pero no iba a dejar a su mujer, que estaba embarazada de su segundo hijo.

Volvimos a la barra para que yo pudiera pagar la cuenta.

—Dime una cosa, ¿te gusta algún tipo de hombre en particular?

Margo sonrió.

—Al parecer, los hombres casados que se están quedando calvos y son unos imbéciles.

Reí.

—No, me refería a… ¿Has conocido a Trent?

—¿El chico bajito y joven? —Arqueó las cejas.

Sonreí.

—El mismo.

—Juliette me lo ha presentado antes. Si te soy sincera, no es del tipo de hombres que me atraen normalmente. —Sonrió—. Pero tú, por otro lado…

Asentí.

—Lo entiendo, pero dale una oportunidad. Es un gran tipo. Además, tiene treinta años, aunque no los aparente. Algún día, el hecho de que parezca más joven será algo bueno.

Se mordió el labio mientras lo consideraba y después sonrió.

—Muy bien, ¿por qué no? Le daré una oportunidad.

—Vamos, te ayudaré a entablar conversación con él antes de irme.

Cuando llegué a casa todavía era temprano, solo eran las diez de la noche. Me di una ducha rápida y regué las plantas, esta vez sin pagarlo con ellas. Tal vez la conversación con Margo me había servido para algo, después de todo.

Había estado cabreado toda la semana, pero de repente me sentía más relajado. Así que me senté, saqué el móvil y busqué entre mis fotos hasta dar con la carpeta de favoritos y fui directo a la única foto que había en ella. Autumn. Cuando saqué la foto no tenía ni idea de que veinticuatro horas más tarde sería lo único que tendría para corroborar que el fin de semana no había sido fruto de mi imaginación.

Y ahora era un recordatorio de que el destino me la había devuelto.

A lo mejor Margo tenía razón. A la gente que huye no le ocurren cosas buenas. Le ocurren a las personas que luchan por lo que quieren. Es lo que había hecho con los estudios y con mi profesión y me había ido muy bien, así que ¿por qué me estaba rindiendo tan fácilmente con algo que en el fondo sabía que no había acabado?

No tardé mucho en dar con la respuesta. No iba a hacerlo.

A tomar por culo.

Lo mío no era tirar la toalla.

Aguantaba hasta doce rondas en una pelea, así que todavía me quedaba mucho.

Eché un último vistazo a la foto, entré a los contactos y pulsé el primer nombre que aparecía. Tendría que ir con cuidado, había una línea muy fina entre hacer saber a una mujer que ibas a esperarla y el acoso. Tenía que averiguar cómo enfocarlo adecuadamente, pero, por ahora, empezaría con un mensaje sencillo.

DONOVAN: Te echo de menos.

Capítulo 18

Autumn

—¿Qué tal este? —Saqué un vestido verde de seda del armario, que había comprado pero nunca me había puesto, y me lo apreté contra el cuerpo antes de girarme para enseñárselo a Skye.

—Queda muy Gucci con el color de tu piel y el del pelo.

Arrugué la frente.

—¿Gucci?

Skye puso los ojos en blanco.

—Significa que te queda muy *sexy*. A veces no me creo que tengas veintiocho años, tienes el mismo vocabulario que mi madre.

—Ehhh, ¿gracias?

Estaba leyendo una revista sentada en mi cama y pasó la página con una sonrisa de satisfacción.

—No era un cumplido.

Solté una risita y me coloqué frente al espejo.

—¿No crees que la tela se pega mucho?

Pasó otra página, levantó la solapa de la muestra de un anuncio de perfume y se la llevó a la nariz para olerla.

—No hay nada que se pegue demasiado. ¿Para qué te lo vas a poner? Ay… —Arrugó la nariz—. Esto huele a mierda.

—Deja que lo huela. —Skye levantó la revista y yo me acerqué y olí la página—. A mí me gusta.

Ella volvió a sacudir la cabeza y murmuró entre dientes:

—Te estás convirtiendo en mi madre de verdad.

Con veintidós años, Skye era solo seis años más pequeña que yo, pero a veces me sentía como si fuera mi hija. Seguramente porque era una cría cuando nos conocimos hacía seis años.

—¿Para qué es el vestido?

—Mañana es el juicio de uno de mis niños.

Skye cerró la revista y enarcó las cejas con picardía.

—Ahh… El caso del abogado *sexy* y rico que roba champús de los hoteles y tiene un mogollón de plantas. ¿Cómo va la cosa? Quiero todos los detalles. ¿Has vuelto a verlo?

Asentí.

—Sí…, y las cosas se han complicado.

—¿Se han complicado para bien o para mal?

—Fui a una fiesta con Blake… Ya te comenté que trabajaban en el mismo bufete. Técnicamente, Blake es uno de los jefes de Donovan. Y, bueno, en la fiesta acabé enrollándome con Donovan en un lavabo.

—Joder. —Lanzó la revista a un lado y juntó las manos de una palmada—. No pensaba que fueras capaz.

—No lo soy, Skye. —Me senté en la cama y suspiré.

—Pues deja al otro tío.

—No es eso…

—Entonces, ¿qué es?

—No lo sé… No estoy preparada.

—Vale, bueno… ¿Y qué estás haciendo para solucionarlo?

Arrugué el ceño.

—Estás usando mis propias palabras contra mí, ¿verdad?

—*Nop*. Solo estoy reciclando un buen consejo.

Sonreí con tristeza.

—Lo sé, lo sé. Te sermoneé y presioné durante años. No tienes que recordarme lo hipócrita que soy. Se me dan bien las palabras, pero, al parecer, no se me da tan bien predicar con el ejemplo.

Skye me tomó la mano y la apretó.

—No pasa nada. Actuamos cuando estamos preparados, pero a lo mejor necesitas empezar dando pasos más pequeños.

—Y lo he hecho. He salido con algunos hombres durante estos últimos años.

—No, has estado acostándote con hombres con los que no imaginas un futuro. Solo sales con tíos que no buscan una conexión emocional. La única vez que conectaste con un tío, pasaste un fin de semana con él y no os acostasteis. ¿No crees que es un problema? Te acuestas con hombres que no te gustan tanto y no te acuestas con el que te gusta de verdad. No creo que eso sea dar pasitos pequeños, es más bien avanzar a gatas.

Exhalé con fuerza.

—Tal vez, pero me gustan las cosas tal y como están.

—¿Estás segura? ¿No te molesta imaginarte a tu atractivo abogado acostándose con otra mujer?

Skye y yo habíamos acordado hace años no mentirnos nunca sobre lo que sentíamos, sin importar las circunstancias. Habíamos compartido verdades muy difíciles, así que no iba a mentirle ahora.

Fruncí el ceño.

—Imaginarlo me hace querer lanzar algo… Por ejemplo, una lámpara por la ventana, y sin abrirla primero.

—Oh, cariño. —Sonrió con tristeza y me volvió a apretar la mano. Diez minutos antes me había sentido como si Skye fuera mi hija y ahora me sentía como si fuera más madura que yo. En algunos aspectos, había crecido más que yo, incluso tenía un novio serio desde hacía casi un año. Aunque yo salía con chicos, las cosas nunca habían ido más allá del sexo. Hasta el año pasado, no había conocido a un hombre que me interesara lo suficiente para querer algo más. Entonces, había perdido la maleta y me había encaprichado de alguien en solo tres días. Pero había corrido en la dirección opuesta tan rápido como había podido y al final había conseguido dejar de pensar en él cada día… Hasta que el destino cruel se había interpuesto en mi camino—. ¿Cuándo fue la última vez que hablaste con Lillian?

Lillian era mi psicóloga y también la de Skye, y el motivo por el cual nos habíamos conocido. Por lo general, no me cruzaba con otro paciente mientras esperaba para mi visita semanal; el despacho de Lillian era superprivado y discreto y tenía dos salas de espera separadas para que los pacientes no tuvieran que verse. Sin embargo, un día llegué temprano y Skye entró llorando sin cita previa. La recepcionista se equivocó de salas y acabamos sentadas una enfrente de la otra. Solo necesitamos hablar durante quince minutos para establecer un vínculo, y el resto es historia.

—Creo que han pasado unos dos años —le dije.

—¿No crees que a lo mejor es hora de volver? Vas muy bien, no me malinterpretes. Pero mereces mucho más en esta vida.

Suspiré. Había dejado de ir porque ya no me sentía rota. Cuando empecé a ver a Lillian, me sentía como un montón de cristales rotos y ella me había ayudado a ensamblar las piezas. No me había dado cuenta hasta ahora de que solo estaban pegadas con cinta adhesiva, no unidas para siempre.

—Me lo pensaré.

—Muy bien. —Skye sonrió—. Ahora dame todos los detalles del beso.

—Fue… —Sacudí la cabeza—. Diferente a todo lo que había experimentado antes. Me olvidé por completo de dónde estaba y me perdí en el momento. Es difícil de explicar, pero Donovan tiene una brusquedad en la forma de tocarme que me hace sentir como si perdiera la cabeza y es lo más *sexy* del mundo. Aquel fin de semana también fue así. Cuando estamos juntos es casi dominante, algo que normalmente odiaría, pero en el fondo sé que no se trata de controlarme, sino de expresar lo mucho que me desea. Si no nos hubieran interrumpido, creo que nos lo habríamos acabado montando contra la pared.

Skye puso cara de sorpresa.

—¿Os pillaron?

Negué con la cabeza.

—No, pero casi. Conseguí salir sin que me vieran y después fingí que me había puesto enferma y Blake me llevó a casa.

—¿Lo has vuelto a ver?

—¿A Donovan? No. Hablamos por teléfono esa misma noche y le dije que creía que debíamos mantener las distancias.

—¿Y cuánto hace de eso?

—Unas dos semanas.

—Entonces, ¿hace tiempo que no hablas con él?

—Bueno, eso es lo raro. Después de hablar por teléfono, no se puso en contacto conmigo en casi una semana. Pero una noche me envió un mensaje que decía «Te echo de menos». No le respondí, pero al día siguiente recibí un ramo de flores enorme con una nota que decía «Sigo pensando en ti». Y, desde entonces, ha hecho algo así cada día, pero no nos hemos visto ni hablado en dos semanas.

—Ajá…

—Ajá, ¿qué?

—No sabe nada de tu pasado, ¿verdad?

—No, ¿por qué?

—Porque te está dando espacio, pero diciéndote que no va a ir a ninguna parte. Es exactamente como debes tratar con alguien como nosotras, y eso que no conoce tu historia.

—Es muy inteligente e intuitivo.

—Entonces lo más seguro es que se haya dado cuenta de que te estás enamorando de él y tienes miedo.

No me estaba enamorando, ¿no? Skye vio mi expresión y rio.

—Con el tiempo te darás cuenta. Venga, tenemos que ver cuatro capítulos. Me muero por saber qué ha pasado con la loca a la que sacaron de la ceremonia de la rosa por desmayarse.

***

169

—Buenos días.

¿Era posible ser atractivo solo con decir dos palabras? Nunca lo habría creído, pero Donovan Decker parecía haberlo conseguido… Y a las nueve menos cuarto de la mañana de un lunes, además. No sabía si era ese traje de tres mil dólares que le quedaba tan bien y le cubría el montón de tatuajes que sabía que había debajo, o la sonrisa arrogante que le asomaba en los labios a pesar de que su voz seguía siendo firme. «Buenos días». Estaba perdida.

Suspiré.

—Buenos días.

Storm levantó la vista de su móvil durante medio segundo.

—Hola…

—Va a diluviar en cualquier momento —comentó Donovan—. ¿Por qué no entramos y busco una sala vacía donde podamos hablar antes de presentarnos ante el juez?

—Vale.

El juzgado tenía una de esas puertas giratorias. Donovan extendió la mano para que Storm pasara primero. Cuando llegó el siguiente compartimiento, señaló para que pasara yo, pero me sorprendió cuando entró en el espacio apretado justo detrás de mí. Y por si no me sentía suficientemente confundida por su cercanía, sentí su cálido aliento en el cuello cuando me susurró al oído:

—Estás preciosa. Es el segundo conjunto que mejor te queda.

Casi me tropecé al cruzar la puerta giratoria, pero conseguí llegar al otro lado y me alegré de poder tomar un poco de aire. Donovan parecía estar perfectamente.

—Por aquí —dijo.

Recorrimos el largo pasillo hasta llegar a la última sala a la izquierda. Donovan abrió la puerta y echó un vistazo dentro. Como estaba vacía, la abrió más.

—Vamos a hablar aquí dentro.

Storm entró primero y después entré yo.

—¿Cuál es el que mejor me queda? —le pregunté al pasar.

A Donovan le brillaron los ojos.

—Lo que mejor te queda es no llevar nada.

«Va a ser una mañana muy larga».

El tono juguetón de Donovan desapareció en cuanto se metió en el papel de abogado y le explicó a Storm los términos del acuerdo.

—¿Entiendes todo lo que te he dicho?

—Sí, si no me meto en líos durante un año, me retirarán los cargos.

—Exacto —respondió Donovan—. ¿Y qué pasa si te metes en líos durante el próximo año?

—¿En serio? —dijo Storm—. No soy idiota.

—Storm… —le advertí. Donovan sonrió.

—Tranquila. Sé que parece que te estoy haciendo una pregunta muy sencilla, pero la respuesta no es tan simple como parece. Si te metes en líos durante el próximo año, a los cargos que presenten contra ti tendrás que sumarle los cargos actuales. Eso significa que un juez de familia deberá dictaminar dos delitos al mismo tiempo. Puede parecer una tontería, pero si un juez tiene delante dos cargos contra ti se va a sentir obligado a darte un escarmiento, por lo que el resultado podría ser más severo que si dos jueces diferentes presiden dos cargos diferentes con seis meses de diferencia. Quizá no es muy justo, pero así son las cosas.

—Entonces, ¿qué tengo que hacer? ¿Encajar el golpe esta vez para tener más suerte a la próxima? —preguntó Storm.

—No. —Donovan se inclinó hacia él, se aseguró de que Storm le prestara atención y después le habló muy despacio—. Tienes que asegurarte de que no haya una próxima vez. No puede haber una próxima vez, Storm.

—Vale… —refunfuñó él.

—Lo digo en serio. O acabarás tan mal que no volverás a ser el mismo. —Donovan levantó el brazo y se arremangó para destapar el reloj, pero también mostró fugazmente los tatuajes.

La mirada de Storm se detuvo en la tinta antes de volver a los ojos de su abogado, por lo que me pregunté si Donovan lo había hecho a propósito.

—Vale, lo pillo —afirmó Storm.

—Bien. —Donovan asintió.

—¿Hemos acabado? Tengo que ir a mear.

—Sí, hemos acabado —dijo Donovan—. Te acompaño al lavabo y así compruebo si el juez va puntual esta mañana. —Se volvió hacia mí—. Vuelvo enseguida.

Unos minutos más tarde, un alguacil abrió la puerta de la sala donde esperaba a solas.

—Oh, lo siento. Pensaba que Decker estaba aquí.

—Y está —respondí—. O lo estaba, acaba de bajar al baño. Volverá enseguida.

—De acuerdo. ¿Podría decirle que ha habido un cambio de planes y que el juez Oakley ya está listo para recibirle?

—Ah, vale. Gracias. Se lo diré.

Cuando Donovan no regresó unos minutos más tarde, recogí mis cosas y decidí ir a buscarlo. Lo encontré fuera del baño, hablando con un hombre al que reconocí como el fiscal al que habíamos visto la última vez que estuvimos en el juzgado. No quería interrumpir, así que esperé a unos metros a que terminaran para darles privacidad. Al parecer, no me detuve lo bastante lejos para evitar oír su conversación.

—¿Quién es la mujer que viene con tu cliente?

—Es su asistenta social.

—¿Por casualidad sabes si está soltera?

Donovan tardó un poco en responder.

—Está felizmente casada con seis hijos. Su marido es boxeador profesional.

—Joder, vale. Mantendré la distancia.

—Buena idea.

Storm salió del baño y, en lugar de dirigirse junto a Donovan, vino a mi lado. Donovan lo siguió con la mirada y me descubrió a menos de dos metros de ellos. Me observó con atención, seguramente para tratar de adivinar si los había oído. Arqueé una ceja y le dediqué una sonrisa burlona.

Él rio para sí y se volvió hacia el fiscal.

—Te veo dentro.

Cuando se acercó, seguía sonriendo.

—Creo que un policía armado habría sido más efectivo que un boxeador.

Donovan rio y me puso la mano en la espalda.

—Probablemente tengas razón. Vamos, entremos y cerremos el trato.

Mientras nos dirigíamos a la sala, el teléfono de Donovan comenzó a vibrar. Comprobó quién lo llamaba y sus pasos vacilaron.

—¿Va todo bien? —le pregunté.

—Sí. Es Bud. Nunca me llama durante el día, no suele coger el teléfono. Lo llamaré cuando acabemos, ya nos están esperando. —Donovan abrió la puerta de la sala.

Se sentó en la mesa del acusado con Storm y yo me senté en la fila de detrás, en la sección del público. Mientras esperábamos a que el juez subiera al estrado, me fijé en que Donovan volvía a sacar el móvil del bolsillo y lo miraba. Parecía preocupado, pero el alguacil tomó asiento y se pidió orden en la sala.

El procedimiento duró menos de cinco minutos. Me entristeció ver lo rutinario que parecía que un niño de doce años se presentara ante el juez para que le leyeran los cargos. Cuando el fiscal afirmó que había llegado a un acuerdo con el acusado, el juez apenas levantó la mirada, golpeó el mazo y todo hubo acabado.

Donovan recogió sus cosas y los tres salimos de la sala. En el vestíbulo, volvió a sacar el móvil.

—Disculpadme un momento.

Se alejó unos metros, pero oí su parte de la conversación.

—¿Qué pasa, Bud? ¿Va todo bien?

Pausa.

—Joder. ¿Dónde estás?

Pausa.

—¿Qué ha pasado?

Otra pausa.

—Estaré allí en media hora.

Donovan parecía hecho polvo cuando volvió.

—¿Qué ocurre? ¿Se encuentra bien Bud?

—Ha… —Donovan miró a Storm y cambió el discurso—. Está bien. —Entonces me miró y me dio a entender que en realidad no lo estaba.

—Ya está todo hecho. —Se volvió hacia Storm—. No te metas en problemas. Me da igual que los problemas te busquen, si lo hacen, corre en dirección opuesta.

—Como quieras. —Storm puso los ojos en blanco.

Donovan señaló la puerta.

—Tengo que irme, ¿estaréis bien solos?

—Sí, claro. —Asentí—. Ve.

Apenas había dicho las tres palabras y Donovan ya había echado a correr hacia la salida. Por suerte, Storm estaba tan ocupado recuperando los larguísimos ocho minutos que había estado sin móvil que no pareció darse cuenta de que ocurría algo raro.

Le puse la mano en el hombro.

—Venga. Vamos a llevarte de vuelta al colegio.

***

Había sido yo quien le había dicho a Donovan que debíamos mantener las distancias, pero no podía dejar las cosas como habían acabado hoy. Después de acompañar a Storm al colegio, volví a la oficina a sumergirme en una montaña de papeleo. Pero no conseguía concentrarme. Estaba preocupada por Bud y quería saber si estaba bien. Así que le envíe un mensaje rápido a Donovan para asegurarme.

AUTUMN: ¿Se encuentra bien Bud?

174

Diez minutos más tarde, el móvil sonó cuando me llegó la respuesta.

DONOVAN: Anoche lo atracaron y le robaron la furgoneta. Intentó defenderse, así que le dieron una paliza.

«¡Oh, no!».

Comencé a escribirle una respuesta, pero entonces decidí llamarlo. Donovan respondió al primer tono.

—¿Está bien?

—Lo estará. Es duro de roer. Tiene un traumatismo en el riñón por una patada en la espalda, un brazo roto y le han tenido que dar puntos en la cara, pero el médico ha dicho que se recuperará por completo, aunque quieren tenerlo en observación un par de noches. Cuando he llegado al hospital, intentaba quitarse el tubo intravenoso él mismo y firmar el alta voluntaria contraviniendo la opinión de los médicos.

—¿Por qué ha hecho eso?

—Porque no tenía a nadie que lo cubriera esta noche. Ni siquiera sé cómo pensaba cocinar algo cuando llevaba todo lo que necesita en la furgoneta que le han robado.

—Madre mía, es de locos.

—Solo ha aceptado quedarse porque le he prometido que yo me encargaría de la cena de esta noche.

—No puedo creer que le preocupe más eso que su salud.

—Pues sí. —Donovan suspiró.

—¿Puedo hacer algo por ayudar?

—No, ya he reclutado a mis colegas del barrio para que me ayuden a servirla. Voy a comprar veinte cubos de pollo de Kentucky Fried Chicken y puré de patatas.

—Es buena idea.

—Solo espero que no intente escaparse otra vez mientras no estoy.

—Si quieres puedo ir a visitarlo y echarle un ojo.

—No te preocupes.

—No, en serio. Me encantaría ir a verlo, si crees que no le importará que vaya.

—Lo más seguro es que le alegres el año. No solo eres preciosa, sino que además le darás la oportunidad de contarte más historias de cuando yo era pequeño y que no te interesan.

—¿Quién dice que no me interesa oír algunos cotilleos sobre ti?

Donovan rio.

—De acuerdo. Está en el Memorial Hospital. No está en un buen barrio, así que aparca bajo la luz de una farola.

—Sí, papá. —Sonreí.

—Lo digo en serio. No quiero que os atraquen a los dos en veinticuatro horas.

—Aparcaré en un sitio seguro.

—Te lo agradezco.

—¿Crees que debo pasarme a alguna hora en concreto?

—Yo me quedaré hasta las cinco, más o menos. Así que después estará solo.

—Vale. Me pasaré después de trabajar.

—Gracias.

—No es necesario que me las des, me apetece ir. Bud me cae muy bien.

—Vale, pero ve con cuidado.

—Tú también. Si están dispuestos a darle una paliza a un anciano para robarle una furgoneta, no quiero saber qué harían para robarte el coche de lujo.

Cuando colgamos, me quedé sentada en el escritorio durante mucho tiempo y sentí una oleada de emociones que no sabía cómo gestionar. Me sentía fatal por lo que le había pasado a Bud, pero no podía dejar de pensar en cómo me sentiría si le hubiera pasado algo a Donovan. Podía lidiar con algunas de las cosas que se me pasaban por la cabeza (que me sentiría triste, disgustada, enfadada y asustada), pero la única emoción que no conseguía aceptar era el arrepentimiento.

176

Había pasado años arrepintiéndome de cosas que había hecho, o de cómo las había sobrellevado, hasta que por fin conseguí perdonarme y aceptar que lo que me había pasado no era culpa mía. Había usado la culpa para castigarme a mí misma y lo estaba haciendo otra vez.

Antes de cambiar de opinión, decidí hacer algo al respecto. Cogí el teléfono y llamé a la psicóloga a la que no había visitado en dos años.

—Hola, soy Autumn Wilde. Me gustaría pedir cita…

Capítulo 19

Autumn

—El café de aquí es una porquería. Hay una tienda de ultramarinos abierta las veinticuatro horas justo enfrente que hace el mejor café con dulce de leche del estado.

—Dios. —Me di la vuelta y me llevé la mano al corazón. Donovan estaba apoyado con aire despreocupado en la entrada de la sala de espera—. Me has dado un susto de muerte, no te he oído entrar.

Me dedicó una de sus sonrisas *sexys*.

—Son casi las once y media. ¿Qué haces aquí todavía?

Suspiré.

—Para serte sincera, he perdido la noción del tiempo hasta que he salido a comprar un café. Bud es muy divertido, se le da muy bien contar historias.

Donovan sacudió la cabeza.

—Y supongo que algunas de las historias me han hecho parecer un grano en el culo.

—¿De verdad te arrestaron por tener relaciones sexuales en un coche de policía? —Sonreí.

Donovan agachó la cabeza.

—No tuve relaciones sexuales, teníamos trece años y solo nos estábamos enrollando. Es lo que hacíamos en aquel entonces para tener intimidad: buscábamos un coche abierto y nos enrollábamos un rato en el asiento trasero. Normalmente era algo inofensivo. En mi defensa diré que era un coche de incógnito y estaba en un aparcamiento vacío. Y el policía que nos pilló resultó ser el tío del novio de la chica con la que me enrollaba. —Levantó las manos—. Tampoco sabía que tenía novio.

Reí.

—La historia estaba mucho mejor cuando la ha contado Bud.

—No lo dudo.

—Acaban de llevárselo a hacerle un escáner porque tenía un poquito de sangre en la orina. La enfermera ha dicho que suele pasar después de un traumatismo, pero quieren asegurarse de que no haya ningún desgarro que no hayan visto en la primera inspección.

—Lo sé, me he pasado por el mostrador de enfermería hace unos minutos. Me han dicho que tardarán más o menos una hora en traerlo de vuelta a la habitación. Voy a quedarme por aquí, ¿quieres que te acompañe al coche?

—Si no te importa, me gustaría quedarme para ver si todo sale bien en el escáner.

Donovan sonrió y señaló el pasillo con la cabeza.

—¿Te apetece ir a tomar un café de verdad?

—Claro, pero yo decidiré si es el mejor café del estado o no. Aunque no pueda permitírmelo, soy muy exigente con el café.

Cruzamos la calle hacia una tiendecita que yo seguramente habría pasado por alto de camino a un Starbucks, pero Donovan tenía razón, el café estaba buenísimo.

—No puedo creer que este vaso tan grande solo haya costado un dólar y medio. Un café de este tamaño costaría seis dólares en Starbucks y no estaría ni la mitad de bueno.

Donovan dio un sorbo a su café.

—Ya te he dicho que estaba bueno. Esta zona es muy distinta a Manhattan, la mayoría de las personas del Soho o Chelsea no pisarían una tienda tan pequeña porque no tienen letreros sofisticados ni sillones de cuero.

Me mordí el labio.

—Lo sé porque yo soy una de ellas. O por lo menos lo era. Puede que me hayas hecho cambiar de opinión con este café.

—Me alegro. Te pierdes muchas cosas en esta vida si te dejas engañar por las apariencias.

Mi mirada se cruzó con la de Donovan mientras abría la puerta del hospital y me dejaba pasar.

—Lo tendré en cuenta.

Pulsé el número siete en el ascensor para volver a subir a la planta de Bud.

—Todavía tardará un poco y se está bien en la calle. ¿Te apetece tomar el aire?

—Sí, claro.

Donovan señaló el panel de botones del ascensor con la barbilla.

—Dale al diez.

—¿La décima planta para tomar el aire? —Arrugué el ceño.

Me guiñó el ojo.

—Es mi sitio secreto.

En la décima planta seguí a Donovan por un montón de pasillos prácticamente vacíos hasta que llegamos a unas puertas dobles con un cartel rojo que decía «Solo personal autorizado». Donovan echó un vistazo a izquierda y derecha antes de abrirlas.

—Después de ti.

—Ehh… ¿Nos vamos a meter en un lío por entrar?

—No si no nos pillan. —Sonrió con picardía y yo negué con la cabeza.

—¿Eso es lo que le dijiste a la chica que se metió contigo en el asiento trasero del coche de policía?

Donovan me dedicó una amplia sonrisa.

—Venga, vive un poco. Te prometo que te ofreceré asesoramiento legal gratuito si te arrestan.

—Ehh… ¿Y puedes hacerlo si estás en la celda contigua?

Reímos, pero crucé la puerta. Tras otra serie de giros, llegamos a una puerta de metal que daba a unas escaleras de hormigón. En lo alto, Donovan abrió otra puerta. Resultó que esa puerta daba a la azotea.

—¿Cómo narices sabías cómo llegar aquí?

Donovan se acercó a un banco y le limpió el polvo antes de que me sentara.

—Prácticamente puedo describirte los planos de todos los hospitales de los cinco distritos.

—¿Por qué?

Dio otro sorbo al café y se sentó a mi lado.

—Mi madre pasaba mucho tiempo en ellos cuando yo era pequeño. A veces alguno de los clientes le daba una paliza en lugar de pagarle; otras veces por sobredosis. No me gustaba dejarla sola, pero no permiten que se queden niños sin supervisión, así que buscaba algún sitio del edificio en el que quedarme durante la noche. Muchas veces era en la azotea.

—¿Y nadie se daba cuenta de que estabas allí?

—A veces algún médico o enfermero me decía algo si me veían solo, pero ellos subían para fumarse un cigarrillo a escondidas, así que si me decían algo, les preguntaba si sus jefes o los pacientes sabían que fumaban. Por lo general, eso bastaba para que me dejaran en paz. Otras veces, llamaban a seguridad y ellos me echaban a patadas.

Reí.

—Madre mía, qué locura.

Donovan se encogió de hombros.

—Así es la vida.

—Lo creas o no, a mí también me echaron de un hospital una vez.

Arqueó una ceja.

—Eso tengo que oírlo.

Me sentí orgullosa de haber sido una rebelde.

—Creo que tenía unos dieciséis años. Mi madre falleció de cáncer cuando yo tenía doce y, desde entonces, mi padre y yo fuimos uña y carne. Una noche estaba en casa de una amiga y me llamaron para avisarme de que a mi padre le había dado un ataque al corazón. Fui al hospital y pregunté en urgencias dónde podía encontrarlo. Me dijeron que seguían tratándolo, que me sentara y me avisarían cuando pudiera verlo. En la sala de espera, una mujer que se llamaba Candy se me acercó y me dijo que era la prometida de mi padre. Él acababa de divorciarse unos meses atrás y no tenía ni idea de que salía con alguien nuevo, así que me confundió. Pero, para serte sincera, mi padre perdió la cabeza cuando murió mi madre, así que no me extrañaba que hubiera sido capaz de prometerse otra vez. Al rato vino un médico y nos dijo que mi padre estaba estable pero que tenían que operarlo, y preguntó si había estado haciendo un sobresfuerzo cuando empezó a notar el dolor en el pecho. Entonces, Candy procedió a describir, con todo detalle, que mi padre era un chico malo y acababa de hacer cincuenta flexiones después de que le denegara el orgasmo durante el sexo como parte de su castigo.

—Joder. —Donovan rio—. ¿Le pegaste o algo?

—No. Me quedé bloqueada después de oír aquello. Le pegué cuando el médico ya se había ido, porque decía que no le gustaba su anillo de pedida, que era demasiado pequeño. Le miré el dedo y vi que llevaba el anillo de mi abuela. Ella reaccionó como si la hubiera apuñalado y montó una escenita, así que los de seguridad me echaron.

—No te creía capaz, pelirroja. —Sonrió—. Eres una tía dura, después de todo.

Choqué el hombro contra el suyo.

—Bueno, por si no lo has notado, ahora mismo estoy en una azotea ilegalmente.

—Es cierto.

Sopló una brisa ligera y Donovan se puso de pie para quitarse la americana. Se ofreció a colocármela sobre los hombros.

—No, tranquilo. Estoy bien.

—No tengo frío. Además, si no la aceptas, te obligaré a entrar y me gusta estar aquí fuera contigo.

Nuestras miradas se encontraron. A mí también me gustaba estar allí con él. Aunque nos encontrábamos en mitad de Brooklyn, parecía nuestro sitio secreto. Así que acepté la americana.

—Gracias.

Volvió a sentarse.

—Así que, ¿por eso no os lleváis bien tu padre y tú? ¿No te gusta tu madrastra?

—Candy ya no es mi madrastra. Eso fue hace tres o cuatro esposas. Sinceramente, he perdido la cuenta.

—¿Hace tres o cuatro esposas? Además estuvo casado con tu madre y acabas de decir que se acababa de divorciar antes de empezar a salir con Candy la Dominatrix. Así que han sido ¿qué? ¿Seis o siete matrimonios?

—Sí. Creo que son siete, pero volverá a casarse en unas semanas, así que con ese serán ocho.

—¿Por qué no para de casarse?

—No lo sé. —Negué con la cabeza—. Ya no hablamos mucho.

¿Por culpa de la serie de Candys con las que se ha casado?

—No. Hubo un momento de mi vida en el que necesitaba su apoyo y no lo tuve.

Donovan me miró a los ojos.

—Lo siento.

—Gracias. Tengo sentimientos encontrados respecto a haberme distanciado de él. Sé que por lo que te acabo de contar no lo parece, pero hubo un tiempo en el que fue un padre y marido increíble. Mi madre y él eran novios desde el instituto y se querían de verdad. Cuando ella enfermó, los dos se quedaron destrozados. Recuerdo que en sus últimos días, mi madre estaba más preocupada por cómo mi padre iba a seguir con su vida cuando ella ya no estuviera que por cómo iba a seguir yo. Me hizo prometerle que cuidaría de él, así que una parte de mí se siente culpable por haber dejado de hacerlo.

—Seguro que tienes tus motivos. —Hizo una pausa y se aseguró de que volviera a mirarlo—. Y puedo estar aquí sentado toda la noche si quieres hablar de ello.

Sus palabras hicieron que se me encogiera el corazón, pero todavía no estaba preparada para entrar en eso.

—Gracias, pero creo que deberíamos volver para ver si ya han subido a Bud.

Donovan asintió, pero entreví un ápice de decepción en su mirada.

—Claro, vamos.

A Bud lo entraban en su habitación en silla de ruedas cuando Donovan y yo regresamos. Pasó la mirada del uno al otro y frunció el ceño.

—¿Me estoy muriendo y nadie me lo ha dicho?

Donovan se metió las manos en los bolsillos.

—Eres demasiado testarudo para palmarla, viejo.

—Tienes toda la razón. —Bud enderezó las sábanas—. ¿Qué tal ha ido el servicio esta noche? ¿Hemos dado de comer a todo el que lo necesitara?

—Así es. Darío y Ray me han ayudado, así que ha sido como cenar con un espectáculo de comedia, pero nadie se ha quedado con hambre.

Bud asintió.

—Me alegro, gracias.

—Sin problema.

Bud me miró.

—Y usted debería estar en casa durmiendo, señorita.

Sonreí.

—Quería asegurarme de que todo saliera bien en tu escáner.

Como si nos hubiera oído, entró un médico en la habitación.

—¿El señor Yankowski?

—Me llamo Bud. Frances Yankowski es solo el nombre que mi madre puso en la partida de nacimiento para asegurarse de que aprendiera a defenderme en el patio del colegio.

El médico sonrió.

—De acuerdo, pues Bud, he echado un vistazo a su escáner, si quiere sus acompañantes pueden esperar fuera mientras hablamos de los resultados.

—No pasa nada, son de la familia. —Bud me señaló con la mano.

El médico nos explicó que, aunque el riñón solo parecía un poco magullado, la sangre de la orina de Bud podía indicar que había daños en el órgano, por lo que debían seguir monitorizando la orina y repetir el escáner en veinticuatro horas.

Bud negó con la cabeza.

—Me encuentro bien, me iré a casa mañana por la mañana. Volveré si empeoro.

—Preferiría que nos diera dos noches.

—Y yo preferiría tener su aspecto —señaló a Donovan—. Pero tengo que conformarme con este careto.

—¿Hay alguna norma que impida que se ate a los pacientes a la cama? —preguntó Donovan al médico. Este sonrió.

—Me temo que sí, hijo.

Donovan se pasó una mano por el pelo.

—Yo me encargo de la cena de mañana y Darío se encargará de hacer tu ruta durante el día. Ya lo hemos hablado.

—Nada de comida basura. Esa gente se merece una comida equilibrada. —Bud se cruzó de brazos.

—Mañana tengo que estar todo el día en los juzgados. ¿Te parece bien que haga hamburguesas y perritos calientes? Puedo comprar una parrilla cuando salga del trabajo.

—¿Con qué guarnición?

—Con kétchup. Antes eran tomates. —Donovan imitó la postura habitual de Bud y se cruzó de brazos.

Parecía que iba a producirse un enfrentamiento, así que decidí interrumpirlos.

—Yo hago una ensalada de brócoli buenísima. Le pega mucho a las hamburguesas.

A Bud se le suavizó el gesto.

—Muchas gracias, cielo.

—Entonces, ¿hay trato? —preguntó Donovan.

—Vale —gruñó Bud—, pero compra el pan integral. No es sano comer tanta harina procesada.

—Tampoco es sano enfrentarse a ladrones de coches —murmuró Donovan en voz baja.

El médico había estado observando la negociación como si fuera un partido de tenis. Arqueó las cejas.

—¿Entonces ya está arreglado? ¿El señor Yankow… quiero decir, Bud, se quedará por lo menos una noche o dos más?

Bud levantó un dedo.

—Por lo menos una noche más no. Una noche más. Dos, como máximo.

El médico sonrió.

—De acuerdo, algo es algo.

Cuando el médico se fue, Donovan y yo nos quedamos unos minutos más antes de irnos y dejar descansar a Bud. Donovan dijo que volvería a ver cómo estaba antes de ir al juzgado y yo le di mi número de teléfono a Bud por si necesitaba algo durante el día siguiente. Después, Donovan me acompañó al coche. Levantó la vista hacia la farola bajo la que había aparcado.

—Muy bien.

—Muchas gracias.

—No hace falta que hagas ensalada de brócoli. Puedo comprar algo de guarnición en la tienda cuando vaya a por las hamburguesas.

—No seas tonto, le he dicho a Bud que lo haría y quiero hacerlo.

Donovan sonrió y asintió.

—De acuerdo, entonces. Puedo pasar a recoger la ensalada cuando salga del juzgado y después de ir al supermercado a por las hamburguesas.

—¿A qué hora termina el juicio? —Arrugué el ceño.

—A las cuatro y media, a menos que se alargue.

—¿Por qué no compro yo las hamburguesas cuando vaya a por los ingredientes para la ensalada de brócoli? Voy a ir a la tienda igualmente.

—¿Seguro que no te importa? La verdad es que me ayudaría mucho porque también tengo que comprar una parrilla, ya que le han robado todo el equipo.

—Claro que no, me alegro de poder ayudar.

—Vale, de acuerdo. Gracias.

—También me gustaría ayudarte a servir la cena.

—¿Estás segura?

—Segurísima.

—Vale, pues te recojo después de comprar la parrilla y otras cosas que necesito y podemos servir la cena juntos. Vas a tener que llevar y traer muchas cosas del coche.

—Suena bien.

—Oh, casi se me olvida. —Donovan rebuscó en el bolsillo interior de la americana y sacó la cartera—. Usa esta tarjeta de crédito para pagarlo todo.

—No hace falta. Ya me encargo yo. —La rechacé con la mano.

—No vas a pagar tú toda la comida, Autumn.

—Tienes razón, no lo haré. Tengo una tarjeta negra de mi padre acumulando polvo en el monedero. Siempre me dice que la use para cosas que me importen, y esta es una de ellas. —Sonreí—. Creo que compraré cosas de calidad, quizá hamburguesas de carne de Kobe.

Donovan rio mientras yo abría la puerta y se agarró a la parte superior mientras entraba en el coche.

—Buenas noches, Donovan. —Sonreí.

—Buenas noches, pelirroja. Gracias por todo. —Hizo una pausa—. Formamos un buen equipo, ¿no?

Volví a sonreír.

—Sí.

Él me guiñó un ojo.

—Conduce con cuidado.

Capítulo 20

Donovan

—Es bonito. —Eché un vistazo al apartamento de Autumn. Era pequeño, pero estaba muy bien decorado, con un montón de fotografías en blanco y negro de objetos de la ciudad tomadas desde ángulos extraños, como los cables de suspensión del puente de Brooklyn en vertical y Times Square desde las escaleras del metro.

—¿Las has hecho tú?

—No, se las compré a un artista callejero hace años. Me gusta que muestren lugares icónicos de la ciudad, pero de forma atípica. —Sacó una caja de la nevera y la puso en la encimera—. Me había olvidado de que nunca habías estado aquí.

—Nunca me has invitado.

Autumn sonrió.

—Espero no haberme pasado con la ensalada de brócoli. Calculé a ojo cuántas personas fueron a cenar la noche que fui contigo y creo que eran unas cien.

Asentí.

—Más o menos.

—He cogido prestadas dos neveras portátiles de un vecino y he metido la carne dentro. No me cabía todo en la nevera. —Se agachó para coger otra caja del estante de abajo y yo me acerqué y la cogí para ayudarla.

—Dios, ¿qué hay aquí dentro? ¿Piedras?

—He hecho nueve kilos, no quería que nos quedáramos sin.

—Creo que tienes la guarnición cubierta.

La cocina de Autumn era la típica galería de Nueva York en la que apenas había espacio para uno, así que cuando me acerqué a ayudarla a levantar el recipiente, nuestros cuerpos casi se tocaron. A riesgo de sonar como una nenaza, lo sentí en las entrañas. En las entrañas. No creía haber usado esa palabra hasta ahora, pero sentía un hormigueo en todas partes desde debajo de las costillas hasta la base de los testículos.

Dejé la segunda bandeja en la encimera y me las arreglé para girarme a hablar con ella. Me miró desde debajo de esas pestañas largas y oscuras con sus grandes ojos verdes y fue como si estuviéramos en el lavabo de la barbacoa de socios otra vez. Solo que, esta vez, si empezábamos, no había nadie para interrumpirnos. Sí, teníamos que dar de comer a algunas personas, pero ¿iban a morirse de hambre si no comían por una noche? Me di cuenta de que me estaba planteando la idea de verdad, hasta que algo detrás de Autumn me llamó la atención. La cocina tenía una ventana pequeña que en ese momento estaba abierta. Debía de haber soplado una brisa ligera que no había notado antes, porque las cortinas se movieron un poco y dejaron al descubierto una planta en el alféizar.

Era… «No, no puede ser».

Entonces Autumn miró por encima de su hombro para ver qué me había llamado la atención y, cuando se volvió hacia mí, la cara que puso confirmó que la locura que había pensado era cierta. Se mordió el labio inferior y los ojos le brillaron como al niño al que pillan robando una galleta del tarro.

Señalé la planta con la cabeza sin apartar la mirada de ella.

—Esa planta es mía, ¿no?

Autumn negó con la cabeza con una sonrisa de oreja a oreja.

—No.

La rodeé y me acerqué a la ventana para levantar la maceta. Era más grande y le habían cambiado el recipiente, pero estaba bastante seguro de que era mi plantita. Lo sabía porque ha-

189

bía cruzado dos de mis plantas (una tenía las hojas verdes con una raya amarilla y la otra tenía puntitos amarillentos en las hojas) y esta planta tenía hojas verdes con una raya amarilla y puntitos. No era más que una planta de semillero cuando desapareció del apartamento. Me había dado cuenta de que había desaparecido la semana después de nuestro fin de semana juntos y di por sentado que el vecino del piso de enfrente, al que a veces pagaba para que me regara las plantas, la había matado o algo por el estilo.

La observé con atención. El mentirómetro no tenía ninguna duda de que mentía.

—Ah, ¿no? ¿Y de dónde la has sacado?

—De la tienda.

—¿De qué tienda?

Meneó la cabeza y apartó la mirada.

—No lo sé, de la tienda de plantas.

—¿De la tienda de plantas? —Sonreí con suficiencia.

—No me acuerdo de cómo se llamaba.

—Yo sí. —Me incliné hacia ella para que nuestros ojos estuvieran a la misma altura y me acerqué poco a poco. Autumn se quedó paralizada, pero los ojos le seguían brillando. Le gustaba quedarse conmigo tanto como a mí me gustaba quedarme con ella—. La has sacado de un sitio llamado casa de Donovan.

—No es cierto. —Sonrió de oreja a oreja.

—Sí que lo es.

—Que no.

—No te tomaba por una ladrona, pelirroja.

—No soy una ladrona. Solo la tomé prestada, ¿vale?

Levanté las cejas.

—¿La tomaste prestada?

—Exacto —asintió.

—¿Hace casi un año?

—Supongo.

—¿Así que pensabas devolverla?

Ya no pudo contenerse más y cedió. Se cubrió el rostro con las manos y estalló en carcajadas.

—Vale, vale, la cogí de tu apartamento. No la compré en la tienda y tampoco pensaba devolverla.

Yo también me eché a reír.

—¿Lo haces a menudo? ¿Llevarte cosas de los apartamentos de los hombres?

—¡No! Lo juro, nunca antes lo había hecho. Solo he robado una cosa en toda mi vida, un pin de NSYNC cuando tenía diez años, y me sentí tan culpable que al día siguiente volví a la tienda y lo devolví. —Seguía cubriéndose la cara con las manos.

Le aparté los dedos con cuidado para verle los ojos.

—¿Querías un *souvenir* del fin de semana?

—No sé por qué la cogí, simplemente lo hice. Por si no lo has notado, me da mucha vergüenza. Lo siento.

Le coloqué un mechón de pelo detrás de la oreja.

—No tengas vergüenza, me alegra que sintieras la necesidad de llevarte un *souvenir*. Y ahora que nos estamos sincerando, yo también tengo algo tuyo.

—Ah, ¿sí? —Volvió a abrir mucho los ojos.

Asentí.

—No lo robé, porque no soy un ladrón como tú, ¿sabes? Pero encontré un trozo de papel doblado debajo de la cama una semana después de que desaparecieras. Debió de caerse de tu equipaje y no me di cuenta hasta entonces.

—¿Qué papel?

Metí la mano en el bolsillo y saqué la cartera, desdoblé la hoja de papel que seguía llevando conmigo y se la mostré.

Autumn la cogió y cerró los ojos después de leer las primeras líneas.

—Madre mía, ¿es mucho pedir que se me trague la tierra? Primero te das cuenta de que te robé una planta y ahora descubro que has leído la lista de excusas en orden alfabético que escribí. —Se sonrojó y sacudió la cabeza—. ¿Quién hace cosas así? ¿Por qué te intereso? Soy un bicho raro.

—Lo normal está sobrevalorado, pelirroja. Pero tengo curiosidad por saber con quién usas estas excusas.

—Con mi padre. Nunca olvida nada, así que si le ponía la misma excusa que le puse la última vez que tuve que colgarle el teléfono, se acordaría.

—Así que ¿decidiste empezar una lista?

—Justo antes de conocerte el año pasado, la mañana en que me iba a Las Vegas, me llamó. Le dije que estaba entrando en un ascensor y que tenía que colgar. Al parecer, le había dicho lo mismo en las dos últimas llamadas y me regañó. No me gusta volar, así que me tomé unas cuantas copas de vino en el avión y escribí la lista, un poco en broma. —Suspiró—. ¿Hacemos un cambio? Yo me quedo el papel y lo quemo y tú recuperas la planta. Así podemos fingir que esta conversación nunca ha tenido lugar.

Sonreí.

—El papel es tuyo, pero puedes quedarte la planta también. Me gusta que te hayas quedado algo que te recuerda a mí.

Autumn seguía mirando al suelo, así que le coloqué dos dedos debajo de la barbilla y se la levanté hasta que nuestras miradas se encontraron.

—Significa que aunque tu mente no quisiera saber nada más de mí, tu corazón sí. Con eso me conformo.

—¿Te vale con eso? —Negó con la cabeza y una sonrisa amenazó con escapársele.

—Sí, tengo paciencia. —Le di un golpecito en la punta de la nariz—. Al final, el corazón siempre gana.

***

El servicio de la noche fue perfectamente. Unos cuantos de mis antiguos colegas vinieron a ayudarnos y me aseguré de que siempre hubiera uno de ellos al lado de Autumn mientras yo estuviera ocupado. Las personas que venían a comer no siempre tenían los mejores modales, sobre todo porque algunos estaban muy borrachos o colocados para pensar con claridad. De camino a casa, le mencioné a Autumn que había hablado con el médico de Bud y me había dicho que Bud iba muy bien y podría salir del hospital en uno o dos días.

—Qué bien —respondió ella—. Supongo que no le resultará fácil hacer cosas con el brazo escayolado. A lo mejor podría prepararle unas cuantas comidas y llevárselas.

—Si todo lo que preparas se parece un poco a la ensalada de brócoli, estoy seguro de que le encantará. Si te soy sincero… —Miré a Autumn y después devolví la mirada a la carretera— cuando dijiste ensalada de brócoli pensé que no saldría bien. Las personas que vienen a comer son más de carne y patatas que de ensalada, pero estaba buenísima.

—Gracias, es la receta de mi madre. —Desvió la mirada hacia la ventanilla durante un momento—. Mi padres no me dijeron que el cáncer había vuelto hasta unos meses antes de que muriera. Tenía un tumor cerebral inoperable. Le habían dado quimioterapia y radiación años atrás y habían retrasado el crecimiento, pero le apareció un segundo tumor en una parte que ni siquiera pudieron tratarle.

—Lo siento.

—Gracias. No me dijeron lo que pasaba porque tenía doce años, estaba ocupada con mis amigos y querían que mi vida siguiera siendo lo más normal posible, pero mi madre decidió enseñarme a cocinar. Supongo que lo hizo para pasar tiempo conmigo. Casi todo lo que recuerdo sobre los últimos meses son los ratos que pasamos riendo en la cocina. Creo que es uno de los motivos por los que me encanta cocinar.

—Son recuerdos bonitos.

Asintió.

—Cuando murió, me enfadó que no me lo hubieran contado. Pero ahora creo que fue lo mejor. Si lo hubiera sabido, no habría podido relajarme y disfrutar de todo el tiempo que pasé con ella. Habría tenido miedo.

—Tiene sentido.

—Pero bueno. —Se encogió de hombros. —Si te parece bien, le prepararé algunas comidas a Bud para que las congele y se las daré cuando salga del hospital.

—Se lo diré. —No habíamos hablado de lo que había pasado en la barbacoa, o después, así que me preguntaba cómo había quedado su relación con Blake. Supuse que era tan buen momento como otro cualquiera para fisgonear—. ¿No te estropeará ningún plan de viernes noche?

Sonrió.

—No.

Le di unos golpecitos al volante mientras valoraba si debía seguir haciendo preguntas de las que tal vez no quería saber la respuesta. Al final, me venció la curiosidad.

—¿Y el resto del fin de semana? ¿Algún plan interesante?

—Solo el domingo por la noche; mi amiga Skye vendrá a casa. La última vez que quedamos se suponía que íbamos a ponernos al día con *The Bachelor*, pero solo vimos dos episodios y nos quedamos fritas.

—Qué sorpresa —comenté—, como es un programa tan interesante…

—Fue por el vino, no porque el programa fuera aburrido.

—Claro.

—¿Y tú? ¿Tienes algún plan este fin de semana?

—Tengo que trabajar, cuidar de Bud y servir las cenas de la comunidad. Eso ya me ocupará todo el tiempo.

—Yo puedo ayudarte con las cenas. Podemos turnarnos para que no tengas que ocuparte todas las noches hasta que Bud se recupere lo suficiente para encargarse.

Y una mierda iba a dejar que condujera hasta un edificio abandonado y sirviera a personas tan desafortunadas que no podían permitirse una comida, pero sabía que si se lo decía acabaría en un debate sobre la igualdad de género. Así que, en su lugar, aproveché la oportunidad para husmear un poco más.

—¿No tienes ninguna cita el sábado por la noche?

—No.

—¿Por qué no?

—Podría hacerte la misma pregunta. ¿Por qué no tienes tú una cita el sábado por la noche?

—Yo no soy el que está saliendo con alguien.

Autumn apretó los labios en una línea muy fina. Miró por la ventana y dijo en voz baja:

—Yo tampoco.

—¿Cómo dices? —Me incliné hacia ella. «¿La habré oído mal?».

Suspiró.

—Ya no estoy saliendo con Blake.

—¿Desde cuándo?

—Desde el día después de la barbacoa.

—Lo siento. —Sonreí de oreja a oreja.

Rio.

—Sí, se te ve muy afectado.

—¿Qué pasó? —Autumn giró la cabeza con brusquedad para mirarme y yo la miré y después devolví la mirada a la carretera—. ¿Qué?

—¿No sabes qué pasó?

Frené en el semáforo de la esquina.

—Bueno, claro que sé lo que pasó en la barbacoa, pero me refería a qué te llevó a romper con él.

—Pues eso, Donovan. Blake era muy bueno conmigo y yo no fui muy buena con él.

El semáforo se puso verde, así que giré la esquina y empecé a buscar una plaza de aparcamiento. Por suerte, llevábamos demasiadas cosas para que las entrara ella sola. Cuando pasamos por delante de su edificio, Autumn giró la cabeza y miró a un coche que había aparcado en doble fila.

—Mierda —gruñó.

—¿Qué pasa?

—Estoy casi segura de que es el coche de mi padre.

—¿El Porsche amarillo?

—Fue una de las cosas que compró durante la crisis de los cuarenta.

—¿Y para qué ha venido?

—Ya lo ha hecho otras veces cuando no le respondo a las llamadas.

—¿Quieres que dé unas cuantas vueltas a la manzana a ver si se va?

Ella arrugó el ceño.

—Aunque me encantaría, debería ocuparme de él y quitármelo de encima.

Había un hueco unos bloques más abajo, así que aparqué.

—¿Quieres que espere aquí mientras hablas con él? Puedo subir las neveras después.

—No. —Sacudió la cabeza—. Si no te importa, creo que será más fácil si tengo algo de apoyo.

—Sin problema. —Me encogí de hombros.

Apilé las neveras una encima de la otra y las cargué mientras Autumn llevaba la bolsa de recipientes y utensilios para servir. Cuando nos acercamos al Porsche aparcado en doble fila, se abrió la puerta del conductor y un hombre que suponía que era su padre salió de él. Pasó la mirada de uno al otro.

—Por fin, llevo esperando casi tres horas.

—No habrías tenido que esperar si me hubieras llamado para decirme que venías. Podría haberte dicho que no iba a estar en casa.

Su padre parecía llevar el traje del trabajo, excepto la americana. ¿Significaba eso que había estado sentado en el coche tres horas y no se le había ocurrido quitarse la maldita corbata?

—Tengo que hablar contigo. —Volvió a mirarme y después a su hija—. A solas, si es posible.

Miré a Autumn y ella sacudió la cabeza. Cuando volví a mirar a su padre, me miraba con expectación.

—Lo siento, señor. Si Autumn no quiere que me vaya, me quedo. —Pensé que lo mejor sería parecer conciliador, así que dejé las neveras en el suelo, extendí la mano y me acerqué—: Donovan Decker, es un placer conocerle.

Su padre me miró la mano como si se planteara no dármela, pero al final me la estrechó y murmuró algo. Volví a ponerme junto a Autumn y ella dejó caer los hombros.

—¿Qué quieres, papá?

—Me caso en dos semanas.

—Lo sé. Recibí la lujosa invitación por correo.

—Y entonces, ¿por qué no has respondido?

—Porque supuse que si respondía como quería responder, te presentarías en mi puerta.

—¿Cuántos años vas a estar molesta porque pasara página? Tu madre querría que fuera feliz.

—Esto no tiene nada que ver con mamá, no la metas. Y has pasado página siete veces en los últimos quince años. —Se volvió hacia mí y se dio unos golpecitos con el dedo índice en los labios—. O a lo mejor han sido ocho veces. Hace unos meses que no lo veo y en ese tiempo pueden pasar muchas cosas...

—No seas maleducada —la regañó su padre.

—Vete a casa, papá. —Autumn sacudió la cabeza.

—¿Vendrás a la boda? —Respiró hondo para controlar su mal genio y habló con una voz más suave y amable—: Significaría mucho para mí.

Autumn frunció el ceño.

—¿Estará Silas?

—Por supuesto que no. Sabes que nunca te haría algo así.

—No, no lo sé.

—Autumn, por favor, ven.

Autumn volvió a sacudir la cabeza.

—No lo sé, me lo pensaré, ¿vale?

Su padre frunció los labios, pero no dijo nada más. Se acercó a Autumn y le dio un beso en la mejilla.

—Gracias.

—Es tarde —comentó ella—, debería irme a casa.

Su padre asintió, hizo un gesto vago en mi dirección y volvió a su ostentoso coche amarillo. Recogí las neveras y nos dirigimos a la entrada del edificio en silencio. El viaje en el ascensor también fue silencioso. Cuando llegamos a la puerta, rebuscó las llaves en el bolso y se volvió hacia mí.

—Siento que hayas tenido que ver eso.

—No tienes que disculparte. Si hubieras conocido a mi madre, entenderías por qué esa interacción me ha parecido bastante agradable.

Autumn sonrió, pero la alegría no le llegó a la mirada.

—¿Estás bien?

Asintió.

—Es… no lo sé. A veces tiene las prioridades algo deformadas.

—Por lo que has dicho, intuyo que no te cae bien uno de los amigos de tu padre… ¿Silas?

—Silas era su socio.

—¿No te cae bien?

—No.

—¿Pasó algo entre vosotros?

Ella negó con la cabeza.

—Entre Silas y yo no, pero salí con su hijo durante cuatro años y medio. Todo… acabó durante las vacaciones de Navidad de mi primer año de Derecho.

Esperé a que dijera algo más, pero no lo hizo. Entonces se me ocurrió una cosa.

—Fue entonces cuando empezaste a dudar de la carrera que habías escogido, ¿no?

Autumn agachó la mirada.

—Tuve muchas dudas ese año. —Respiró hondo y expulsó el aire antes de obligarse a sonreír—. Debería entrar. Se está haciendo tarde y tengo una cita mañana temprano. Puedes dejar las neveras aquí y yo las entraré. Se las devolveré al vecino mañana.

No quería irme, y menos cuando era evidente que se sentía triste, pero creía que habíamos progresado mucho en los últimos días y no quería estropearlo por no darle espacio. Así que asentí.

—De acuerdo. Pero abre la puerta y entra antes de que me vaya.

—Eres como un guardaespaldas. —Sonrió con tristeza.

—Nunca se es lo bastante cuidadoso.

Autumn abrió la puerta y empujé las dos neveras hacia dentro. Mantuvo la puerta abierta después de entrar.

—Buenas noches, Donovan.

—Buenas noches, pelirroja.

Esperé a oír el clic de la cerradura antes de irme.

Mientras conducía hasta casa, hice memoria de todos los sucesos inesperados de la tarde. Había descubierto que el chico al que había contratado para que me regara las plantas no había matado a una después de todo, sino que me la había robado cierta pelirroja. Autumn también había soltado un bombazo de camino a casa: ya no salía con Blake. Y luego estaba su padre, que era prácticamente como me esperaba por las pocas cosas que me había contado de él. Pero, a pesar de todo, en lo que no podía dejar de pensar era en qué cojones había podido pasar durante su primer año de Derecho.

Capítulo 21

Autumn

Seis años antes

—Madre mía, qué bien sienta salir con vosotros, chicos. —Apoyé la cabeza en el hombro de mi amiga Anna mientras caminábamos desde el descampado al aparcamiento. Habíamos pasado la tarde viendo un concierto al aire libre con un montón de amigos a los que no había visto desde que empecé a estudiar Derecho. Me habían aceptado en dos de las tres universidades que había escogido, pero había decidido quedarme en casa e ir a Yale, el *alma mater* de mi padre y también la universidad a la que había ido Braden.

—Deberías intentar hacerlo más a menudo. No te vemos nunca. —Anna me tiró del pelo.

—Lo siento, la universidad me ha mantenido más ocupada de lo que esperaba.

—No pasa nada, solo te tomaba el pelo. ¿Qué tal va todo entre tú y Braden?

—Bien, supongo.

—Ay, no, problemas en el paraíso.

—La verdad es que no, no hay nada de lo que pueda quejarme. Es solo que… No lo sé. Siempre quiere ayudarme con los estudios. Braden es listo, así que debería querer toda la ayuda que me ofrece, pero tengo que aprender a arreglármelas yo sola. Muchos de mis compañeros estudian juntos y las veces que he mencionado que voy a ir a la biblioteca a estudiar con ellos se pone muy raro. Creo que le ofende que no siempre quiera su ayuda.

—Eso es porque está loco por ti.

Sonreí. Habíamos llegado al parque cuando el concierto ya había empezado, así que el coche estaba aparcado casi al principio de todo, en la entrada. Cuando miré a mi alrededor, vi un coche plateado que se parecía al BMW de Braden, pero el sol brillaba con fuerza y no veía si había alguien dentro. Me protegí los ojos con la mano y los entorné, pero solo entreví el perfil de un hombre, aunque parecía que podía ser Braden. Unos segundos más tarde, el coche se fue. El concierto estaba abarrotado y estábamos en Greenwich, así que había BMWs a patadas, pero aun así algo me inquietó. Era la segunda vez en los últimos días que me parecía ver un coche parecido al de Braden, pero cada vez que me acercaba lo suficiente para verlo bien, el coche se marchaba.

—Tierra llamando a Autumn.

—Perdona, ¿me has dicho algo? —Miré a mi amiga, que me observaba con expectación.

—He dicho que no todo el mundo puede conocer a un hombre que esté loco por una, pero yo conocí a uno el fin de semana pasado que era una locura en la cama.

Había desconectado durante un minuto.

—Oh, qué fuerte. Cuéntamelo todo.

Anna se sumergió de lleno en una historia sobre un batería delgado con cresta al que había conocido en una cafetería el fin de semana pasado y que tenía el pene más grueso que había visto nunca. Me hizo reír y, en pocos minutos, me había olvidado por completo de la sensación extraña que había tenido… por lo menos temporalmente.

***

—Hola, preciosa. —Braden se reclinó en el asiento y sonrió—. No sabía que vendrías, ha sido una bonita sorpresa.

Pasé por detrás del escritorio de Braden, dejé una de las dos bolsas que llevaba en la mano y me incliné para darle un beso.

—Mi padre trabaja tanto últimamente que he querido prepararle un almuerzo saludable. Se olvida de comer cuando está de juicios. Y se me ha ocurrido traerte algo a ti también.

Me tomó por la cintura y tiró de mí para que cayera en su regazo. Solté una risita.

—Has dejado la puerta abierta, cualquiera puede vernos.

—Es domingo, no ha venido mucha gente a trabajar. —Braden frotó la nariz contra la mía—. Te he echado de menos.

—Yo también. —Sonreí—. ¿Sigue en pie lo de esta noche?

Me apartó un mechón de la cara.

—Claro que sí. He hecho una reserva a las siete en aquel restaurante italiano nuevo que te gustó tanto.

—Qué rico. ¿Vas a estar aquí hasta entonces?

—Seguramente, ayer no adelanté tanto trabajo como pensaba.

Por algún motivo, me vino a la cabeza el coche que había visto en el aparcamiento el día anterior.

—¿Hasta qué hora te quedaste anoche?

—No lo sé. —Braden se encogió de hombros—. Más o menos hasta las nueve.

Sonreí.

—Bueno, pues te dejo para que puedas salir de aquí a tiempo para la cena. Además, no quiero que se le enfríe la comida a mi padre, voy a subir a su despacho a dársela.

—De acuerdo. Te recogeré sobre las seis y media.

Lo besé una vez más antes de subir al despacho de mi padre, su codiciado despacho esquinero con vistas.

—Toc, toc —dije—. Una entrega para el señor Adicto al Trabajo.

Mi padre lanzó el bolígrafo a la mesa y sonrió.

—¿Qué haces aquí, cielo?

Le enseñé la bolsa de comida.

—Te he preparado algo para comer. Sé cómo te pones cuando estás en mitad de un caso, o te olvidas de comer o comes porquerías.

—Tu madre solía traerme la comida cuando trabajaba los fines de semana. —Sonrió con cariño.

—Lo sé, pero por aquel entonces no trabajabas los domingos.

—Y sigo intentando no hacerlo a menos que sea estrictamente necesario, pero hoy no me ha quedado más remedio. Ayer perdí toda la tarde por los puñeteros chinches.

—¿Chinches? —Arrugué la nariz.

Señaló el techo con el pulgar.

—Los de la compañía de seguros de la planta de arriba han encontrado chinches en uno de los sofás del recibidor, por lo que los de mantenimiento del edificio lo han inspeccionado entero. En nuestro vestíbulo también había unos cuantos. Anoche fumigaron el bloque entero y no pudo entrar nadie durante doce horas.

—Me ha parecido oírte salir de casa esta mañana a las seis.

—He salido a esa hora. —Mi padre asintió.

—¿A qué hora empezaron a fumigar ayer?

—A las cinco de la tarde.

—¿A las cinco? ¿Así que no hubo nadie en el edificio después de las cinco en punto?

—No a menos que quisieran que les saliera un tercer brazo.

—¿Y si hubiera habido alguien aquí cuando empezaron a fumigar?

Mi padre sacudió la cabeza.

—No había nadie. Pedí a los miembros de seguridad que revisaran despacho a despacho para asegurarme de que todo estuviera vacío antes de que empezara la fumigación.

Capítulo 22

Autumn

—Me alegro de verte, Autumn. —La doctora Lillian Burke entrelazó los dedos encima de la libreta que tenía en el regazo—. Tienes buen aspecto, te has dejado crecer el pelo.

Levanté el brazo y jugueteé con un mechón.

—Sí, más pelo que recoger en un moño alto, supongo.

—¿Cómo va todo? ¿Sigues trabajando para los servicios sociales?

—Sí, y me sigue encantando. —Sonreí—. Es la mejor decisión que me ayudaste a tomar.

Lillian sonrió.

—Me alegra mucho oír eso. Pasamos más tiempo en el trabajo que con nuestros seres queridos, así que es importante disfrutar de lo que hacemos.

—De hecho, ahora estoy trabajando en el doctorado. Creo que no lo había empezado la última vez que hablamos. Mientras estaba en la sala de espera intentaba recordar cuánto tiempo ha pasado desde que vine por última vez. Pensaba que eran dos años, pero creo que han pasado más bien tres.

—Así es. El mes que viene hará tres años, he tenido que mirarlo antes. Pero enhorabuena por los estudios. Habíamos hablado de que querías ser psicóloga, pero no habías empezado ningún programa. Es fantástico.

—Me lo estoy tomado con calma y solo estudio a media jornada, pero ya me voy acercando. Debería graduarme dentro de dos semestres. Para serte sincera, creo que parte del motivo por el que dejé de venir fue porque sentí que necesitaba ser capaz de valerme por mí misma si iba a estar en tu lugar en algún momento.

—Ya lo hablamos en su momento. Los psicólogos tienen psicólogos. No solo está bien, sino que además en esta profesión se recomienda.

Asentí.

—Lo sé, creo que lo que necesitaba era sentir que podía sobrevivir sin tu ayuda. Ahora que sé que puedo, ya no creo que sea un problema.

—Me alegra oír que sientes que puedes sobrevivir sin mí, aunque nunca lo dudé.

—Gracias.

—Cuéntame qué tal tu vida. ¿Cómo van las cosas con tu padre?

—Igual que siempre. Va a casarse en unas semanas… otra vez. Se presentó en mi casa anoche porque no he respondido a la invitación y he estado ignorando sus llamadas porque no quería hablar del hecho de que no quiero ir a su boda.

—Parece que en ese aspecto no me he perdido mucho. —Lillian sonrió.

—Claramente, no. Casarse. Divorciarse. Enjuagar y repetir.

—¿Y tú? ¿Sigues tomando pastillas para dormir?

—El médico de cabecera insiste para que las deje, como tú me decías siempre. Pero sí, sigo necesitándolas para dormir. —Ella asintió—. ¿Sabías que los delfines duermen con un ojo abierto?

—¿Ah, sí?

—Se le llama sueño unihemisférico. El ojo derecho se cierra mientras duerme la parte izquierda del cerebro y el izquierdo se cierra cuando duerme la parte derecha. No pueden dormirse del todo porque tienen que acordarse de respirar.

Lillian sonrió.

—He echado de menos los datos curiosos. Pero como tú no eres un delfín, sigo pensando que dejarlas sería bueno para ti.

—Sí, lo sé. —Suspiré.

—¿Y qué hay de tu vida personal? ¿Has conocido a alguien especial? ¿Sales con alguien?

—No salgo con nadie. Salía, pero lo dejé hace poco.

—¿Por qué lo dejaste?

—Me sentía mal porque empecé a sentir algo por otra persona.

—Vaya. —Lillian cogió el bolígrafo de la mesita y escribió algo en su libreta—. Tendré que repasar mis anotaciones, pero estoy casi segura de que es la primera vez que mencionas que sientes algo por alguien. Evidentemente, hemos hablado de los hombres con los que has salido, pero por lo general utilizas palabras como «compatible» o «pasárselo bien» para describir tus relaciones, no «sentimientos». Me alegra oír que estás interesada en alguien con quien tienes una conexión emocional. La mujer que se sentaba delante de mí hace unos años habría corrido en dirección contraria si su corazón se hubiera encaprichado por un hombre.

Sonreí.

—Y lo hice, más o menos. Es una larga historia, pero conocí a Donovan el año pasado. Tenemos la misma maleta, y nos llevamos la del otro en el aeropuerto. Quedamos para intercambiarlas, hubo química y nos tomamos un café. El café llevó a la cena y la cena llevó a un fin de semana increíble.

—Parece cosa del destino, casi como un cuento de hadas.

Asentí.

—Excepto que, siendo como soy, cuando terminó el baile me convertí en una calabaza y eché a correr.

—¿Y por casualidad te olvidaste un zapato de cristal?

Meneé la cabeza.

—Lo cierto es que no, aunque él dice que volvió a la cafetería en la que nos conocimos varias veces en las semanas siguientes con la esperanza de verme allí. Así que supongo que él sí intentaba ser el príncipe azul. Pero ya sabes que yo he perfeccionado el arte de la evasión, así que no volvimos a vernos hasta casi un año después. Es el abogado de uno de mis niños. Entré una noche en la comisaría y estaba allí.

—Vaya. —Sonrió—. Parece que al destino no le parecía bien lo que hacías. Cuéntame más sobre él. Has dicho que se llama Donovan, ¿no?

Asentí.

—Es lo contrario a la mayoría de los hombres con los que he salido. Desde fuera no lo creerías. Es listo, exitoso, lleva buenos trajes y fue a una universidad de prestigio. Pero bajo la superficie es mucho más que eso. Creció sin nada, así que ha trabajado el doble de duro para estar donde está y eso hace que sea mucho más fuerte que nadie con quien haya salido. Normalmente, los hombres con los que salgo son algo blandos por dentro, mientras que Donovan está hecho de acero. Y me siento muy atraída por esa fuerza interior.

—Parece maravilloso. Normalmente cuando me hablabas de algún hombre con el que salías primero mencionabas sus atributos físicos y después me leías su currículum. Cuando has descrito a Donovan no has hecho ninguna de las dos cosas. Has hablado desde el corazón.

—Bueno, también es tan atractivo que es ridículo, para qué engañarnos: debajo de las camisas de vestir tan ajustadas que lleva tiene un cuerpo de infarto. También tiene un montón de tatuajes que me parecen *supersexys*. —Me señalé el brazo—. Mira, por eso no he empezado con la descripción física, se me pone la piel de gallina solo al pensar en su aspecto.

Lillian rio.

—¿Por casualidad no tendrá un hermano mayor?

—Lo gracioso es que en muchos sentidos, Donovan es tan protector como yo a la hora de dejar que la gente vea cómo es en realidad. Solo que tenemos motivos diferentes.

—Pero parece que se ha abierto a ti.

Asentí.

—Sí.

—¿Has hablado con él sobre tu pasado?

Sacudí la cabeza.

—Es una persona muy intuitiva, así que sabe que hay un motivo para mi comportamiento. Pero no he hablado con él sobre… eso.

—¿Cómo defines tu relación con Donovan ahora mismo? Has dicho que hace poco rompiste con otra persona, ¿estáis saliendo Donovan y tú?

—No. —Arrugué el ceño.

—¿Te lo ha pedido?

—Más de una vez. —Sonreí con tristeza.

—Imagino que no quieres salir con él porque te gusta de verdad.

Asentí y bajé la mirada.

—Que no te dé vergüenza tener miedo, Autumn. Tener miedo forma parte de la naturaleza humana y todos lo tenemos.

—Odio ser tan débil.

—Tener miedo no es una debilidad, en absoluto. El miedo es un instinto protector que tenemos todos y es algo muy saludable. Es como un sistema de alarmas, nuestro miedo dispara una advertencia muy ruidosa cuando hay gente a la que no queremos dejar entrar y eso es algo bueno.

—Sí, pero mi sistema de alarmas quiere que todo el mundo se quede fuera.

Lillian negó con la cabeza.

—En su momento fue así, pero estás aquí. Estás aquí hoy, Autumn, eso significa que ya has aceptado que hay alguien a quien quieres dejar entrar. El problema es que no sabes cómo hacerlo porque ha pasado mucho tiempo desde la última vez.

—Sí, supongo que tienes razón. —Exhalé con fuerza.

—A lo largo de los años, los miedos te han saboteado las relaciones. Has salido con hombres con los que sabías que no tenías una conexión emocional de verdad. Y hace un año saboteaste las cosas con Donovan porque no estabas lista para enfrentarte a ello. Pero ahora sí. Ya has dado el primer paso solo con venir aquí hoy. Tú sola ya has hecho todo el trabajo duro, ahora solo tenemos que ayudarte a cruzar el resto del camino.

—¿Y cómo lo hago?

—La única manera de vencer tus miedos es obligarte a aceptarlos. Tienes que recibir lo que temes con los brazos abiertos.

—Pero ya he salido con gente.

—No tienes miedo de salir con alguien. Tienes miedo de volver a confiar en alguien.

Suspiré.

—Supongo que sí. Quiero confiar en Donovan, de verdad. Es solo que no sé cómo hacerlo.

Lillian asintió.

—Una buena forma de empezar sería contarle lo que te pasó.

Capítulo 23

Donovan

Cuando llegué, el coche de Autumn ya estaba aparcado fuera.

Durante toda la tarde, me había dicho que no iba a salir antes del trabajo y pasarme por casa de Bud. Todavía tenía un montón de horas que facturar, clientes a los que devolverles las llamadas y se acercaba un juicio para el que tenía que prepararme. Por lo general, los sábados llegaba al trabajo a las siete, pero habían dado el alta a Bud a las diez, así que pasé a recogerlo, lo llevé a casa y lo ayudé a instalarse una vez allí.

En lugar del horario habitual de las siete de la mañana, había entrado en la oficina a la una del mediodía y me había tenido que ir a las cuatro y media para cubrir el servicio de cena de Bud por la noche. Pero había calculado que podía hacer muchas cosas en tres horas y media. Por desgracia, no había tenido en cuenta lo distraído que estaría toda la tarde al saber que Autumn estaba en casa de Bud. Al final, me había rendido y había parado. No iba a hacer una mierda igualmente, así que no tenía sentido seguir sentado detrás del escritorio.

La puerta de entrada no estaba cerrada con llave. Sacudí la cabeza mientras pensaba en que tendría que hablar con Bud sobre el tema. El hombre había estado dos días en el hospital después de que le hubieran dado una paliza en la calle, tenía que ir con más cuidado.

Encontré a Autumn en la cocina fregando los platos. No me había oído entrar, así que me quedé en el umbral de la puerta y dediqué un momento a observarla. Una sonrisa leve le adornaba la cara y cada dos segundos las comisuras de los labios se le crispaban un poco, como si estuviera pensando en algo que le divertía. Joder, era preciosa. Quería decirle que había entrado antes de que me viera para no asustarla, pero debió de notar que alguien la miraba, porque levantó la cabeza de repente.

—Madre mía. —Alzó la mano mojada y llena de jabón y se la llevó al corazón—. ¿Cuánto rato llevas ahí parado?

Sonreí.

—Lo siento, no mucho.

—¿Por qué no has dicho nada?

—Iba a hacerlo, pero estaba ocupado intentando adivinar en qué pensabas para sonreír tanto.

—¿Sonreía?

Asentí.

—¿En qué piensas ahora mismo?

—En nada. —Apartó la mirada.

Di unos pasos hacia ella y me quedé al otro lado de la isla de la cocina.

—En nada, ¿eh? ¿Estás segura?

Autumn se aclaró la garganta.

—Bud acaba de terminar de comer, se ha quedado dormido en la butaca reclinable.

Volví a asentir.

—Me han dicho que no ha dormido bien en el hospital. Seguro que estaba preocupado por que la casa se quedara vacía durante unos días. La gente de aquí lo ve como una oportunidad y no la desperdician.

Frunció el ceño.

—¿Por qué no se muda?

—Porque este es su hogar y al ayudar a la comunidad siente que tiene un propósito. Además, tiene el jardín en la parte de atrás y el taller en el garaje.

—Supongo. —Autumn se encogió de hombros—. ¿Le ha pasado algo así alguna vez? ¿Lo habían atacado antes?

—No. La gente suele cuidar de Bud porque es una buena persona y lo respetan mucho. En su mayoría, es una comunidad muy unida. El problema es que es muy fácil conseguir drogas por aquí, cosa que atrae a gente de fuera… y no a buenas personas precisamente.

Autumn terminó de enjuagar el último plato en el fregadero y cerró el grifo.

—¿Quieres comer algo? Todavía no he guardado la comida, lo más seguro es que siga estando caliente.

—Huele muy bien, pero no, no te preocupes. Prefiero que se la dejes a Bud. No podrá hacer mucho con el brazo escayolado.

—He preparado lasaña, pasta *e fagioli* y pollo a la francesa, así que tiene por lo menos una docena de platos por los que empezar. He congelado unos cuantos y he dejado otros en la nevera para los próximos días.

—Gracias por hacer tanto por él.

—Pensaba que estarías en el trabajo toda la tarde, como has recogido a Bud en el hospital esta mañana y vas a cubrir la cena comunitaria…

—Quería ver cómo se encontraba, no sabía a qué hora ibas a venir.

La voz de Bud retumbó desde la otra habitación.

—Y una mierda. Esta mañana me ha preguntado si sabía a qué hora ibas a venir y le he dicho que habías llamado y que estarías aquí sobre esta hora.

Reí y agaché la cabeza mientras le respondía:

—Muchas gracias, Bud. Se supone que tienes que ser mi carabina, no contar todos mis secretos.

—No te culpo por insistir, cocina de maravilla.

Ahora era Autumn la que reía.

—¡Gracias, Bud! —le gritó.

—No hay de qué, cielo.

Bajé la voz y le guiñé el ojo.

—Voy a ver cómo se encuentra.

Bud estaba sentado con los pies en alto en su butaca reclinable de cuero destartalada.

—¿Cómo te encuentras, viejo?

—Bien. —Se señaló la escayola—. Si tuviera esta cosa en el otro brazo, mi vida sería mucho más sencilla. Sin el brazo derecho soy un inútil.

—He pensado que vendría a regar las plantas del jardín para que no te mojes la escayola en tu primer día en casa.

—Perfecto. Ya que vas, ¿puedes recoger los tomates maduros cuando salgas?

—Claro.

El patio de Bud era prácticamente una granja, así que regar las plantas y recoger la fruta y la verdura madura no era un trabajo que llevara solo dos minutos. El sol quemaba y llevaba una camisa de manga larga y pantalones de vestir, por lo que cuando acabé estaba chorreando de sudor. Por la mañana había metido ropa de recambio en una bolsa porque pensé que querría cambiarme los trapos de vestir antes de ir a servir la cena, así que la saqué del coche antes de volver a entrar en la casa.

—¿Te importa que me dé una ducha rápida? —Bud y Autumn estaban sentados en el salón.

—Usa la de tu antigua habitación.

Después de la ducha, eché mano al armario que había debajo del fregadero, en el que siempre habíamos guardado las toallas. Por desgracia, no se me había ocurrido comprobar si Bud lo seguía usando para las toallas hasta estar empapado.

«Mierda.»

Saqué los pantalones de la bolsa, me los subí por las piernas mojadas y me escabullí del baño para buscar una toalla con la que secarme antes de vestirme del todo. Pero cuando me dirigía al baño del pasillo, la puerta se abrió de golpe. Autumn salió y pestañeó un par de veces antes de bajar la mirada hacia mi pecho desnudo. Había salido del baño refunfuñando y con los vaqueros pegados a las piernas, pero de repente sentí el deseo de darle un beso a Bud por no llenar el armario de toallas.

Autumn ni siquiera trató de ocultar que me miraba de arriba abajo. Sus ojos se posaron en mi pecho, fueron bajando poco a poco hacia los abdominales y le resplandecieron cuando llegó a la parte superior de los vaqueros. Sabía que no me los había abrochado y no me había molestado en ponerme ropa interior para salir a buscar una toalla, pero no me había dado cuenta de que, con las prisas al subirme los pantalones, me había dejado la punta del pene hacia arriba y sobresalía. Mi primer instinto fue taparme y no ser un exhibicionista intencionadamente, pero Autumn abrió los labios y obligué a mis manos a quedarse donde estaban.

«Por Dios». Por la forma en que me miraba no quería hacer otra cosa que hacerla retroceder hacia el baño y cerrar la puerta detrás de nosotros. Y en ese momento creí que me dejaría hacerlo, pero entonces...

Se escuchó un estruendo que provenía de la otra habitación.

—¡Mierda!

Fue como si Bud nos hubiera tirado un cubo de agua helada encima. Autumn y yo echamos a correr y encontramos a Bud en la cocina con la puerta de la nevera abierta y el suelo hecho un desastre.

—¿Qué ha pasado?

—He intentado coger un trozo de la tarta de pudin de chocolate que ha traído Autumn, pero la estúpida escayola se ha interpuesto en mi camino.

Cerré los ojos y sacudí la cabeza. El plato de cristal de la tarta estaba esparcido por todo el suelo y Bud no llevaba zapatos.

—Siéntate. Lo limpiaré.

—¿Por qué narices estás medio desnudo?

—Porque al parecer ya no guardas toallas en el cuarto de baño de la habitación de invitados.

—Bueno, pues ve a vestirte.

Teniendo en cuenta el momento que había interrumpido, vestirme era lo mejor que podía hacer. Me volví hacia Autumn.

—Déjalo. Primero me vestiré y luego lo recogeré con la aspiradora. No quiero que te cortes.

Cogí una toalla del otro cuarto de baño y terminé de secarme. Durante medio segundo, me planteé hacerme una paja recordando cómo Autumn me miraba la punta de la polla con los labios abiertos, un recuerdo que conservaría grabado en el cerebro para siempre. Pero esas cosas no se hacen en el baño de otro hombre, y menos en el de un hombre que, durante mi adolescencia, había evitado que se me cayera la cabeza en el váter en esa misma habitación en más de una ocasión. Así que, en lugar de eso, me vestí rápidamente y fui al garaje a por la aspiradora. Cuando terminé de limpiar la cocina, ya era hora de ir a servir la cena.

Entré en el salón y encontré a Bud a punto de quedarse dormido en la butaca otra vez mientras veía una vieja película del oeste en blanco y negro.

Autumn tenía la nariz enterrada en el móvil.

—¿Sabías que *Lo que el viento se llevó* fue la primera película en color en ganar un Óscar? —preguntó y levantó la mirada.

Sonreí.

—No lo sabía. No sé cómo he sobrevivido sin esa información. —Hizo una mueca y yo reí—. Tengo que irme a prepararlo todo para la cena de la comunidad.

Autumn se puso en pie.

—¿Necesitas ayuda esta noche?

—Claro, si no te importa. —Como si alguna vez fuera a rechazar pasar más tiempo con ella, incluso aunque fuera en una casa abandonada con un montón de gente de dudosa reputación.

Nos despedimos de un Bud adormilado y le dije que volvería al día siguiente a ver cómo se encontraba. No sería Bud si no hubiera discutido conmigo sobre que no necesitaba ayuda, pero iba a volver sin importarme lo que dijera.

Una vez fuera, le dije a Autumn que subiera a mi coche y que iríamos juntos a recoger la comida que había pedido antes de ir a servir la cena. Puede que hubiera maquillado un poco la verdad y le hubiera dicho que la casa de Bud quedaba de camino a mi casa, así que no sería un problema dejarla y que recogiera el coche. Bueno, y quedaría de paso si tomara un camino totalmente diferente al que tomaba para volver a casa. Pero me gustaba tenerla cerca.

Como había supuesto que estaría trabajando en la oficina hasta el último minuto, había pedido unos cuantos bocadillos gigantes y algunas ensaladas para cenar. Facilitaba las cosas porque no teníamos que preocuparnos por mantener la comida caliente, pero me alegraba que Bud no me hubiera preguntado qué íbamos a servir, porque no admitía nada que no fuera una comida caliente.

Estuve muy pendiente de Autumn durante toda la noche. Llamaba mucho la atención tras la mesa de servir y en su mayoría atraía a gente amable, pero nunca se puede ser lo bastante cuidadoso. Algunas de las personas que comían allí no tenían un estado mental muy estable, o por lo menos es la sensación que me dieron los dos tipos que entraron dando traspiés justo cuando estábamos a punto de dar la cena por finalizada y cerrar.

—Oh, venga, guapa. —El más alto de los dos extendió el plato hacia Autumn—. Puedes ponerme un poco más, ¿no?

Reconocí al más bajo, era un traficante del barrio (o, al menos, lo era cuando yo vivía allí). Probablemente, era unos diez años mayor que yo y no había dejado de entrar y salir de la cárcel, aunque yo ya no estaba al tanto de lo que pasaba con la gente del barrio. Teniendo en cuenta mi pasado, intentaba no juzgar a nadie, pero no me había gustado el tono que había usado su colega.

Me acerqué y me puse al lado de Autumn.

—¿Os puedo ayudar en algo?

—No, todo bien por aquí —contestó el tipo con desprecio.

El más bajo me miró con los ojos entrecerrados.

—Eres Decker, ¿no? ¿Vivías a dos manzanas de aquí?

—Sí.

Levantó el puño para que se lo chocara.

—¿Qué pasa, tío? Ahora eres un abogado de éxito o algo así, ¿no?

—Soy abogado, sí. —Le choqué el puño.

—¿Penal? —preguntó su colega.

Sacudí la cabeza.

—No del tipo de abogado que podría interesarte.

El tipo echó la cabeza hacia atrás.

—¿Qué quieres decir con eso?

—Que me especializo en delitos de guante blanco, en desfalco, estafas empresariales, manipulación del mercado... ese tipo de cosas.

—Eres demasiado bueno para el sitio de donde viniste, ¿eh?

La conversación iba en una dirección que no me gustó.

—Pues no. —Me encogí de hombros—. Es lo que se me da bien. Si alguna vez estás en un lío por algo así, soy tu hombre.

Por la cara que puso, vi que no estaba seguro de si estaba siendo sincero. Me miró durante unos segundos más antes de asentir.

—Sí, vale.

Los dos fueron a sentarse y Autumn me echó un vistazo.

—Me apuesto a que te pasa mucho... Que a la gente de aquí no le gusta que las cosas te vayan bien.

Me encogí de hombros.

—Es lo que hay, lo entiendo.

—Storm le oculta a sus amigos que saca sobresalientes.

Sonreí.

—Yo hacía lo mismo. La mayoría de la gente quiere que te vaya bien, pero muy pocos quieren que te vaya mejor que a ellos. En circunstancias normales, ya es difícil ser adolescente y ser diferente a los demás, ¿pero aquí? Es mucho más que difícil. Puede ser peligroso.

—Es de locos.

—Puede ser, pero es la verdad. En las calles, si la gente no se identifica contigo, no confía en ti. Y cuando no tienes mucho más que tu palabra, la confianza lo es todo. —Eché un vistazo a los dos tipos.

El tío al que conocía del barrio estaba ocupado comiendo, pero el otro miraba a Autumn. Sus ojos se encontraron con los míos y le sostuve la mirada hasta que la apartó.

Quince minutos más tarde, mi colega Darío nos hizo una visita sorpresa mientras desmontábamos las mesas que había traído. Nos chocamos la mano.

—¿Cómo está Bud? —me preguntó.

—Bien. Aunque le han puesto una escayola, así que va a necesitar algo de ayuda durante una temporada.

—Eso había venido a decirte. La pandilla y yo nos encargaremos durante los próximos cinco días. Sé que tienes que trabajar hasta tarde y el viejo cabrón no confía en nadie más.

Suspiré de alivio.

—Gracias, Darío. Me será de mucha ayuda.

—Pero tendrás que cubrir el próximo sábado por la noche, mi señora necesita un poco de amor los fines de semana. —Me señaló con el dedo.

Le sonreí con suficiencia.

—¿Así es como llamas a tu mano derecha hoy en día? ¿Tu señora?

—Cabrón. —Darío me dio un puñetazo en el brazo.

Por encima de su hombro vi que los dos tipos ya se iban, el que conocía y el que me daba mala espina. Relajé un poco los hombros. Autumn se había alejado para contestar una llamada justo antes de que entrara Darío. Se acercó y sonrió.

—Autumn, este es Darío. Diga lo que diga, miente más que habla.

Autumn rio.

—Donovan me ha hablado de ti alguna vez, es un placer conocerte.

Darío se llevó la mano de Autumn a los labios y le besó el dorso.

—El placer es todo mío.

—Contrólate, capullo.

A Darío le brillaron los ojos de diversión. Sabía cómo tocarme las pelotas.

—Donovan dice que eres muy inteligente, así que supongo que te interesa más la personalidad… —Se dio unos golpes en el pecho antes de señalarme con el pulgar con el ceño fruncido— que el atractivo físico. Este cabrón se hará viejo, pero yo siempre seré divertido.

Autumn rio.

—Seguro que sí.

Parecía disgustada mientras hablaba por teléfono, así que hice un gesto con la cabeza para señalar el móvil que tenía en la mano.

—¿Va todo bien?

Suspiró.

—Esta noche han pillado a uno de mis niños en posesión de marihuana.

—¿Lo han encerrado? ¿Necesita ayuda?

Sonrió y sacudió la cabeza.

—Por suerte, ha sido solo alguien de la residencia y no la policía, pero gracias por la oferta. Aunque tengo que hacer otra llamada para hablar del tema. La cobertura va y viene aquí dentro, así que voy a salir un momento.

Miré la puerta principal. Se habían ido todos, pero eso daba igual. Congregarse era el deporte nacional, así que señalé la puerta trasera con la mano.

—¿Por qué no sales por allí mejor?

—Vale, pero antes deja que te ayude a guardarlo todo.

—Yo me ocupo. Ve a hacer la llamada. —Señalé a Darío—. Me va a ayudar este idiota.

Como habíamos servido sándwiches y ensaladas, solo tardamos cinco minutos en guardarlo todo. Lo único que quedaba era cargar las mesas, las sillas y la nevera en el coche. Miré hacia atrás. Autumn seguía al teléfono, así que le pedí a Darío que me echara una mano para llevarlo todo fuera. Después de cargar el maletero y el asiento trasero, me di cuenta de que el tipo al que conocía del dúo de antes aguardaba unas casas más abajo. Pero su amigo no estaba.

—¡Eh! —le grité—. ¿Y tu colega?

Señaló el patio con el dedo.

—Ha ido a mear. El tío debe de haberse perdido.

Se me erizó el vello de la nuca y ni siquiera me detuve a cerrar el maletero antes de echar a correr en dirección a la casa. Abrí la puerta principal de un tirón y recorrí toda la casa hasta el patio trasero. El hijo de puta estaba a solo unos metros de Autumn. Retrocedió y levantó las manos cuando me vio cruzar la puerta a toda prisa.

—¿Qué cojones haces aquí?

El tipo siguió retrocediendo.

—Solo estaba hablando con esta preciosidad.

Eché un vistazo a Autumn.

—¿Estás bien?

Darío irrumpió en el patio por la puerta trasera.

—Sí, estoy bien. —Parecía un poco nerviosa mientras pasaba la mirada de uno al otro, pero meneó la cabeza—. Ya se iba.

—¿Por qué no te largas, Eddie? —Darío hizo un gesto seco con la cabeza y lo fulminó con la mirada.

—No me obligues a pedírtelo a mí también —intervine con el ceño fruncido.

Eddie parecía bastante cabreado, pero no era nada comparado con la ira que irradiaba de mí. Se me había hinchado la vena del cuello y el corazón me latía a un millón de latidos por minuto.

Al menos el idiota fue lo bastante inteligente para darse cuenta de que la única opción que tenía era largarse. Resopló, pero recorrió el lateral de la casa sin mediar palabra. Lo seguí para asegurarme de que se fuera de verdad. En cuanto llegó a la calle, me volví hacia Autumn.

—¿Seguro que estás bien?

—Sí, estoy bien, solo un poco asustada. No ha hecho nada, solo me ha pillado desprevenida porque estaba al teléfono y de repente estaba a unos metros de mí en la oscuridad. Me ha preguntado si quería ir a una fiesta y le he dicho que lo mejor sería que se fuera.

Me froté el cuello y exhalé un suspiro entrecortado.

—Lo siento, no tendría que haberte dejado sola.

—Solo he estado aquí fuera unos minutos.

—Unos minutos ya es demasiado. —Sacudí la cabeza.

No me calmé hasta que entramos en el coche y nos hubimos alejado unas seis u ocho manzanas. Autumn estuvo todo el trayecto mirando por la ventana y abrazándose el cuerpo con fuerza.

—Lo siento, Autumn.

—No pasa nada. No es culpa tuya y no ha pasado nada.

—Sí que es culpa mía y no pareces estar bien.

Frunció el ceño y siguió mirando por la ventana un rato más. La casa de Bud no estaba muy lejos, por lo que, unos minutos más tarde, paramos justo delante. Puse el coche en punto muerto. No iba a conseguir relajarme si dejaba que se fuera sin más.

—¿Te importa que te siga hasta casa? —le pregunté—. O mejor todavía, ¿puedes dejar el coche aquí y te llevo yo?

Estuvo cabizbaja un minuto y después asintió.

—Puedes seguirme, pero entra cuando lleguemos. Quería hablar contigo igualmente.

Capítulo 24

Donovan

Autumn estaba muy callada cuando entramos en el apartamento.

—¿Quieres una copa de vino? —preguntó.

—Claro, si tú también te tomas una.

Autumn sonrió con desánimo.

—Sí, la voy a necesitar. ¿Por qué no te pones cómodo en el sofá mientras sirvo las copas?

—Gracias.

Autumn volvió unos minutos más tarde. Había servido el vino, se había recogido el pelo en un moño alto desarreglado y se había puesto unas mallas de yoga y una camiseta de manga corta.

Se fijó en cómo la miraba.

—Lo siento, necesitaba ponerme cómoda.

—No tienes que sentirlo, en realidad me encanta cómo te queda el pelo recogido.

Dio un sorbo al vino y sonrió.

—Ah, ¿sí? Y yo que he tardado media hora en arreglármelo antes para estar guapa… ¿Lo único que tenía que hacer era no cepillarlo y recogérmelo en un moño?

Le recorrí el precioso rostro con la mirada.

—En la foto que te hice durante nuestro fin de semana juntos llevas el pelo así. Cuando desapareciste la miraba mucho. Te diría cuánto, pero podría ahuyentarte otra vez y creo que ya la he cagado bastante por un día.

Autumn dejó la copa de vino en la mesa y me apoyó la mano en la rodilla con suavidad.

—No la has cagado hoy. En realidad, has hecho lo contrario.

—¿A qué te refieres?

—Ahora te lo explico, pero antes de todo, ¿qué foto me hiciste?

—Estabas frente a los fogones en la cocina. Llevabas el pelo recogido como ahora mismo y llevabas puesta mi camiseta del día anterior. —Sonreí.

—Ni siquiera me acuerdo de eso. —Sacudió la cabeza.

Saqué el móvil del bolsillo de los pantalones, abrí la galería y busqué la carpeta en la que había guardado la foto antes de girarlo para enseñársela. Autumn me cogió el móvil y estudió la imagen.

—Estoy hecha un desastre.

—Estás preciosa.

Ella siguió mirándola. Al final, suspiró.

—No estoy de acuerdo, pero debo decir que parezco feliz.

Le cogí el teléfono y volví a mirar la foto una vez más.

—Yo creí que lo eras. Para mí, ese fin de semana fue uno de los más felices en mucho tiempo.

Autumn no dejaba de pasar la mirada de uno de mis ojos al otro. Era evidente que había algo que le preocupaba. Al cabo de un rato, respiró profundamente, cogió la copa de vino, se bebió el contenido que quedaba de un trago y subió una rodilla al sofá para mirarme de frente.

—Conocí a Braden el verano de mi último año de bachillerato. Bueno, no es del todo cierto. Lo había visto algunas veces a lo largo de los años, pero no lo conocía de verdad. Su padre trabajaba para el mío antes de que se hicieran socios. A mí me parecía mono, pero era unos años mayor, así que nunca se había dirigido a mí excepto para saludarme hasta el verano en que ya tenía los dieciocho.

Autumn bajó la mirada a la copa de vino vacía. Desde la primera frase, supe que la historia no iba a tener un final feliz, pero también sabía que debía oírla, porque iba a completar muchas de las piezas que me faltaban en el puzle de Autumn Wilde que llevaba tanto tiempo queriendo resolver.

Le quité la copa vacía y se la cambié por mi copa medio llena. Sonrió con tristeza y volvió a suspirar profundamente antes de continuar.

—Braden estaba en el primer semestre de Derecho y no se parecía en nada a los chicos con los que había salido en el instituto. Yo no tenía ni idea de qué quería hacer durante el resto de mi vida y él estaba muy motivado y era maduro y, por algún motivo, yo le atraía. —Volvió la cabeza y se quedó con la mirada fija en un punto durante un minuto—. Cuando rememoro ese primer verano, sigo sin ver las señales de alarma que me perdí… —Arrugó el ceño—. Creo que eso me quita el sueño casi tanto como todo lo demás.

—¿Qué pasó?

—Braden y yo salimos durante cuatro años y medio y las cosas no se torcieron de la noche a la mañana. El primer verano nos hicimos inseparables. Yo había salido con más gente, pero era mi primera relación seria. Y entonces me fui a la universidad. Fui a Boston, así que solo estaba a unas pocas horas en coche. Volvía a casa a menudo y a veces Braden me visitaba. De vez en cuando, me daba una sorpresa y no me avisaba de que venía, pero a veces me sentía como si lo hiciera para controlarme en vez de porque quisiera verme de verdad.

No me gustaba el rumbo que estaba tomando la conversación. Era como si hubiera empezado a sonar la música siniestra de una película de terror.

—En fin… —Autumn apretó las manos—. Con los años, nunca hacía nada tan grave que hiciera que me saltaran las alarmas… o por lo menos no era algo concreto. —Negó con la cabeza—. A lo mejor sí, y yo me negaba a aceptarlo. No lo sé. Notaba pequeños detalles, por ejemplo a veces pensaba que me seguía un coche como el suyo, pero entonces desaparecía. A veces le preguntaba sobre cosas que había visto, pero sus respuestas eran tan creíbles que atribuía mis dudas a la paranoia. Me hizo sentir que estaba loca por creer que tendría tiempo o ganas de seguirme. Además, y sé que esto sonará horrible, era una relación fácil. Nuestros padres eran socios y mejores amigos y yo había tomado la decisión de estudiar Derecho, por lo que Braden fue capaz de normalizarlo todo. —Se encogió de hombros—. Yo era muy confiada e ingenua por aquel entonces. Demasiado confiada.

No sabía qué decir o hacer. Parecía que quería contar algo, pero se estaba desviando del tema en lugar de ir al grano, y me dolía el corazón de esperar a que llegara al fondo del asunto. No obstante, me quedé callado.

Autumn se acabó el vino de mi copa.

—¿Quieres un poco más? —le pregunté.

Sacudió la cabeza.

—No debería. Solo necesito relajarme un poco. Te prometo que llegaré al final de la historia pronto.

—Tómate el tiempo que necesites, no hay prisa. —Tomé su mano y se la apreté.

Asintió y volvió a bajar la mirada durante un minuto antes de continuar.

—Cuando acabó el curso y volví a casa, empezaron a saltarme las alarmas por más motivos. Creía que me estaba siguiendo y después me decía que estaba trabajando y yo sabía que me mentía. Se le daba bien darle la vuelta a las cosas y convencerme de que lo que me ocurría es que me sentía culpable porque me había distanciado de él. Estaba en la facultad de Derecho y conociendo a gente nueva y quería algo de libertad, así que no se equivocaba. Nos habíamos distanciado. Pero había esperado cuatro años muy largos a que volviera a mudarme a casa, por lo que me sentía muy mal solo por considerar terminar la relación, en especial porque, mientras estábamos juntos, era muy bueno conmigo. Sin embargo, cuando noté que me había mentido más de una vez, me costó mucho creer en cualquier cosa que me dijera. Un día me di cuenta de que algunos de mis *emails* aparecían como leídos a pesar de que estaba segurísima de que no los había abierto. Empezó a parecerme una relación muy dañina, así que al final le dije a Braden que necesitaba que nos diéramos un tiempo.

—¿Y qué tal fue?

—Al principio mejor de lo que esperaba, pero estaba convencido de que lo único que ocurría es que estaba estresada por mi primer año de Derecho y que solo nos íbamos a dar un tiempo y volveríamos a estar juntos.

—¿Volvisteis?

Negó con la cabeza.

—Mantuvimos el contacto, pero cuando rompí con él, me di cuenta muy rápido de que había tomado la decisión correcta por muchos motivos.

—Vale…

—Cuando comprendió que se había terminado y que yo estaba pasando página, empezaron a suceder cosas raras.

—¿Como qué?

—Bueno, yo estudiaba con un grupito. Una de las personas que formaba parte de él era un chico que se llamaba Mark. Una noche, fuimos los últimos del grupo en salir de la biblioteca y, cuando salimos, Braden estaba allí. Dijo que estaba allí por una investigación de última hora, pero yo sospechaba que me había seguido otra vez. Fue muy educado cuando le presenté a Mark, pero vi lo enfadado que estaba en realidad. Unos días más tarde, atacaron a Mark.

—¿Fue Braden?

—Nunca pude demostrarlo, pero es lo que siempre he sospechado. Lo atacaron mientras caminaba hacia el coche una noche, pero ni siquiera intentaron quitarle la cartera o las llaves del coche. Lo sorprendieron por la espalda, así que no le vio la cara al tipo, y este no dijo ni una sola palabra durante el ataque. Lo único que Mark pudo declarar a la policía fue que el atacante llevaba zapatos de vestir negros. Por supuesto, Braden y otros millones de hombres llevan zapatos de vestir.

Me pasé una mano por el pelo.

—Joder.

—Hubo otras cosas menores, pero en ese momento dejé de hablar con Braden por completo. No le respondía las llamadas y entonces me enviaba *emails* y mensajes larguísimos que me hacían sentir fatal por pensar lo que pensaba. —Respiró profundamente y me miró a los ojos—. Una noche se presentó en mi casa.

Se me erizó el vello de los brazos.

Autumn agachó la mirada y cuando volvió a levantar la cabeza, tenía los ojos llenos de lágrimas.

—Dijo que solo quería hablar. Estaba llorando y me sentí fatal, así que le dejé entrar. No podía respirar esperando a que me contara el resto. Su voz no era más que un susurro cuando continuó—. No había nadie más en casa. Y... me violó.

Me quedé helado. Sabía que la historia tendría un final horrible, pero no imaginaba que fuera ese. Supongo que pensaba que a lo mejor le había pegado y asustado. Pero no eso... Cerré los ojos.

—Autumn. —Sacudí la cabeza—. Joder, Autumn.

Cuando abrí los ojos, las lágrimas le resbalaban por las mejillas, así que hice lo único que me parecía bien en ese momento. La atraje hacia mí y la abracé tan fuerte que llegué a temer estar haciéndole daño. Mis lágrimas le cayeron en la parte trasera de la camiseta. Al cabo de un rato, se apartó.

—Quiero terminar. —Se secó las lágrimas y después estiró el brazo y secó las mías—. He llegado hasta aquí y quiero soltarlo todo.

Asentí y tragué saliva para aliviar el nudo que tenía en la garganta.

—No tienes que hacerlo, no por mí.

Asintió.

—Gracias, pero tengo que hacerlo por mí.

Dios, si no me hubiera vuelto loco ya, me habría vuelto loco en ese momento. Seguro que no sabía lo fuerte que era.

Durante la siguiente media hora, Autumn me contó el resto de la historia. Me contó que no había ido a la policía al momento, porque al principio no se había dado cuenta de lo que había pasado. Habían tenido relaciones durante años y, aunque esa vez le había pedido miles de veces que parara, no se había defendido físicamente con nada más que un empujón. Al final, se había quedado quieta, demasiado asustada para moverse, esperando a que terminara todo. Cuando se le pasó el *shock*, en parte se sintió culpable. Lo había dejado entrar. Lo había acusado de cosas que a lo mejor no había hecho. Lo había hecho enfadar… o al menos así lo había visto en un principio.

Entonces, para empeorar las cosas todavía más, cuando por fin se le había pasado la conmoción y había empezado a sentir enfado, decidió contárselo a alguien y esa persona no la apoyó.

Su padre.

Su puto padre.

El capullo había tenido los cojones de preguntarle si era posible que le hubiera enviado señales contradictorias a Braden. Como si hubiera alguna otra señal que importara cuando una mujer te decía que no.

Cuando por fin tuvo el valor de ir a la policía, las pruebas físicas ya habían desaparecido, así que era su palabra contra la de él, un miembro honorable de la comunidad legal sin antecedentes. Y cuando interrogaron a los amigos de Braden, o él los había convencido para que mintieran, o había estado mintiendo a sus colegas todo el tiempo, porque le contaron a la policía que había sido Autumn la que lo acosaba a él, que estaba molesta y se había mostrado persistente cuando había roto con ella.

El fiscal del distrito le dijo que aceptaría el caso, pero solo después de advertirle sobre el resultado más probable y sobre lo traumáticos que eran por lo general este tipo de casos para las víctimas. No me sorprendía que hubiera intentado disuadirla, sabía de primera mano que a los fiscales del distrito no les gustaba aceptar casos con probabilidades de perder. Había pocos recursos y, siendo realistas, a los abogados no les gustaba estropear su historial.

Autumn suspiró entrecortadamente y esbozó una sonrisa forzada.

—Ahora me encantaría tomarme otra copa de vino. ¿Quieres otra? ¿O te gustaría beberte la primera, dado que he acabado bebiéndome la tuya?

Me puse en pie.

—Por supuesto, pero ya voy yo a por ellas. Tengo que ir al baño.

Después de rellenar las dos copas hasta el borde, fui a echarme un poco de agua a la cara. Me sentía como si acabara de correr un maratón, a pesar de que apenas me había movido del sofá en una hora. Estaba exhausto físicamente, así que no podía ni imaginar cómo se sentía Autumn. Mientras estaba ahí de pie, caí en la cuenta por primera vez de por qué había decidido contármelo todo esta noche. Me había enfocado tanto en su historia que no me había parado un momento a plantearme qué la había motivado a compartirla conmigo. Lo que había ocurrido esa noche en el patio había hecho que salieran a la superficie los recuerdos del ataque.

Tenía ganas de darme cabezazos contra la pared por lo idiota que había sido. ¿Por qué narices la había llevado a un sitio así en primer lugar, por no mencionar el haberle dicho que se fuera a la parte de atrás para tener mejor cobertura? Cerré los ojos.

Qué imbécil era.

Cuando volví al salón me sentía fatal. Me senté en el sofá con los codos apoyados en las rodillas y la cabeza enterrada en las manos, quería darme una paliza a mí mismo.

—Oye, Autumn, siento mucho lo que ha pasado esta noche.

—No ha pasado nada, Donovan.

—Eso no importa. No tendría que haber dejado que salieras sola, ni siquiera durante un minuto. Sé muy bien la clase de personas que van a ese lugar.

Autumn estiró el brazo y me cogió la mano.

—Si te hubiera llamado, habrías estado allí en dos segundos como mucho.

—Sí, claro, pero…

Me apretó la mano y esperó hasta que le devolví la mirada.

—He vuelto a ir a mi antigua psicóloga. No había ido en unos años. ¿Sabes por qué he ido?

—¿Por qué?

—Porque tengo problemas para confiar en los demás. Muchos. He pasado los últimos años saliendo con tíos con los que sabía que no podría comprometerme emocionalmente porque no confiaba en mi capacidad para ver las señales de alarma. Para serte sincera, no creía que fuera capaz de querer algo más con un hombre.

No se me escapó que hablaba en pasado, no creía que fuera capaz. No había dicho «no creo que sea capaz». Pero después de todo lo que había pasado en las últimas horas, me daba miedo hacerme ilusiones. Necesitaba que me lo dejara muy claro.

—¿Y ahora? —pregunté.

Sonrió.

—Me gustas, Donovan. Siempre me has gustado. De hecho, me gustabas tanto que el fin de semana que pasamos juntos me asustó. Dicen que el tiempo lo cura todo. No sé si yo llegaré a curarme del todo, pero estoy cansada de dejar que mis heridas controlen mi vida. Cuando nos conocimos el año pasado no estaba lista. Y no quiero mentirte, no estoy segura de estarlo ahora mismo. Sigo tomando pastillas por las noches para relajarme lo bastante para dormir y puede que no sea tan confiada como debería. Pero me gustaría intentarlo, si sigues interesado.

—¿Todavía dudas de mi interés? —Le sonreí.

Se mordió el labio inferior.

—Bueno, no quería suponer.

—Permite que te lo deje muy claro. —Le cogí las dos manos y me acerqué más a ella sobre el sofá hasta que nuestras rodillas se tocaron—. Nunca he estado más interesado en una mujer en toda mi vida. Me quisieras o no, he sido tuyo desde hace un año, Autumn.

—Tenemos que ir despacio. —Sonrió.

—Puedo ir despacio.

Autumn soltó una risita.

—No sé si me lo creo, pero sé que lo intentarás.

—¿No crees que pueda ir despacio?

Una hora antes, oír su historia me había roto el corazón. Y ahora, la sonrisa de su cara parecía el pegamento que iba a volver a unir los pedazos.

—No estoy segura de que a ninguno de los dos se nos dé bien ir despacio cuando se trata del otro.

—Por lo menos no estamos solos en la lucha. —Le levanté una mano y me llevé la palma a los labios—. No será fácil, pero intentaré ser menos encantador.

Ella rio y se me reparó otra grieta del corazón.

—Seguro que será muy difícil para ti.

—Gracias por sincerarte conmigo esta noche. —La miré a los ojos.

—Gracias por no darte por vencido.

—Ven aquí. —Le tiré de la mano y la guie desde donde se encontraba, junto a mí en el sofá, hasta mi regazo. Esta vez, cuando la rodeé con los brazos, fue diferente. No estaba dejando que la consolara, dejaba que la abrazara porque ella quería, y fue increíble. Cuando me separé de ella nuestras caras estaban muy cerca y quise besarla con todas mis fuerzas, pero me contuve… Y me sentí muy orgulloso de mí mismo.

Con las manos, le alisé el pelo que le enmarcaba la cara.

—Creo que necesito algunas reglas básicas para ir despacio. Ahora mismo lo único que quiero hacer es besarte y tengo miedo de cagarla si no sé dónde están los límites.

—Vale, seguramente sea una buena idea. —Sonrió.

—Pues cuéntame. ¿Cómo lo hacemos?

Autumn se dio unos golpecitos en el labio con el dedo.

—Supongo que deberíamos limitar con cuánta frecuencia nos vemos. ¿Qué te parece una vez a la semana?

—Tres veces.

Ella rio.

—Madre mía, acabas de ponerte en modo abogado para negociar. Me da la sensación de que yo también necesito un abogado para que no te aproveches.

Sonreí.

—Lo siento, ¿qué tal dos días?

—Me parece bien.

—Vale, ¿qué más?

—¿Qué te parece si intentamos no establecer una rutina? Me da la sensación de que es lo que ocurre cuando una relación se vuelve más seria. Acabas cayendo en una predictibilidad cotidiana y conocida. A lo mejor podríamos prolongar lo que ocurre cuando empiezas a salir con alguien, cuando experimentas hacia dónde vas y con lo que le gusta al otro.

Me encogí de hombros.

—Me parece bien. Me gusta probar cosas nuevas y probarlas contigo será mucho mejor.

—Y a lo mejor no deberíamos hacer planes a largo plazo. Creo que centrarse en el futuro inmediato, digamos en las próximas semanas, hará que todo sea menos serio.

—Muy bien, ¿algo más?

Se mordió el labio.

—Solo una cosa más, creo. Pero tengo la sensación de que no te va a gustar.

—Cuéntamelo.

—Bueno, es sobre el sexo… No tuve relaciones durante unos años después de… ya sabes…, y después solo las mantuve si no había conexión emocional con la persona. Así que ha pasado mucho tiempo desde que combiné las dos cosas y solo considerarlo ya me asusta.

Se me ensombreció el rostro, pero no tenía nada que ver con no mantener relaciones sexuales. Autumn se dio cuenta.

—No me refería a… No, ha sonado mal. No quería decir que no tuviéramos una conexión emocional el fin de semana que pasamos juntos, si es lo que piensas. En realidad es justo lo contrario. Sentí cosas por ti y por eso no quise tener relaciones de verdad aquel finde. Pensé que así le quitaba seriedad a la situación. Pero incluso sin el sexo, lo que sentí me hizo huir lo más rápido que pude, que es lo que intento evitar que ocurra tomándonoslo con calma.

Me pasé una mano por el pelo, exhalé con fuerza y asentí.

—Sí, por supuesto, lo que haga falta.

—Gracias. Sé que pido mucho.

Le acaricié la mejilla.

—Es justo, ya recibo mucho a cambio. A ti.

Se apoyó en mi mano.

—Creo que ya he acabado con mis reglas. ¿Qué hay de ti? ¿Quieres añadir algo?

—No has hablado de la exclusividad. No creo que ahora mismo pueda soportar saber que sales con otros hombres.

Negó con la cabeza.

—No lo haré. Incluso cuando evitaba relaciones que podían volverse más serias no salía con más de una persona a la vez. No es lo mío.

—Bien. Entonces estamos de acuerdo.

—¿Eso es todo? —preguntó.

El abogado que hay en mí no podía evitar pensar en las cosas como si fueran contratos y, uno de los aspectos que siempre me gustaba negociar para mis clientes era la cláusula de rescisión.

—Voy a ceñirme a las normas lo mejor que pueda —le dije—, porque son importantes para ti. Pero la pelota está en tu tejado, pelirroja. Si en algún momento estás preparada para pasar más tiempo juntos o quieres hacer planes de futuro, solo tienes que decírmelo.

Sonrió.

—¿Tengo que hacer lo mismo si quiero acostarme contigo? ¿Decírtelo solamente?

Le dediqué una sonrisa traviesa.

—No, cariño. Para eso tendrás que hacer algo más que decírmelo. Después de todo este tiempo, voy a hacer que supliques.

Capítulo 25

Autumn

—¿Dónde te va a llevar? —Skye estaba tumbada boca abajo en mi cama y movía los pies en el aire como una adolescente.

—No me lo quiso decir, ese es el problema. —Lancé otro modelito a su lado y me volví hacia el armario.

—¿Le preguntaste qué tenías que ponerte?

—Me dijo que me pusiera algo *sexy*. —No sabía qué significaba eso—. ¿Me pongo tacones o no?

Skye sonrió.

—Creo que nunca te había visto así.

—¿Así, cómo? —Saqué la cabeza del armario.

—Tan nerviosa. Este tío te gusta de verdad, ¿no?

Suspiré.

—Sí.

—¿Te importa que me quede hasta que llegue? Tengo curiosidad por conocerlo.

Sacudí la cabeza.

—Claro que no, pero estará aquí en unos veinte minutos, así que ayúdame a encontrar algo para que no esté desnuda cuando llegue.

Skye se levantó y se puso a mi lado frente al armario diminuto.

—Estar desnuda cuando llegue te ayudará a resolver el problema de qué modelito ponerte. Estoy segura de que le encantaría.

—Vamos a ir despacio.

—Qué aburrimiento. —Skye pasó el dedo por las perchas del armario y sacó un vestido azul real que había en el fondo del armario—. Deberías ponerte este.

Lo cogí y me lo puse sobre el cuerpo.

—¿Tú crees? Es un poco *sexy*.

—Pensaba que te había dicho que te pusieras algo *sexy*.

—Sí, pero no quiero enviarle el mensaje equivocado.

—¿Qué quieres que diga el conjunto?

—No lo sé, que es todo informal y me he esforzado, pero que no me he vuelto loca y me he probado cincuenta modelitos solo para la cita.

—Oh, no te preocupes que ese vestido no dice nada de eso.

—¿No?

—Para nada. Porque tu cara ya va a decir lo contrario.

—Uf…, no me ayudas.

Se encogió de hombros.

—A lo mejor no, pero es la verdad. Así que para eso puedes ponerte algo con lo que estés buenísima, porque nunca vas a ser capaz de esconder la verdad.

Pasé quince minutos más probándome otros modelitos, pero al final escogí el vestido azul. Cuando sonó el timbre, abrí la aplicación que tenía en el móvil para ver quién había en la puerta y empecé a sentirme indispuesta.

—Quizá debería cancelarlo, no me encuentro muy bien.

Skye me arrancó el teléfono de la mano.

—Ooh… es guapísimo. —Apretó el botón del interfono al mismo tiempo que pulsaba el botón que desbloqueaba la cerradura del portal—. Sube, guapetón.

Mi respuesta madura cuando me miró fue sacarle la lengua.

—Qué seductora. —Sonrió—. Si tienes suerte, a lo mejor él te la lame después.

—Tengo que hacer pis antes de irme. Confío en que le invitarás a entrar si llega antes de que acabe.

—Por supuesto. —Esbozó una sonrisa—. ¿Qué podría pasar?

Mientras me arreglaba el pintalabios en el baño, oí a Skye hablar desde la otra habitación.

—¿Así que nunca has tenido una furgoneta?

—No.

—¿Y has hecho daño a algún animal alguna vez?

—No que yo sepa.

«Madre mía». Le puse la tapa al pintalabios y abrí la puerta del baño de un tirón. Cuando me acercaba al salón, Skye dijo:

—¿Me dejas verte los dientes, por favor?

—¡Skye! —chillé.

Se giró hacia mí con cara de inocente.

—¿Qué?

—¿Qué haces?

—Intento descubrir si es peligroso. Necesitas una furgoneta en la que guardar los cachorros para atraer a los niños, y he leído que la mayoría de los asesinos en serie no empiezan haciendo daño a personas. Empiezan con animales pequeños y van escalando.

Meneé la cabeza.

—¿Y los dientes?

—Eso es cosa mía. Me gustan los hombres que no tienen muchos empastes.

Por suerte, Donovan se lo tomó con humor. Me acerqué y rodeé a mi mejor amiga con el brazo.

—Veo que ya has conocido a mi amiga Skye.

—Sí, es muy protectora. Es una buena cualidad en los amigos.

—Lo cierto es que sí, pero que estén locos… no mucho. —Le apreté el hombro—. Skye ya se iba.

Cogió el bolso y me dio un beso en la mejilla antes de volverse hacia Donovan.

—Tengo que darte dos consejos.

—Vale…

—Uno, si no consigues que hable, dale un té de los que llevan alcohol. Se los bebe de un trago, se relaja y entonces no consigues que cierre el pico.

Donovan sonrió.

—Es bueno saberlo.

—Y dos, no le hagas daño. —Se metió la mano en el bolsillo, sacó una cartera negra de cuero y se la ofreció con dos dedos—. Porque ahora sé dónde vives.

Donovan se dio unas palmaditas en los pantalones y arrugó el ceño.

—¿Es mi cartera?

—No te sientas mal. —Skye sonrió—. Tengo cara de angelito y engaño a todo el mundo.

Donovan recuperó la cartera y se rascó la cabeza mientras Skye salía por la puerta. Cuando la cerró tras ella, arqueó las cejas.

—Ha sido… interesante. ¿Intuyo que ha sido ella la que me ha dejado entrar y me ha llamado guapetón?

Asentí.

—Tengo una aplicación que conecta el móvil a la cámara de abajo. Según el apartamento al que llames, los ocupantes pueden ver un vídeo de quién está en la puerta. Es uno de los motivos por los que escogí este edificio.

—Qué bien. Aunque creo que tienes más posibilidades de que te atraque tu amiga. ¿Roba carteras muy a menudo?

Reí.

—Es uno de los muchos talentos de Skye. Por suerte, ese no lo utiliza mucho hoy en día.

—¿Lo utilizaba?

Asentí.

—Antes sí.

—¿Fue alguno de tus casos?

—No, pero Skye no reniega de su pasado, así que no le importará que te lo cuente. Ahora da charlas en colegios y ese tipo de cosas. Nos conocimos en el despacho de la psicóloga y fuimos al mismo grupo de apoyo a las víctimas durante años.

—Así que la… —El gesto de Donovan se ensombreció.

Asentí.

—Su tío. Empezó cuando solo tenía nueve años.

—Madre mía.

—Robar carteras se convirtió en una de sus aficiones, igual que autolesionarse y acostarse con hombres adultos cuando apenas había llegado a la pubertad. Pero ha mejorado mucho. —Sacudí la cabeza—. En fin, es deprimente hablar de eso. No empecemos donde lo dejamos la otra noche.

Hizo lo que pudo por sonreír, pero me di cuenta de que había arruinado un poco el comienzo de la velada. Ladeé la cabeza e intenté volver a subir los ánimos.

—¿Por qué no empezamos de nuevo? ¿Llamas, abro la puerta y me dices lo guapa que estoy?

A Donovan se le crispó la comisura del labio. Yo solo bromeaba, pero se dio la vuelta, abrió la puerta y la cerró tras él al salir. Unos segundos más tarde, llamaron al timbre.

Sonreí de oreja a oreja mientras abría.

—Hola. Llegas unos minutos antes.

Bajó la mirada a mis pies y me recorrió hasta la cabeza lentamente. Cuando nuestras miradas se encontraron, sentía un cosquilleo por todo el cuerpo.

—Estás increíble.

Había sido yo la que le había dicho que saliera, llamara y me dijera lo guapa que estaba y aun así me sonrojé con el comentario.

—Gracias, tú tampoco estás nada mal.

Donovan entró y cerró la puerta detrás de él. Me sentía entusiasmada, un sentimiento al que sin duda no estaba acostumbrada. Me rodeó la cadera con una mano y me enterró la otra en el pelo.

—Bésame —gruñó—, no puedo esperar más.

Me incliné hacia él, pero no tuve la oportunidad de iniciar el beso, porque Donovan tomó el mando de inmediato. Apretó sus labios contra los míos e interrumpió mi gritito de sorpresa. Igual que el día del baño, en segundos me había olvidado por completo de dónde estaba. Olía de maravilla y aunque no había apretado el cuerpo contra el mío, sentí que el calor que emanaba de él me encendía. Me aferré a él y le clavé las uñas en la espalda cuando apartó su boca de la mía para seguir besándome hasta el cuello. Sentir el roce de los dientes y su cálido aliento en el mentón me provocó una oleada de calor entre las piernas. Madre mía, cómo besaba ese hombre.

Cuando nos separamos, yo no podía dejar de jadear.

—¿Mejor así? —gruñó.

—Madre mía, ¿mejor que qué? Ni siquiera recuerdo de qué estábamos hablando.

Donovan sonrió.

—Me has dicho que entrara de nuevo. —Me recorrió el rostro con la mirada—. Sí que estás preciosa.

—Gracias. —Tuve que pestañear unas cuantas veces para salir del trance. Me acarició la mejilla con el pulgar.

—Podría quedarme aquí y hacer esto durante horas, pero deberíamos irnos. Tenemos hora reservada.

—¿Hora? ¿No querrás decir una mesa?

—No. —Se metió las manos en los bolsillos.

—¿Y adónde vamos que tenemos que pedir hora?

—Ya lo verás.

Normalmente no me gustaban las sorpresas, pero esa noche era una excepción. Había pasado mucho tiempo desde que había dejado que me guiara el corazón y me sentía casi liberada. Sonreí.

—Deja que coja el bolso.

***

—¿Es aquí?

Inspeccioné la fila de tiendas que había detrás del aparcamiento. Había una barbería, una tienda de tacos cerrada, una tintorería, un estudio de *ballet* y un restaurante chino.

Donovan se desabrochó el cinturón del asiento.

—Sí.

Volví a mirar las tiendas.

—¿Vamos a comer comida china?

—No.

—¿A recoger tu ropa de la tintorería?

—No. —Sonrió.

—¿Un corte de pelo?

—Te estás quedando sin opciones…

Eché un vistazo a las tiendas una vez más para asegurarme de no haberme saltado nada, pero lo único que quedaba era el estudio de *ballet*.

—Dios mío, bailas *ballet* en secreto y vas a bailar para mí.

—No exactamente, pero te estás acercando. —Salió del coche, lo rodeó para abrirme la puerta y me ofreció la mano—. El estudio de *ballet* también ofrece clases de baile en pareja. El año pasado, durante nuestro fin de semana, me pediste que describiera a la mujer perfecta para mí. Cuando te pregunté cómo sería el hombre perfecto para ti, dijiste que sabría bailar. —Se encogió de hombros—. Y yo no sé, así que decidí que tenía que aprender. También querías evitar la predictibilidad cotidiana y tomarte las cosas con calma, así que se me ocurrió que tomar clases de baile sería bastante impredecible.

El corazón me dio un vuelco. Se acordaba de lo que había dicho hacía tanto tiempo y quería ser mi don Perfecto. Solo habían pasado veinte minutos en nuestra primera cita y me di cuenta de que ir despacio con ese hombre no era algo que él pudiera controlar. Era yo la que tenía que refrenar a mi corazón o estaría perdida en menos que canta un gallo.

—Ehhh… Creo que debería haberte mencionado una cosa.

Donovan arrugó el ceño.

—¿El qué?

—El motivo por el cual don Perfecto debe saber bailar es porque a mí se me da fatal.

—Seguro que no se te da tan mal.

—¿Ves esto? —Levanté el codo y le mostré la pequeña cicatriz que tenía.

—Sí.

—Me lo hice en mi primer y único recital de baile. Tenía ocho años y por mucho que lo intentara, no conseguía diferenciar qué lado era el izquierdo y cuál el derecho. Para serte sincera, todavía no soy capaz. Tengo que pensar con qué mano escribo para saberlo. En fin, fui a la izquierda cuando tendría que haber ido a la derecha... otra vez. Me choqué contra algunas de las otras bailarinas y me caí del escenario. Aterricé sobre el codo, me lo disloqué y tuvieron que darme nueve puntos.

A Donovan pareció divertirle la anécdota. Se inclinó y me dio un beso suave en la cicatriz.

—Pobrecita. Pero no te preocupes, te prometo que hoy no dejaré que te caigas del escenario.

—Vale, pero no digas que no te lo advertí. Llevo tacones, así que tus dedos de los pies no están a salvo.

Sonrió y se miró el reloj.

—Me arriesgaré, pero la clase empieza en dos minutos, así que será mejor que entremos.

Me sorprendió ver que éramos los únicos en la recepción. Una mujer con el pelo blanco recogido en una coleta, un *body* y una falda de vuelo larga salió de la parte de atrás para recibirnos.

—Hola otra vez, Donovan. Me alegro de verte. —Se volvió hacia mí y sonrió al extender la mano—. Y tú debes de ser Autumn.

—Encantada. —Nos estrechamos la mano.

—Soy Beverly, pero todo el mundo me llama Bev. Hoy seré vuestra profesora. ¿Estás lista para empezar?

Respiré hondo.

—Supongo.

—No te preocupes. Estiraremos y calentaremos los tobillos para reducir el riesgo de lesión. —Abrió la puerta de detrás y nos hizo un gesto con la mano para que la siguiéramos—. Por aquí. —Dentro había el típico estudio de baile, con las paredes cubiertas de espejos, suelo de parqué y una barra de *ballet* a ambos lados de la sala. Bev señaló una pared llena de casilleros—. Puedes dejar el bolso y lo que lleves en uno de esos. Estarán seguros, porque solo estamos nosotros.

—¿Solo estamos nosotros?

Pasó la mirada entre Donovan y yo.

—Tu novio ha reservado una clase privada.

—Oh… —No sabía por qué, pero eso me asustó todavía más. Supongo que porque sabía que toda su atención iba a estar centrada en nosotros e iba a ser incluso más evidente lo mal que se me daba.

Donovan debió de notar mi inquietud. Se inclinó hacia mí y me susurró al oído:

—No tenemos que quedarnos si no quieres.

Hice de tripas corazón, negué con la cabeza y me las ingenié para sonreír.

—No… no, será divertido.

—¿Estás segura?

—Sí —asentí—. Vamos.

No tuvo que transcurrir mucho rato de la clase y ya era evidente quién era el mejor bailarín. Miré a mi compañero con los ojos entrecerrados.

—¿Estás seguro de que no lo habías hecho antes? ¿Ni siquiera cuando eras pequeño?

—¿Qué probabilidades tienes de conseguir que Storm se apunte a alguna clase de baile?

—Casi ninguna.

—No solo no podría haberme permitido nunca clases de baile cuando era pequeño, ni de broma me habría arriesgado a hacerlo y que mis amigos se enteraran. Me habrían torturado durante años o me habrían dado una paliza. Probablemente las dos cosas. Casi todo está cambiando a mejor hoy en día, pero en mi viejo barrio todo sigue igual.

Donovan me puso la mano en la espalda para guiar mis pasos mientras Bev contaba a nuestro lado.

—Un, dos, un, dos. Eso es. Dos pasos rápidos hacia el lado y después un paso lento hacia delante. Para el paso lento debéis contar dos tiempos de la música y para los rápidos, un tiempo.

Me alegró que Donovan pareciera saber de qué narices hablaba. Bev nos indicó que debíamos añadir el segundo paso, paso al que llamó «juntos, juntos», pero yo ni siquiera me había dado cuenta de que habíamos trabajado dos pasos diferentes. Donovan volvió a captarlo muy deprisa y tomó la iniciativa. La tercera o cuarta vez que seguimos los dos pasos que al parecer nos había enseñado, empecé a sentir que le estaba pillando el tranquillo. No obstante, en un momento dado, di un paso al frente cuando debería haber dado un paso atrás y terminé por darle un pisotón a Donovan.

Hizo una mueca de dolor, pero la disimuló a toda prisa.

—Lo siento.

—No pasa nada. —Rio.

Unos minutos más tarde, Bev nos dijo que descansáramos cinco minutos y salió de la sala. Donovan compró dos botellas de agua de la máquina expendedora del vestíbulo y, después, regresamos al estudio. Tenía mucho calor y me bebí media botella.

—Solo me gustaría decir que lo de que si no sabes bailar no eres bueno en la cama son cuentos de viejas. En realidad, no hay correlación.

Donovan sonrió.

—Tienes ritmo, solo que no consigues memorizar los pasos. Sigues confundiendo la izquierda con la derecha y a veces el paso adelante con el paso atrás.

—Sí… Tenía el mismo problema cuando era pequeña.

Donovan se bebió el resto del agua de un trago y me guiñó el ojo.

—Además, no me preocupa nada cómo seremos en la cama, ya sé que nos compenetraremos muy bien.

—¿Cómo lo sabes?

—Por el contacto visual. Se te da muy bien.

—Ni siquiera sé qué quieres decir con eso. —Reí.

—Me miras con intensidad. Es como me siento cuando te miro a ti. La química se basa en el contacto visual.

Nuestras miradas se encontraron y se me aceleró el corazón. Supongo que tenía razón. Habíamos sentido esa chispa desde el instante en que nos conocimos.

Bev regresó y Donovan se excusó para ir hablar con ella junto al altavoz. Intercambiaron unas palabras, ella me miró y sonrió, pero no oía lo que decían.

—¿A qué venía eso? —le pregunté cuando volvió.

—No ha sido nada. —Me tomó de la mano y me rodeó la espalda con la otra cuando comenzó la música.

Bev volvió a nuestro lado y empezó a contar antes de que pudiera interrogarlo más. La segunda parte de la clase fue mejor que la primera, empecé a relajarme y a pasármelo bien cuando dejó de importarme qué aspecto tenía. Para ser sincera, por la forma en que me miraba Donovan, sabía que lo último en lo que pensaba era en juzgarme por un par de traspiés. En un momento dado, Bev se alejó de nosotros.

—Muy bien, quedan unos diez minutos. Me ha gustado trabajar con vosotros, llamadme si queréis continuar con las clases.

—Gracias, Bev —dijimos al unísono.

Regresó al reproductor de música, cambió la canción y se despidió con la mano una última vez antes de salir del estudio de baile y volver al vestíbulo.

—Estoy confundida, ¿no ha dicho que quedaban diez minutos de clase?

Donovan me atrajo hacia él. Al contrario de cómo me había sujetado durante la clase de rumba, nuestros cuerpos estaban pegados.

—Le he pedido si podía dejarnos bailar solos diez minutos. La clase ha estado bien, pero había demasiada distancia entre nosotros. Te quiero cerca de mí.

El principio instrumental de «Slow Dance» terminó y John Legend empezó a cantar con suavidad. Me dejé llevar por el contacto de Donovan mientras nos mecíamos de un lado al otro.

—Ha sido un detalle muy bonito, gracias.

—No nos engañemos, mis motivos no han sido completamente altruistas. Gracias a la clase también he tenido la oportunidad de tenerte muy cerca durante la primera hora de nuestra cita.

Reí y Donovan nos hizo girar, me enterró la nariz en el cuello e inhaló con fuerza.

—¿Sabías que tu olor me arruinó una cita? —me preguntó.

Eché la cabeza hacia atrás.

—¿Por qué?

—Hueles a vainilla. Unos meses después de que desaparecieras, salí con una mujer. Después de la cita, me invitó a su casa a tomar algo. Cuando llegamos, encendió unas cuantas velas e hizo que toda la habitación oliera a vainilla. Me tomé una copa de vino, le dije que acababa de recordar que tenía una reunión muy temprano a la mañana siguiente y di la cita por terminada.

No pude evitar sonreír. Donovan sacudió la cabeza y rio.

—Veo que estás destrozada por haberme arruinado la cita.

—Dice el hombre que me siguió hasta el baño en una de las mías.

—No hablemos de eso —gruñó él—; imaginarte con Blake, o con cualquier otro hombre en realidad, me saca de quicio.

—Si te sirve de consuelo, me apetece darle un puñetazo a la mujer de las velas.

—Sí que me sirve. —Sonrió.

—Sabes mucho sobre mi vida amorosa, pero nunca me has contado nada de la tuya. Ya veo que se te da muy bien organizar citas, así que debes de haber tenido muchas novias.

—¿Qué quieres saber?

—¿Alguna vez has tenido una relación seria?

—Una, en la facultad de Derecho. Salimos durante unos dos años y rompimos porque tomamos caminos distintos después de graduarnos.

—¿Y después?

—He salido con gente, pero siempre he dejado muy claro que no busco nada serio y que el trabajo es mi prioridad. Resulta que a veces las mejores cosas nos llegan cuando no las buscamos.

Me mordí el labio.

—Me asustas mucho, Donovan.

—Lo mismo digo, pelirroja. Pero ¿sabes qué?

—¿Qué?

—Me asusta más lo que me perdería si no nos diéramos una oportunidad.

Respiré hondo y asentí.

—De acuerdo.

Donovan volvió a atraerme hacia él y nos guio por la pista de baile. Me agarró con más fuerza y tuve la sensación de que no tenía nada que ver con la danza. Por lo general, que un hombre fuera un poco posesivo me hacía huir, pero esta vez no. Me gustaba que Donovan fuera así conmigo, principalmente porque el sentimiento era mutuo y, de algún modo, que fuera así me daba menos miedo.

La canción terminó, pero Donovan siguió cogiéndome de la mano.

—¿Estás lista para la cita?

—Pensaba que esto era la cita.

—No, esto solo ha sido la excusa que he encontrado para que me apretaras las tetas contra el pecho cuando se supone que debemos ir despacio.

Me reí, pero me puse de puntillas y le acaricié los labios con los míos.

—No me engañas, señor Decker. Eres atento y dulce y tienes un lado muy romántico.

Me miró a los ojos.

—¿Ah, sí? Bueno, si es así, más vale que me guardes el secreto. Tengo la reputación de ser un capullo y debo mantenerla intacta.

El estómago me dio un vuelco. La forma en que me miraba hacía que me derritiera por dentro. Seguía sintiendo la necesidad de huir, pero estaba aprendiendo que podía superar esos brotes si los soportaba y me lo tomaba con calma.

Cada minuto que pasaba con ese hombre hacía que tuviera más esperanzas. Había empezado a confiar de nuevo y solo podía esperar que, esa vez, la persona en quien depositara mi confianza la mereciera.

Capítulo 26

Donovan

—Es un sitio precioso. —Autumn se colocó la servilleta en el regazo—. ¿Habías venido alguna vez?

Dudé antes de responder. El abogado que había en mí siempre jugaba al ajedrez y trataba de adivinar hacia dónde podría dirigirse la conversación basándose en la respuesta que diera. En este caso, si decía que sí, podría llevarla a preguntarme si había traído a alguna cita a este sitio, y no quería que no se sintiera especial.

—Tierra llamando a Donovan. ¿Estás ahí? —Autumn arqueó una ceja.

Asentí.

—Sí, perdona, estaba perdido en mis pensamientos. Sí que había estado aquí una vez.

—¿Qué quieres decir con perdido en tus pensamientos? ¿Te preocupa algo?

Una vez más, tardé un minuto en debatir cómo podía desarrollarse la conversación y Autumn se dio cuenta.

—Cuéntamelo —insistió—. ¿Qué ocurre?

Decidí contarle la verdad.

—Estoy dándole demasiadas vueltas a las cosas porque no quiero cagarla y estropear la noche.

—Pero ¿a qué estás dándole vueltas?

—Me has preguntado si había estado aquí alguna vez. Y sí. Pero estaba intentando averiguar si, al admitirlo, haría que te desanimaras porque ya he estado aquí con otra persona.

—Ya veo. Bueno, que seas honesto conmigo me importa más que el hecho de que hayas traído aquí a otra mujer.

—Sí, por supuesto. —Me pasé una mano por el pelo—. Lo siento, ha pasado mucho tiempo desde que estaba nervioso en una cita.

Autumn sonrió.

—Me he cambiado diez veces antes de que vinieras a buscarme. Así que no estás solo.

Le miré el escote.

—Has escogido el vestido adecuado.

Ella rio.

—Gracias, pero ¿qué vamos a hacer al respecto?

—¿Con tu vestido?

—No, con los nervios.

Se me ocurrían unas cuantas cosas para solucionar el problema de los nervios… pero ninguna formaba parte de su decreto de ir despacio. Así que me las guardé para mí y me encogí de hombros.

—¿Quieres vino?

Asintió.

—Me parece perfecto.

La camarera se acercó a tomar nota de las bebidas y Autumn escogió una botella de vino.

—¿Sabes una cosa? —comentó—. Cuando empecé a tener citas otra vez, estaba histérica. Cancelé las dos primeras citas porque no soportaba el estrés que las precedía. Cuando se lo comenté a mi psicóloga, me sugirió que escribiera una lista de todas las cosas que me preocupaban y después una lista de todas las cosas por las que me sentía agradecida. Cuando lo dices en voz alta parece una tontería, pero a mí me funcionó bastante bien.

Sacudí la cabeza.

—No parece una tontería, en realidad tiene mucho sentido. Reconocer un problema hace que pierda fuerza.

Asintió.

—¿Quieres probarlo? Ya que los dos estamos nerviosos…

—¿Ahora mismo?

—Sí. No tenemos que escribirlas, a lo mejor basta con decírnoslas.

—Muy bien, las damas primero.

Autumn se dio unos golpecitos en el labio con el dedo.

—Vale… A ver… Estoy nerviosa porque me gustas. Y me da miedo que, si me enamoro de ti, no me fijaré en cosas que debería notar.

Joder. Dolía oír el daño que le había hecho ese hijo de puta. Estiré el brazo y le tomé la mano.

—Un buen hombre no oculta partes de sí mismo, Autumn.

Sonrió con tristeza.

—Lo sé, pero no consigo conciliar lo que sabe mi cerebro con cómo mis emociones manejan las cosas. Soy sincera sobre lo que me preocupa.

—Lo entiendo —asentí.

La camarera volvió con la botella de vino que habíamos pedido. Sirvió un poco en una copa y yo dejé que fuera Autumn la que lo catara.

Asintió.

—Está delicioso, gracias.

—¿Les apetece que les traiga un aperitivo mientras repasan el menú? Hoy tenemos burrata casera y los calamares fritos son uno de nuestros platos más populares.

Miré a Autumn, que asintió.

—Me gustan las dos cosas, me parece bien cualquiera de las dos.

—Pónganos una de cada, por favor.

Cuando la camarera desapareció, Autumn dijo:

—¿Qué hay de ti? ¿Qué te pone nervioso? Has dicho que te preocupaba cagarla, pero ¿hay algo que te preocupe en particular?

Bebí un poco de vino y me planteé cómo de sincero debía ser. Me di cuenta de que estaba filtrando mis pensamientos otra vez, incluso aunque ella hubiera sido franca con su respuesta, por lo que decidí arriesgarme y ser completamente honesto.

—Estoy nervioso porque estoy loco por ti y me da miedo que, si descubres lo mucho que me gustas, te asuste.

—¿Estás loco por mí? —Autumn sonrió.

—¿No te has dado cuenta?

Se mordió el labio.

—¿Puedo confesarte otra cosa que me pone nerviosa?

—Por supuesto.

—Ya no confío en mi propio juicio, así que, aunque sí que he notado lo que sientes, una parte de mí ha estado ocupada inventándose otros motivos por los que podrías estar interesado en mí.

Fruncí el ceño.

—¿Como cuáles?

Autumn dio un trago a la copa de vino.

—Bueno, eres competitivo y a veces los hombres se sienten atraídos por mujeres que no muestran ningún interés en ellos.

—¿Crees que estoy jugando a algo?

Ella negó con la cabeza.

—No… En realidad no, pero esa es la cuestión: cuando no confías en tu propio juicio, tiendes a sobreanalizarlo todo hasta que encuentras algo que está mal. Es como una necesidad compulsiva de dudar de mí misma.

Entendía la psicología que había detrás de todo lo que me había dicho, pero no sabía cómo apaciguar las voces de su cabeza. Supuse que lo único que podía hacer era hablar con ellas, así que cerré los ojos.

—Tienes una cicatriz pequeña en la rodilla derecha. Le echas canela al café, pero si no es de la marca que utilizas normalmente, pasas el dedo por la parte de arriba del bote y la pruebas antes de echarla. También te gusta rebuscar en los armarios de la cocina de los demás cuando crees que nadie te ve. Cuando piensas en un problema, te das golpecitos en el labio con el índice, pero cuando piensas en alguna guarrada, te lo muerdes.

Abrí los ojos y vi que Autumn los tenía como platos.

—¿Cómo sabes todo eso?

—Te vi rebuscar en mi cocina aquel fin de semana. Pensabas que estaba durmiendo, pero la puerta de la habitación estaba un poco abierta y veía lo que hacías.

—¿Por qué no me dijiste nada?

Me encogí de hombros.

—Porque quería que rebuscaras en los armarios si eso te hacía feliz.

—¿Y cómo sabes lo de la cicatriz de la rodilla?

—Te dormiste en el sofá mientras veíamos una película y yo no podía dejar de mirarte. Quise memorizar cada peca, cada curva…

Autumn estaba boquiabierta. Tragó saliva y dijo:

—Supongo que es verdad que me doy golpecitos en el labio.

—Lo sé. —Sonreí—. ¿Y sabes por qué lo sé?

—¿Por qué?

—Porque no puedo dejar de mirarte, no puedo desde el día en que nos conocimos. Y por aquel entonces no sabía que ibas a salir huyendo. Así que no… —Negué con la cabeza—. No puedo estar interesado en ti solo porque no puedo tenerte, porque ya estaba perdido antes incluso de que te fueras.

Autumn suavizó el gesto.

—No sé qué decir, Donovan.

—No tienes que decir nada, solo dame la oportunidad de demostrártelo…

Me miró a los ojos durante mucho tiempo antes de respirar hondo y asentir.

—De acuerdo.

—¿Sí?

—Sí. —Sonrió.

La camarera trajo los aperitivos y nos dimos cuenta de que necesitábamos el minuto de descanso que nos dio. Como la velada había empezado fuerte, cuando la camarera se fue dirigí la conversación a la parte que me pareció más segura del ejercicio de terapia de Autumn.

—¿Por dónde íbamos? ¿Tenemos que hablar de las cosas por las que nos sentimos agradecidos?

—Eso creo. ¿Quieres que empiece yo otra vez?

—Claro.

Empezó a darse golpes en el labio con el dedo y sonrió cuando se dio cuenta.

—Vale, a ver… Me siento agradecida por tener salud, por los buenos amigos, por tener un trabajo gratificante, por la buena comida… —Levantó la cabeza y me miró—. Y por las segundas oportunidades.

—Muy bien…

Bebió un poco y levantó la barbilla.

—Tu turno. ¿Por qué te sientes agradecido?

—Bueno, Bud está en lo alto de la lista. Me siento agradecido por todo lo que ha hecho por mí en todos estos años y agradezco que no saliera peor parado de lo que salió cuando lo asaltaron.

—Yo también me siento agradecida por eso. —Autumn cortó la burrata.

—También me siento agradecido por tener una profesión que me gusta, amigos que me toleran y un colchón en el banco, algo que no tenía de pequeño.

Autumn se metió un trozo de burrata en la boca y cerró los ojos. Un gesto que solo podía describirse como orgásmico le recorrió el rostro. Yo no podía dejar de mirarle los labios. «Joder, estoy celoso de un trozo de queso». También noté que se me empezaba a poner dura debajo de la mesa. Esa mujer me hacía sentir como un adolescente. Se suponía que íbamos a ir despacio y verla comer me excitaba. Por desgracia, veía muchas pajas en mi futuro.

Abrió los ojos y yo me aclaré la garganta, pero seguí mirándole los bonitos labios.

—Por la burrata. También me siento extremadamente agradecido por la existencia de la burrata.

Autumn me miró divertida, pero con inocencia.

—¿Eres fan de la burrata?

—Soy muy fan de la cara que pones cuando te la comes.

—¿Qué cara pongo?

Me incliné hacia ella.

—La misma que pusiste cuando te practiqué sexo oral.

Se cubrió la boca con la mano y se sonrojó.

—Madre mía, ¿en serio?

—En serio. —Asentí.

Por suerte, la camarera se acercó a ver cómo estaba todo y si estábamos listos para pedir. Un minuto más de esa conversación e iba a parecer que ondeaba una bandera en señal de rendición con la servilleta blanca que llevaba en el regazo.

Esa vez, cuando volvimos a quedarnos solos, desvié la conversación a un tema todavía más seguro.

—¿Qué tal va Storm?

—Muy bien, aunque no para de preguntarme cuándo puede ir a trabajar a casa de Bud. Está muy interesado en ganarse la bicicleta que Bud le prometió, pero no estaba segura de si Bud se sentiría en condiciones de invitarlo todavía.

—Me he pasado por allí esta mañana y estaba pasando el rotocultivador por el jardín con una mano. Es evidente que se encuentra mejor.

Sonrió.

—Me alegro mucho. Es el tipo de hombre por el que te preocuparías si estuviera demasiado tiempo sentado viendo la televisión.

—Sin duda.

—Bueno, si crees que estará bien, podría llevar a Storm el domingo.

—Se lo comentaré cuando vuelva a pasarme, pero seguro que le parece bien.

El resto de la noche pasó muy rápido a pesar de que retrasé y alargué el postre durante tanto tiempo que la camarera nos miró mal. No estaba listo para que terminara nuestra primera cita, y estaba seguro de que ir despacio no incluía pasar la noche en su casa.

Cuando llegamos al apartamento de Autumn, aparqué.

—¿Te gustaría dar un paseo? —le pregunté. Hacía muy buena noche.

—Normalmente me encantaría, pero estos zapatos no son para andar mucho. —Se señaló el calzado.

Había aparcado debajo de la luz de una farola, por lo que el interior del coche estaba bastante bien iluminado. Le recorrí las piernas *sexys* con la mirada hasta las sandalias de tacón con tiras que llevaba puestas.

—Antes me he olvidado de mencionar lo agradecido que estoy por tus zapatos. —Volví a alzar la mirada por sus piernas y por encima de la fina tela de su vestido—. Y por ese vestido. Estoy muy agradecido por ese vestido.

—¿Y por el sujetador y la ropa interior? —Soltó una risita—. ¿Por ellos no estás agradecido?

—No lo sé, tendrías que dejarme verlos para decidirlo.

Autumn se acercó a mí y me cogió de la mano. La sonrisa radiante que me dedicó hizo que el corazón casi se me saliera del pecho.

—Me lo he pasado muy bien esta noche —comentó.

—Yo también.

Se mordió el labio inferior.

—Podrías… subir un rato, si quieres.

Por supuesto no había nada que me apeteciera más, pero no estaba seguro de que fuera una buena idea. Mientras debatía su invitación para mis adentros, bajé la mirada y me di cuenta de que tenía los pezones erectos: se le marcaban en el vestido como los cuernos a un demonio. No había manera de que entrara y mantuviera la distancia, y no podía fastidiar lo de ir despacio en nuestra primera noche oficial. Así que me aclaré la garganta e hice acopio de toda la fuerza de voluntad que pude.

—Creo que no es buena idea.

Autumn pareció un poco decepcionada, pero asintió.

—Tienes razón, gracias.

La acompañé a la puerta en silencio. En el vestíbulo, ninguno de los dos pulsó el botón del ascensor. Autumn miró al suelo durante un minuto antes de mirarme a los ojos.

—Creo que debo aclarar que solo porque quiera ir despacio no significa que no desee ir más rápido, en especial físicamente. Porque sí quiero… y mucho.

Podría perderme en el verde de sus ojos. Sabía que cuando se excitaba se volvían de un color casi gris pálido, y así es como estaban en ese momento.

La sujeté por las mejillas.

—Te he deseado desde el día en que nos conocimos, incluso durante esos meses en los que no sabía si volvería a verte. Y deseo algo más que estar dentro de ti, deseo consumirte.

Me miró a los ojos durante unos segundos antes de pillarme por sorpresa y abalanzarse sobre mí. Nuestros labios se encontraron, di unos pasos torpes hacia atrás y tuve que esforzarme para mantener el equilibro. Cuando me estabilicé, la rodeé con los brazos y la alcé hasta que dejó de tocar el suelo con los pies. Autumn me enterró los dedos en el pelo y tiró de mí para acercarme más a ella, a pesar de que era físicamente imposible encontrar un milímetro de espacio entre nuestros cuerpos. Enredé la mano en la parte de atrás de su pelo y tiré para acceder a su cuello. Entonces la besé hasta la clavícula y volví a subir hasta la oreja.

—Me vas a matar —gruñí—. Voy a hacer que nos arresten por exhibicionismo en un momento.

—Conozco a un buen abogado, no te preocupes —murmuró Autumn a través de nuestros labios unidos.

No tenía ni la menor idea de cuánto tiempo estuvimos así, tal vez quince o veinte minutos, pero cuando nos separamos para tomar aire, Autumn tenía los labios hinchados, su pelo el aspecto *sexy* de quien acaba de follar y los dos jadeábamos.

Le limpié las manchas de pintalabios de debajo del labio inferior con el pulgar.

—La tengo tan dura que no sé si podré caminar.

Ella soltó una risita.

«Dios, me encanta ese sonido».

—Y yo siento hinchazón y hormigueo en las partes íntimas. Gruñí y cerré los ojos.

—Me vas a matar, pelirroja.

Nos quedamos en el vestíbulo unos minutos más. Al final, fui yo el que pulsó el botón del ascensor. Cuando llegó, volví a rozar los labios con los suyos por última vez.

—¿Te parece bien si te escribo mañana?

—Por supuesto. —Asintió con una sonrisa.

Autumn entró en el ascensor y me dio las buenas noches. Cuando las puertas empezaron a cerrarse, estiró el brazo e hizo que se volvieran a abrir.

—Espera un segundo…

Se metió una mano bajo el dobladillo de la falda, levantó el brazo hasta la cintura (de algún modo se las arregló para no enseñar nada) y, cuando me quise dar cuenta, se estaba bajando las bragas.

La madre que me parió, era un tanga negro de encaje.

El trozo de tela cayó al suelo y ella dio un paso al frente, se agachó a recogerlo y me lo metió en el bolsillo.

—Has dicho que no sabías si sentirte agradecido por mis bragas porque no las habías visto. —Autumn volvió a entrar en el ascensor y se despidió con la mano. Una sonrisa tentadora le cubría el rostro—. Buenas noches, Donovan.

Me quedé ahí de pie, sin palabras, mientras se cerraban las puertas y después sacudí la cabeza.

Me había equivocado. No es que me hubiera dedicado una sonrisa tentadora… era la tentación personificada.

Saqué el tanga de encaje del bolsillo, lo miré durante un momento y después cerré el puño y eché a correr hacia la puerta. De repente sentí que no podía salir de allí lo bastante rápido. En cuanto llegara a casa me lo pondría… alrededor del pene, mientras mi mano se ponía las botas.

Capítulo 27

Donovan

—¿Dónde coño te habías metido? —Trent se reclinó en la silla y bajó el tenedor.

—Siento llegar tarde, no conseguía que un cliente colgara el maldito teléfono.

—No me refiero a llegar tarde a comer. He bajado a tu despacho dos veces esta semana para ver si querías pedir algo para cenar y me he encontrado la puerta cerrada y las luces apagadas.

Sonreí. Mis amigos no sabían todavía que Autumn y yo estábamos juntos.

—Tenía cosas más importantes que hacer.

Juliette arqueó las cejas. Se tapó la boca con la servilleta y se acercó a mí para tocarme la frente.

—¿Más importantes que el trabajo? ¿Estás enfermo?

—No.

—Entonces, ¿qué es más importante que el trabajo cuando se acerca la votación de los socios?

—Mi chica.

—Madre mía —dijo Trent—. ¿Estás sonriendo por una mujer?

—Pues sí. —Y también había llevado su ropa interior en el bolsillo durante los tres últimos días, pero esa parte la guardé para mí.

—¿Así que hay una mujer por ahí que ha superado todas tus pruebas?

—Sí, y con notas excelentes.

—Vaya —exclamó Juliette. Se volvió hacia Trent mientras me señalaba—. Está pilladísimo. Nuestro pequeño *playboy* se está haciendo mayor.

Saqué el recipiente con mi comida de la bolsa.

—Reíros todo lo que queráis, me da lo mismo.

Trent se limpió la boca con la servilleta.

—Nunca pensé que este día llegaría. Deberíamos organizar una cita doble.

—No creo que tenga amigas de dieciséis años para ti —me burlé y le di un mordisco al bocadillo—. Pero le preguntaré.

—No te estaba pidiendo que me buscaras pareja, idiota. Si hubieras estado por aquí últimamente, sabrías que yo también tengo novia.

— ¿No es una muñeca hinchable? —Dejé de masticar.

—Que te den. Una de verdad, y además está buenísima.

Me alegraba ver feliz a mi colega, pero eso no iba a impedir que me metiera con él.

—¿No es menor de edad, no es una muñeca hinchable y está buenísima? Entonces, ¿le estás pagando?

Trent me lanzó la servilleta.

—La conocí en el bar hace unas semanas, es amiga de Juliette. Hablaste con nosotros cuando te ibas. Tiene un gusto excelente, así que te conoció a ti primero pero se fue a casa conmigo.

Arqueé una ceja.

—¿Cómo se llama?

—Margo.

Joder, la mujer a la que había rechazado después de contarle lo de Autumn. No iba a mencionar que me había tirado los tejos a mí primero, así que asentí.

—Margo… Me suena. ¿Es morena?

—Sí.

—¿Habéis hecho buenas migas?

—Hemos pasado casi todas las noches juntos desde entonces.

Asentí.

—Me alegro por ti.

Juliette y Trent se miraron con cara rara.

—¿Qué?

—Estás muy raro. Solo te has reído de Trent un par de veces y… sonríes demasiado. —Juliette sacudió la cabeza.

Entrelacé los dedos detrás de la cabeza.

—Eso es porque estoy contento de estar vivo, señoras y señores.

Trent se volvió hacia Juliette y ella se encogió de hombros.

—A mí no me mires, le he tocado la frente. No tiene fiebre.

Trent terminó de masticar.

—Vale, voy a morder el anzuelo. Háblanos de esa criatura mágica que parece haberte robado el cerebro. ¿Qué aspecto tiene? ¿Cómo de grande es el cuerno de unicornio que tiene en la cabeza? ¿Te deja jugar con él?

—Es preciosa: es pelirroja, tiene los ojos verdes y la piel alabastrina. —Puede que me pusiera un poco romántico.

Juliette arrugó la nariz. Me señaló con el dedo y miró a Trent.

—¿Acaba de usar la palabra «alabastrina»?

Mi amigo sacudió la cabeza.

—Ha perdido la cabeza del todo si es lo que yo creo que es. ¿Pelirroja y de ojos verdes? Por favor, dime que no estás hablando de la novia de Blake.

—No. —Sonreí.

—Gracias a Dios.

Sonreí todavía más.

—Porque ya no sale con el capullo. Es toda mía.

Trent lanzó el tenedor a la mesa y levantó la mirada hacia el techo con un gruñido.

—Joder.

—Deberías alegrarte por mí, por fin he conocido a alguien. Lo único que haces siempre es tocarme las pelotas por no sentar cabeza con nadie.

—Deja que me aclare. —Trent negó con la cabeza—. Has estado siete años trabajando como un esclavo para que te hagan socio en esta empresa y, solo unas semanas antes de poder conseguirlo de verdad, empiezas a cogerte tardes libres, pasas de las horas facturables y te acuestas con la novia de un socio cuyo voto necesitas para llegar a la meta.

—Relájate, tío. Era una relación casual y lo dejó ella. Blake no tiene ni idea de que salimos. Ni siquiera sabe que ya nos conocíamos antes de aceptar el caso *pro bono* que me asignó. Y no he pasado de las horas facturables. Hago menos, pero les dedico las horas que les dedicaría cualquier adicto al trabajo que quiera que lo hagan socio.

—Ajá —asintió Trent—. Estás entrando en terreno peligroso, amigo mío. ¿Nunca has oído que lo que se hace a escondidas siempre encuentra el modo de salir a la luz?

Me encogí de hombros.

—No podría importarme menos que Blake se entere a la larga. Una parte de mí lo está deseando. Prácticamente es culpa suya. Si no hubiera sido tan vago con el caso *pro bono* que me encasquetó, lo más probable es que Autumn y yo no nos hubiéramos vuelto a ver. Además, solo tengo que mantenerlo en secreto un poco más. Entonces seré socio y mala suerte para él si no le gusta.

Juliette sacudió la cabeza.

—Todo esto me da muy mala espina, será mejor que tengas cuidado.

—Dejad de preocuparos, no pasa nada. No se va a enterar.

Trent hizo un puchero y me lanzó un beso sonoro. Le sonreí.

—Ya no te voy a dar más besos, colega. Ahora soy un hombre de una sola mujer.

—No te estaba lanzando un beso, tío. —Negó con la cabeza—. Has dicho que no se va a enterar y ese era yo dándole un beso de despedida a tu buena suerte, porque acabas de echarla por la borda con tanta arrogancia.

***

La semana siguiente, mi vida pasó de buena a fenomenal. Si supiera una palabra mejor que esa para describirla la usaría, pero durante mis últimos treinta años no había tenido muchos motivos para reforzar mi vocabulario con superlativos que pudiera relacionar con el estado de mi vida. Sí, tenía éxito, y hasta hacía unos meses, pensaba que era lo que necesitaba para ser feliz. Ni siquiera sabía que me sentía insatisfecho hasta que, bueno, hasta que conocí a Autumn.

El domingo fuimos a casa de Bud para que Storm pudiera llevar a cabo las tareas que había aceptado hacer a cambio de la bicicleta. Autumn y yo aprovechamos para pintar un poco el interior de la casa mientras estábamos allí y me las arreglé para llevármela a hurtadillas al garaje y meterle mano mientras nos enrollábamos como dos adolescentes cachondos. Por la noche, ayudé a Bud a servir la cena comunitaria. Todavía tenía la escayola, pero quería ayudar… Y con ayudar me refiero a que quería mangonearme como si no supiera lo que hacía después de haber pasado quince años ayudándolo a hacerlo. Pero eso le hacía feliz y me alegraba que estuviera de buen humor otra vez, así que me importaba una mierda.

El miércoles por la noche salí a cenar con Autumn… a una bolera, donde procedió a patearme el culo y a anotar doscientos seis puntos. Al parecer, su padre tenía un equipo de bolos del bufete y ella siempre los acompañaba de pequeña. Normalmente era supercompetitivo y perder me hería el ego, pero esa vez no me importó que mi chica me diera una paliza porque se pasó toda la noche sonriendo. Además, cada vez que conseguía un *strike* saltaba sin parar, algo que me gustaba muchísimo.

De alguna manera, también me las arreglé para que fuera una de mis mejores semanas en cuanto a horas facturadas, y el viejo de Kravitz bajó de su torre de marfil a decirme que había hecho un gran trabajo con uno de sus clientes VIP que se había metido en un lío con la Comisión de Bolsa y Valores.

Sí, las cosas no podían ir mejor.

El móvil vibró en el escritorio y la foto que le había sacado a Autumn el año pasado apareció en la pantalla. A riesgo de sonar como un bobo, una sensación de calor me recorrió el estómago. Y si sentirme así me hacía parecer un bicho raro, a lo largo de mi vida me había perdido muchas cosas por intentar ser interesante.

Me apoyé en el respaldo de la silla y deslicé el dedo por la pantalla para contestar.

—Hola, preciosa.

—Contestas el teléfono así a todas las mujeres, ¿verdad? —Noté la sonrisa en su voz.

—No hay otras mujeres, cariño.

Suspiró.

—Llamaba para darte las gracias por las cosas que le has comprado a Storm.

Me había pasado por Park House esa mañana y había dejado una bolsa que contenía un candado para la bicicleta que le había dado Bud y también una sudadera Nike con una franja reflectante en el lateral para cuando, inevitablemente, montara en bici en la oscuridad. Pero ya se había ido al colegio y yo iba tarde. La mujer de la recepción estaba ocupada al teléfono, así que había escrito el nombre de Storm en la bolsa y había hecho un gesto para avisar de que me iba. No me di cuenta hasta que llegué al coche de que me había olvidado de darle mi nombre.

—¿Cómo sabes que he sido yo?

—Mmm… ¿Una suposición? Cuando me he pasado por Park House para una reunión, Rochelle de recepción me ha dicho que un tío bueno le había dejado una bolsa a Storm.

—¿Crees que estoy bueno? —Sonreí.

Ella rio.

—Veo tu expresión de alarde y arrogancia desde aquí, incluso a través del teléfono. Déjame adivinar, ¿también estás reclinado en la silla?

Me incorporé como un resorte.

—Por supuesto que no.

Volvió a reír.

—En fin, solo llamaba para darte las gracias por el regalo. Ha sido muy dulce. No quiero robarte mucho tiempo.

—Tus interrupciones siempre son bienvenidas.

—¿Trabajas hasta tarde hoy?

—Sí. ¿Skye y tú habéis quedado para ver vuestro programa y hablar de mí?

—Lo creas o no, no todo se centra en ti.

—No me lo creo.

Rio entre dientes.

—¿Nos vemos mañana por la noche?

—Me muero de ganas.

—Yo también.

Una hora más tarde, Blake Dickson se presentó en la puerta de mi despacho. Yo estaba al teléfono con un cliente, pero eso no le impidió entrar y sentarse mientras terminaba la llamada.

Me obligué a dedicarle una sonrisa alegre cuando colgué.

—¿Qué pasa, jefe?

Cogió el pisapapeles de cristal de la Tierra que tenía en el escritorio y lo lanzó de arriba abajo como si fuera una pelota antiestrés. Apreté los dientes: había sido un regalo de Bud cuando me gradué en la facultad de Derecho y era el único objeto personal que tenía en el despacho.

—Necesito un favor.

«Yo también necesito uno, que te largues de mi despacho».

—Claro, ¿qué pasa?

—Mañana por la noche cenaré con Todd Aster. Hace unos años conseguiste acabar con la investigación que estaban haciendo los federales de sus inversiones.

—Sí, lo recuerdo.

—Bueno, pues está pasando por un divorcio complicado y, al parecer, su mujer tiene algunos documentos relacionados con esa inversión que podrían ser perjudiciales.

—¿Y el delito no ha prescrito?

—Por desgracia, no —negó Blake.

—Vale… Y ¿qué puedo hacer para ayudar?

—Sustitúyeme en la cena mañana.

«Mierda».

—Eh… Tengo planes.

Blake se irguió.

—Yo también, y cuento contigo para que te encargues de esto.

Por supuesto, no podía negarme, así que asentí.

—No hay problema, me las arreglaré.

Dickson se puso en pie y se dirigió a la puerta sin ni siquiera darme las gracias. Se volvió en el último momento.

—Falta poco para la votación. Seré sincero, estaba prácticamente de parte de Mills cuando anunciaron los candidatos a socio, pero me has demostrado que puedo contar contigo y que puedo confiar en que me cubrirás las espaldas.

No se me escapó lo irónico de la situación, aunque le respondí con una sonrisa falsa.

—Por supuesto, me alegra poder ayudar.

—Le pediré a mi secretaria que te mande los detalles.

Cuando se fue, me desplomé en la silla. No quería ir a esa maldita cena; quería pasar la noche con Autumn. La norma de vernos solo dos noches a la semana ya me estaba matando, dejarlo en una noche por semana no era una opción.

Cuando me llegó el correo de la secretaria de Dickson, le pregunté si podíamos mover la cena de las siete de la tarde a las seis.

El resto del día se me pasó volando y eran casi las ocho cuando pude revisar la bandeja de entrada del correo y encontré la confirmación de que había podido cambiar la hora. Con un poco de suerte, a Autumn no le importaría que nos viéramos algo más tarde. Sabía que esa noche estaba haciendo un maratón de *The Bachelor* con su amiga, así que no quise llamarla e interrumpirla. En lugar de eso, le envié un mensaje.

DONOVAN: ¿Te importaría cenar un poco más tarde mañana por la noche? Ha surgido algo en el trabajo y tengo que cenar con un cliente a las seis. Lo más seguro es que termine a las ocho u ocho y media.

Autumn respondió enseguida.

AUTUMN: Madre mía, me vais a crear un complejo. Primero Skye me cancela los planes y ahora quieres cambiar nuestra cita… Es broma. Claro, no hay problema.
DONOVAN: ¿Skye se ha rajado?
AUTUMN: Sí. Cree que tiene gripe.
DONOVAN: Lo siento. Sé que te apetecía mucho quedar con ella.
AUTUMN: Solo nos quedan los últimos cinco capítulos y no puedo ver la tele o entrar en redes sociales porque no quiero enterarme sin querer de quién ha ganado. Le he dicho que si tiene gripe lo voy a ver sin ella, porque tengo que conectarme a internet.

Reí. No entendía por qué a tantas mujeres inteligentes les gustaba esa estupidez de programa.

DONOVAN: *Spoiler:* escoge a la que no le gusta a nadie.
AUTUMN: ¡OMG! ¿Qué dices? ¿Escoge a Meghan?

«Mierda».

DONOVAN: Era broma, no tengo ni idea de cómo termina. O de cómo comienza, en realidad. Aunque la mayoría de esas porquerías acaba igual: con lo que sea mejor para los índices de audiencia.
AUTUMN: Casi me da un infarto. ¡Meghan es lo peor!

Reí para mí mismo.

DONOVAN: Te aviso cuando vaya de camino mañana.
AUTUMN: OK. Buenas noches.

***

Al final, la vista que tenía la tarde siguiente duró solo dos minutos, porque el abogado de la oposición se presentó para pedir una prórroga de última hora. Como había quedado con el cliente de Dickson en un restaurante que estaba más cerca de mi casa que de la oficina, decidí trabajar el resto de la tarde desde casa. Tenía que prepararme para un juicio que tenía próximamente y en casa tendría menos distracciones.

Cuando entraba, me sonó el teléfono.

Sonreí y deslicé el dedo por la pantalla para responder.

—Hola, guapa.

—¿Es una categoría menos que preciosa? Creo que ayer era preciosa.

—Claro que no.

—Estaba pensando… Me preguntaste si podíamos cenar más tarde porque tenías que cenar con un cliente, ¿verdad?

—Sí.

—¿Y por qué vamos a salir a cenar si tú ya habrás cenado?

Me encogí de hombros.

—Tú tendrás que cenar y, además, quiero verte.

—Yo también quiero verte, pero podemos quedar aquí. Cenaré antes de que llegues. Sáltate el postre con el cliente y te prepararé la mejor copa de helado que has probado nunca.

Sonreí.

—Si estás segura de que no te importa, suena genial. ¿Quieres que compre algo de helado de camino a tu casa?

—No hace falta. Tengo todas las provisiones que necesito gracias al plan que Skye canceló anoche, incluidos unos barquillos bañados en chocolate. Se pondrán malos antes de que pueda venir, al final tiene gripe.

—Lamento oír eso.

—Gracias. Voy a llevarle un poco de sopa de camino a casa cuando salga del trabajo. Tengo que colgar, estoy a punto de entrar en el metro.

—Vale, ten cuidado. Nos vemos luego.

Me cambié la ropa del trabajo, cogí el portátil y me puse cómodo en el sofá. La empresa tenía un portal *online* al que podía acceder para descargarme las declaraciones que tenía que releer. No obstante, cuando pinché en la página web, me saltó un anuncio de la nueva aplicación de *streaming* de la ABC. Se anunciaban algunos de sus programas de más éxito, entre ellos *The Bachelor*. Me acordé de Autumn, sonreí y fui a cerrarlo. Pero, en vez de darle a la X, debí de haber pinchado en el icono para ampliarlo porque me apareció un anuncio en el que un grupo de mujeres salía de una limusina y un payaso les entregaba una rosa a cada una. Fui a cerrarlo una segunda vez, pero entonces una mujer que llevaba un disfraz de bailarina del vientre salió de la limusina.

«Mmm… A lo mejor puedo ver unos minutos antes de centrarme en el trabajo…».

Capítulo 28

Autumn

—Hola.

Donovan me sonrió de oreja a oreja desde el otro lado de la puerta y empezaron a bailarme las mariposas en el estómago. Dios, estaba buenísimo. A lo mejor no había sido tan buena idea invitarlo a mi apartamento. Notó mi ligera vacilación, aunque debió de malinterpretar lo que se me pasaba por la cabeza.

Levantó la bolsa de viaje que llevaba en la mano y que yo no había visto.

—No la he traído para pasar la noche, lo juro. Solo he traído ropa de recambio para poder quitarme el traje que he tenido que ponerme para la cena.

Me hice a un lado para dejarlo pasar y él se paró delante de mí, frente a frente.

—Estaba disfrutando de las vistas, no me preocupaba que te quedaras más tiempo del necesario.

La comisura derecha de la boca se le curvó en una sonrisa engreída.

—¿Ah, sí? Bueno, si quieres la experiencia completa puedes mirarme mientras me cambio. —Se inclinó hacia mí y me dio un beso en los labios. Sin separarse de mí, añadió con suavidad—: Te he echado de menos.

Cinco palabras de nada y las paredes que me cubrían el corazón ya empezaban a derrumbarse. No fue porque fueran muy dulces (aunque lo eran, sin duda), sino porque sabía que las decía de verdad. Como mujer que no había confiado en un hombre en mucho tiempo, tenía la corazonada de que estaba siendo sincero. Y, aunque debería haberme hecho sentir exactamente lo contrario, me sentí inquieta. Así que, en lugar de ser sincera con él y decirle que yo también lo había echado de menos, mi instinto de supervivencia saltó y me alejé del momento con un comentario sarcástico.

—¿Cómo decías que te llamabas?

—Qué listilla. —Me dio un golpecito en la nariz con el dedo.

Cerré la puerta con una sonrisa.

—Siento llegar tan tarde, el cliente no cerraba la boca.

—No pasa nada. —Me señalé los dedos de los pies y los moví—. Tenía que pintarme las uñas. Skye y yo solemos hacerlo cuando viene a una de nuestras sesiones de maratón.

—¿Cómo se encuentra?

—Dolorida, y tiene un poco de fiebre. Cuando he ido a llevarle la sopa, su novio estaba allí y ella dejaba que la cuidara. Por eso sé que no se encuentra bien, no deja que la gente haga cosas por ella. Es muy independiente.

Donovan ladeó la cabeza.

—Me resulta familiar.

Sonreí.

—Supongo que sí. Seguro que se debe a nuestros problemas de confianza.

—Lo entiendo —asintió—. De pequeño no dejaba que se me acercara nadie. Si no dejas que la gente entre en tu vida, no duele cuando se largan.

Fruncí el ceño.

—Lo siento. Eso es exactamente lo que te hice yo el año pasado. Teníamos una conexión y me largué.

—No pasa nada, tenías tus motivos.

Nunca me había planteado que a Donovan podría costarle confiar en mí después de lo que le había hecho.

—Sí que pasa, como mínimo tendría que haber sido honesta contigo y haberme despedido.

—Es agua pasada.

—Pero ¿cómo has podido dejarlo en el pasado? Me has dejado entrar cuando mantienes las distancias con la mayoría de la gente. Y ya te dejé atrás una vez. Haces que superar el miedo que tienes a que las personas que te importan se larguen parezca muy fácil.

Donovan se me quedó mirando fijamente durante un momento.

—No es fácil, Autumn. Pero por ti vale la pena.

Puede que fuera lo más bonito que nadie me había dicho nunca.

—Vaya. —Sacudí la cabeza—. Ni siquiera sé qué decir.

Apartó la mirada y después volvió a mirarme con una sonrisa inocente.

—No tienes que decir nada. Lo único que tienes que hacer es no volver a irte sin avisar.

Crucé la distancia que nos separaba y le rodeé el cuello con los brazos.

—Eso puedo hacerlo.

Me apretó contra él y dijo:

—Bien, porque esta vez sé dónde vives y te encontraré.

—Con un poco de suerte no será necesario. —Reí—. ¿Has guardado un hueco para el postre?

Donovan bajó la mirada. Desde su posición, tenía una vista privilegiada de mi escote.

—Siempre tengo un hueco para el postre.

Movió las cejas con picardía y yo reí.

—¿Prefieres helado de coco tostado y pepitas de chocolate, nata con galletas o mantequilla de cacahuete y chocolate?

—Sí a todo.

—Buena elección. Yo también prefiero probarlos todos. ¿Por qué no te cambias y te pones cómodo mientras los preparo?

Donovan se metió en el baño y salió poco después en vaqueros y camiseta de manga corta. Lanzó la bolsa a un lado del sofá y se puso cómodo.

—Estaba buscando una película antes de que llegaras, pero no estaba segura de qué tipo de películas te gustan, así que he marcado algunas de mis favoritas en Netflix, si quieres echarles un vistazo.

—En realidad se me ha ocurrido una cosa que he pensado que te gustaría ver —me comentó él—, voy a ponerlo.

—Ah… vale. —Preparé dos cuencos de helado con sirope de chocolate, nata montada y trocitos de galleta y me dirigí al sofá. Su bol estaba el doble de lleno que el mío—. Este es el tuyo. Me he pasado un poco, espero que te guste toda la porquería que te he puesto.

—Me gusta casi todo… excepto el kétchup. Mi madre no cocinaba mucho, pero cuando yo tenía unos siete u ocho años, uno de los capullos de sus novios se mudó con nosotros durante una temporada. Nos preparaba huevos para desayunar y les echaba un montón de kétchup por encima. Le dije que no me gustaba el kétchup y después de eso le echaba el doble a los míos. No he vuelto a comerlo desde el día en que se fue de casa.

—Es bueno saberlo, había pensado ponerle también un poco de kétchup a las copas de helado.

Él rio.

Me senté sobre las piernas dobladas y me eché una manta sobre el regazo antes de meterme una cucharada hasta arriba de helado en la boca.

—¿Qué vamos a ver?

Donovan cogió el mando de la tele y apretó un botón. Un montón de episodios de *The Bachelor* aparecieron en la pantalla.

—Ay, eres adorable, pero no hace falta que lo veamos. Sé que no te gusta.

—Si no veo el siguiente episodio, ¿cómo voy a descubrir si el padre de Kayla le pega a Brad de verdad durante la visita a su ciudad natal?

Me brillaron los ojos.

—¿Has visto *The Bachelor?*

—Dijiste que ibas a ver los últimos cinco capítulos si Skye tenía la gripe. —Se encogió de hombros—. Así que supuse que tenía que ponerme al día. Hoy he salido pronto del tribunal, así que he hecho un maratón hasta donde te quedaste.

Noté que me derretía por dentro.

—No puedo creer que hayas hecho eso.

Se tragó una cucharada de helado y me señaló con la cuchara.

—Si se lo cuentas a Bud, lo negaré.

—Tu secreto está a salvo conmigo. —Fingí que me cerraba la boca con cremallera sin dejar de sonreír.

Después de acabarme el postre, me acurruqué junto a Donovan en el sofá y nos cubrí a los dos con una manta. En un momento dado, dejó de comerse el helado y me puso la mano en el muslo. Sentí como si su huella se me fuera a grabar a fuego en la piel desnuda e hice todo lo posible por ignorarlo. En mitad del primer episodio, comenzó a sonarme el móvil. Estaba en la mesa rinconera que había junto a Donovan, así que me lo pasó. Era mi padre.

Suspiré.

—Estos últimos días está siendo incansable. Su boda es el fin de semana que viene y todavía no le he dicho si voy a ir. Mi psicóloga cree que debería ir.

Donovan pulsó un botón del mando a distancia para pausar el programa.

—¿Y tú no quieres?

Meneé la cabeza y puse el móvil en silencio.

—No lo sé. Antes estábamos muy unidos, sobre todo justo después de que muriera mi madre. Aparte de él, no tengo mucha más familia. Mi madre era hija única y sus padres murieron cuando yo era pequeña. Pero… me cuesta olvidar cómo reaccionó hace seis años.

Donovan me recorrió el rostro con la mirada.

—Mencionaste que no había sido muy comprensivo contigo después de lo que pasó, pero ¿no te apoyó cuando ocurrió todo?

—Insistió en que fuera a terapia e hizo todo lo que le pedí, pero estuvo distante en todo momento. En la comisaría, cuando por fin decidí acudir y denunciar lo que me había pasado, no podía parar de llorar y la agente que me atendió me consoló. Mi padre se quedó ahí sentado, casi indiferente. Y yo no lograba entender cómo podía seguir siendo socio del padre de Braden después de todo lo que me oyó decir.

—¿Qué te dijo cuando se lo echaste en cara?

—No lo hice… Por lo menos no al principio. —Fruncí el ceño—. Dejé que mi enfado hacia él se acumulara durante bastante tiempo. Más o menos un año después de que ocurriera todo, la psicóloga me convenció de que hablara con él. Por desgracia, lo hice después de haber bebido demasiado una noche y la charla no fue como debería haber ido. Yo estaba muy emocionada y dije cosas horribles y después me negué a hablar con él cuando se me pasó la borrachera… No fui muy madura, lo sé.

—Alguien que pasa por lo que tú has pasado lo lleva como tiene que llevarlo. A mí me parece que no deberías haber tenido esa discusión, ni lidiar con algo así.

—Cuando me negué a escucharlo, fue a hablar con mi psicóloga. Ella no quiso hablar del tema con él, pero él le pidió que lo escuchara y que hablara conmigo de su parte. Le dijo que había estado en *shock* durante un tiempo, que me había estado acompañando durante todo el proceso por inercia, pero que mentalmente estaba ido, como si estuviera viendo una película sobre lo que estaba pasando. Y por eso no se había mostrado disgustado o comprensivo en ese momento.

—¿Y tú no te lo crees?

—No lo sé. Mi psicóloga dice que muchas de las cosas que describió son síntomas típicos del estado de *shock* emocional. Pero… —Negué con la cabeza—. En aquel momento me sentí muy sola y me resulta muy difícil olvidarme de eso. Y también están la serie de matrimonios y las locuras que ha hecho a lo largo de los años.

—¿Sigue siendo socio del padre?

—No, ya no. La semana después de mi sermón de borracha, se separó de él. Afirmó que no se había dado cuenta de lo mucho que me disgustaba porque yo no le había dicho nada y porque habían despedido a Braden después de que yo lo denunciara a la policía. —Volví a sacudir la cabeza—. La verdad es que ha intentado compensármelo durante años. No supo llevar bien las cosas, pero puede que tuviera sus motivos. Me gustaría perdonarlo y olvidar, pero no sé cómo hacerlo.

—¿Tienes que hacer las dos cosas?

—¿A qué te refieres?

—Perdonar y olvidar… creo que son dos cosas muy distintas. Cuando perdonas, consigues dejar de estar resentido con alguien para poder sentirte en paz. Yo he perdonado a mi madre por toda la mierda que hizo cuando era pequeño, por desaparecer durante varios meses y dejarme en la calle para que me valiera por mí mismo. Es evidente que no es perfecta, pero necesitaba librarme de ese resentimiento, más por mí que por ella. Eso sí, no he olvidado. Cada vez que me llama para pedirme dinero, lo recuerdo todo, pero le pregunto cómo está y hablo con ella de todos modos. A veces hasta quedamos para cenar, si no me cuelga cuando le digo que no le voy a dar más dinero para que se lo meta por la nariz. —Me acarició la mejilla—. No creo que puedas olvidar, y seguramente sea algo bueno, porque aprendemos de todo lo que nos ocurrió en el pasado. Pero puedes decidir perdonar, si quieres. —Donovan levantó las manos—. Y que quede claro, no me estoy poniendo de parte de tu padre. Todo lo que me has dicho hace que me guste menos de lo que ya me gustaba antes. Pero estoy de tu parte, y si quieres pasar página, deberías hacerlo. No puedes esperar a ser capaz de perdonar y olvidar, porque lo más seguro es que nunca olvides.

«Madre mía». Me invadió la emoción. Durante años, la psicóloga había intentado explicarme paso a paso qué debía hacer para perdonar a mi padre y este hombre había conseguido hacérmelo entender en cinco minutos. Tenía toda la razón del mundo. Si esperaba a superarlo para recuperar la relación con mi padre, estaría esperando toda la vida. Me sentía como si me hubieran quitado un gran peso de encima.

—Si fuera a la boda, ¿me acompañarías?

Donovan sonrió.

—Cariño, te acompañaría al infierno si me lo pidieras. Claro que iré contigo, me encantaría.

Le devolví la sonrisa.

—Vale, bueno, no estoy segura de que la boda número ocho y un viaje al infierno sean muy distintos, así que gracias.

—No hay de qué. —Me guiñó el ojo.

Donovan rascó el resto del helado del fondo de su bol, como si no acabara de explicarme paso a paso uno de los descubrimientos más monumentales de mi vida. Ese hombre no tenía ni idea de lo perfecto que era. No solo tenía el aspecto que tenía, sino que era muy inteligente y, además, entendía perfectamente la psicología de los seres humanos imperfectos. Era muy especial.

Alargué la mano y le pellizqué el brazo. Él se miró el punto en el que le había pellizcado y levantó la mirada con una media sonrisa adorable.

—¿A qué ha venido eso?

—Solo me estaba asegurando de que fueras real.

Dejó el bol de helado en la mesa y me cogió para sentarme en su regazo sin quitarme los ojos de encima en ningún momento. Me senté a horcajadas sobre él con una risita.

Donovan me enterró las manos en el pelo y me atrajo hacia él para posar sus labios sobre los míos.

—Ven aquí, deja que te enseñe lo real que soy.

Me introdujo la lengua y me ladeó la cabeza muy despacio para aumentar la intensidad del beso. Hay que ver la de cosas mágicas que era capaz de hacer ese hombre con la boca. Y recordaba que en nuestro fin de semana también fue muy generoso y me enseñó su talento en otras partes. Cuando nos tocábamos, lo hacíamos casi con urgencia. Había sido así desde el principio; como si después de tocarnos necesitáramos al otro para sobrevivir.

Noté que se excitaba debajo de mí mientras nos besábamos. Con las piernas tan abiertas, la tela vaquera de sus pantalones me rozaba el clítoris y me apreté contra él con más fuerza, desesperada por tener un poco más de fricción.

Donovan gruñó y me agarró por las caderas. Empezó a guiarme adelante y atrás encima de su erección y las cosas se pusieron frenéticas con mucha rapidez.

«Madre mía, me voy a correr solo con restregarme con este hombre».

Me detuve poco a poco al darme cuenta de que eso era exactamente lo que iba a ocurrir.

—¿Quieres que pare? —murmuró Donovan entre nuestros labios sellados.

—No, es…

Se apartó de mí para que pudiéramos vernos. Me daba un poco de vergüenza, pero no quería que pensara que había hecho algo mal.

—Casi me… Ya sabes.

En el rostro de Donovan apareció la sonrisa más pícara del mundo.

—¿Casi tienes un orgasmo solo con frotarte contra mí completamente vestida?

—No seas tan engreído, yo era la que estaba haciendo todo el trabajo.

—Ah, ¿sí? —En un movimiento rápido, me levantó de su regazo y me tumbó de espaldas en el sofá. Después se puso sobre mí—. No podemos permitirlo, ¿a que no? —Me besó la nariz, la barbilla y después bajó la cabeza para besarme el cuello, antes de plantarme un beso en la parte de arriba del escote.

Cuando volvió a hablar, tenía la voz más rasposa y grave—:
¿Por qué ibas a ser la única que trabaje? Creo que tengo que
echarte una mano. —Donovan me levantó el dobladillo de la
camiseta y me dio un beso en el ombligo, después jugueteó
con el botón de mis pantalones cortos mientras me miraba.
Tenía los ojos oscuros y los párpados caídos, pero no rompió
el contacto visual mientras me desabrochaba los pantalones—.
Quiero enterrar la cara en ti y no parar hasta que te corras en
mi lengua. Tengo antojo de ti, Autumn. Decir que te deseo es
quedarse corto. Lo que siento es mucho más goloso.

Tragué saliva.

—Dime que te parece bien. No quiero presionarte y que te
arrepientas al día siguiente.

El tono que empleó hizo que me doliera el corazón. Había
sido increíble y considerado conmigo y a cambio yo solo le
había generado dudas. Había evitado la intimidad con Donovan porque otro hombre en el que había confiado me había
quitado algo. A lo mejor había llegado el momento de que per-
donara a otra persona por lo que había pasado… a mí misma.
Como me dijo un hombre muy sabio una vez, pasar página no
quería decir olvidar. Solo tenía que seguir adelante. Y mirar
desde arriba al hombre tan hermoso al que tanto deseaba me
parecía dar un primer paso en la dirección correcta.

Asentí.

—Te deseo, Donovan.

Levantó la mirada para buscar una confirmación en la mía.

—No me arrepentiré mañana, y no desapareceré.

—¿Estás segura? —Asentí, pero aun así seguía habiendo
vacilación en su rostro—. ¿Qué está prohibido?

—Nada. —Sonreí.

A Donovan se le dilataron tanto las pupilas que sus ojos
azules se volvieron casi negros.

—¿Nada? Es un mandato muy peligroso que decirle a un
hombre que te ha deseado durante un año. Tal vez mañana no
puedas caminar.

Me recorrió un escalofrío. Me deleitaba la idea de que me satisficiera tanto que no pudiera salir de la cama, pero si pensaba que era el único que se sentía desesperado, estaba muy equivocado. Arqueé una ceja.

—O a lo mejor serás tú el que no pueda caminar cuando acabe contigo.

A Donovan le brillaron los ojos.

—Eso suena a reto y no me gusta nada perder.

—Pues venga, señor Decker.

Respondió dándome un mordisco en el vientre. En lugar de registrarlo como dolor, sentí una descarga que me fue directamente a la entrepierna. Donovan me abrió la cremallera de un tirón y me bajó los pantalones y las bragas. Me dio un beso suave en el pubis y levantó la vista hacia mí.

—Solo por eso, no voy a dejar que te quedes ahí tumbada mientras hago que te corras.

Se puso de rodillas y me levantó del sofá antes de dejarse caer de espaldas y colocarse donde yo estaba antes. Me tiró de una de las piernas para que me pusiera a horcajadas sobre su pecho.

—Mueve el culo hacia aquí, cariño. Vas a sentarte en mi cara.

Me quedé con la boca abierta, así que Donovan alargó el brazo y me dio un golpecito en la barbilla con una sonrisa pícara.

—Es una oferta muy generosa, te tomo la palabra para después. Pero, ahora mismo, ponte el sombrero de vaquera.

Antes de que pudiera asimilarlo, me agarró con fuerza de las caderas, me levantó y me guio hasta su cara. Durante un segundo, me sentí un poco avergonzada, pero todas mis dudas se fueron por la borda con un solo movimiento rápido de su lengua. Mi clítoris era como un pararrayos y cada movimiento hacía que unas descargas eléctricas me recorrieran todo el cuerpo. Me trazaba la hendidura con lametones suaves y provocativos y cada vez lo deseaba más. Mantenía un ritmo constante y me acercaba más al límite, pero, cada vez que pensaba que iba a correrme, se detenía y empezábamos de nuevo a jugar al gato y al ratón. Cuatro intentos más tarde y después de que todos acabaran con el mismo resultado, me frustré y al fin comencé a mover las caderas.

—Eso es —dijo él—, muévete, preciosa. Móntame la cara.

Me di cuenta de que se había estado conteniendo hasta que yo tomara el control y sentí ganas de matarlo, pero tendría que esperar a después. Hasta entonces, iba a seguirle el juego. Presioné y le froté el sexo húmedo por la cara y guie la lengua para que me lamiera exactamente donde lo necesitaba. La oleada volvió a crecer, más rápido y con más fuerza, y gemí mientras seguía moviendo las caderas sin pudor.

—Me… me voy a…

Donovan no esperó a que acabara la frase. Se centró en mi clítoris y lo lamió con fuerza y fue como si una explosión detonara dentro de mí. Oí sus gruñidos amortiguados mientras perdía el control y mi cuerpo se sacudió con tanta fuerza que los ojos se me llenaron de lágrimas. Mucho después del orgasmo, me siguió devorando como si no hubiera comido en días y yo fuera su última cena. Cuando al fin redujo la velocidad, apenas podía mantenerme erguida. Sintiendo que estaba a punto de caerme, me levantó y me tumbó sobre él para que apoyara la cabeza en su pecho.

—Ha sido… —Hice una pausa e intenté encontrar el adjetivo correcto, pero decir que había sido increíble no hacía justicia a lo que acababa de pasar.

Donovan me dio un beso en la coronilla.

—El principio. Solo ha sido el principio.

Capítulo 29

Autumn

El sexo sin conexión emocional podía ser gratificante físicamente, pero sentir algo por la otra persona lo llevaba todo a otro nivel… A un lugar que había olvidado que existía o que tal vez nunca había llegado a conocer.

Después de que Donovan me regalara una sesión de sexo oral, nos tumbamos en el sofá y estuvimos hablando durante mucho rato. Le tracé el contorno de uno de los tatuajes más pequeños que tenía en el brazo.

—¿Hay algún motivo por el que todos tus tatuajes sean en blanco y negro?

Se encogió de hombros.

—Me hice los primeros así y supongo que no he sentido que ninguno de los nuevos debiera resaltar más que los otros.

—¿Este tiene algún significado especial? —Era un pájaro pequeño enjaulado.

—Me lo hice cuando tenía dieciséis años. Prácticamente, resumía cómo me sentía por aquel entonces. Me sentía como ese pájaro.

—No sabía que pudieras hacerte tatuajes siendo menor de edad.

—En mi antiguo barrio puedes conseguir lo que quieras. A lo mejor no te lo puedes hacer en un estudio con licencia, pero mucha gente tatúa en sus casas.

—Oh.

Donovan sonrió y me acarició el pelo.

—¿No es así como se hace en Old Greenwich, Connecticut?

Reí.

—Probablemente no. —Le froté el pajarito solitario con el dedo—. Creo que yo también me identifico con él. Solo que tú sientes que fue tu entorno el que te enjauló, mientras que yo me he encerrado voluntariamente estos últimos seis años. Para serte sincera, hasta el sexo me costaba. Pensaba que estaba rota —le dije.

Donovan me subió la barbilla para que lo mirara.

—¿A qué te refieres?

—No podía tener orgasmos como el que acabo de tener. Solo los tenía durante la penetración y solo si me ponía encima.

Donovan frunció el ceño.

—Necesitabas tener el control, es comprensible.

—Pero contigo no quiero eso. ¿Me prometes una cosa?

—Lo que sea.

—No me trates como si fuera de cristal.

—¿Es lo que crees que acabo de hacer? —Donovan volvió a fruncir el ceño—. ¿Crees que dejar que te sientes en mi cara es tratarte como si fueras frágil?

Sonreí.

—No, claro que no. Pero al principio has dudado, y me has preguntado qué estaba permitido y qué no.

—Has puesto unas normas, Autumn. Y he ido con cuidado para intentar no romperlas.

—Exacto… es lo que acabas de decir. Ir con cuidado. No quiero que sientas que tienes que hacerlo. Me ha costado llegar hasta aquí porque tenía miedo, pero he llegado y no quiero que te vuelvas a contener.

Donovan me observó.

—¿Estamos hablando a nivel emocional o sexual?

—Ambos.

Me acarició la mejilla con el pulgar.

—Entonces, ¿puedo decirte que estoy loco por ti? ¿Que pienso en ti durante todo el día y que siento que mi vida no tenía sentido hasta el día en que te conocí? ¿Que has dado un propósito a mi vida y ese propósito es hacerte feliz?

Casi no podía respirar. Donovan me sonrió con ternura.

—¿Ha sido demasiado?

—No, no ha sido demasiado. —Sacudí la cabeza—. Es solo que me has pillado por sorpresa.

—Vale. —Sonrió.

—Y sexualmente tampoco te retengas. Lo digo en serio. Quiero que te comportes conmigo como el fin de semana que estuvimos juntos, antes de que supieras lo que me pasó. Me cuesta admitirlo, pero cuando tonteamos eres un poco mandón y en realidad me encanta que lo seas.

Donovan esbozó una sonrisa pícara.

—¿Ah, sí? ¿Te gusta que sea mandón en la cama?

Puse los ojos en blanco.

—Que no se te suba a la cabeza, tu ego ya es lo bastante grande.

Donovan nos cambió de postura en el sofá para que yo estuviera boca arriba y se tumbó a mi lado. Me ayudó a quitarme el resto de la ropa y después me trazó una línea imaginaria desde la clavícula al pecho, subiendo por encima del pezón y bajando hasta el ombligo para después seguir el mismo camino de vuelta hasta la boca. Me dio un golpecito en el labio inferior.

—Entonces, ¿no me pones ningún límite?

Nuestras miradas se encontraron y negué con la cabeza. Noté cómo el azul cielo de sus ojos volvía a oscurecerse.

—Así que puedo ponerte de rodillas, agarrarte del pelo y follarte la cara, ¿y te parecería bien?

Tragué saliva. «Madre mía». Me estaba excitando solo de pensarlo, así que asentí.

—Muy bien. —Volvió a bajar la mano hasta mis pechos y me pellizcó el pezón con fuerza antes de recorrerme el escote—. Y si me siento en tu pecho mientras te meto y saco la polla por aquí y me corro en tu cuello, ¿también te parecería bien?

Volví a tragar saliva, pero asentí.

—Eres preciosa. —Donovan bajó la mano y me la puso entre las piernas. Ya estaba húmeda, pero deslizó los dedos arriba y abajo para esparcir la humedad y después me introdujo un dedo en el interior con suavidad.

Jadeé y arqueé la espalda.

—¿Y dedos? ¿No pones un límite a cuántos te puedo meter?

Cerré los ojos cuando empezó a introducirlo y sacarlo. Tras un par de movimientos, añadió un segundo dedo.

—Dos ya quedan bien apretados, pero creo que añadir por lo menos uno más te gustará, incluso podemos usar un vibrador a veces. Tienes uno, ¿a que sí, cariño?

Abrí los ojos y asentí. Él sonrió e incrementó la rapidez de los movimientos.

—Bien. No puedo esperar a usarlo contigo. A lo mejor podríamos usarlo cuando te lo haga por detrás. ¿El culo es zona prohibida?

Abrí mucho los ojos. Donovan sonrió y retiró los dedos.

—Solo quería comprobar si de verdad no me vas a poner ningún límite.

—Nunca lo he hecho. —Sacudí la cabeza.

—¿Y estás en contra de probarlo?

—Creo que no.

Donovan se inclinó hacia mí y me rozó los labios con los suyos antes de acercarme la boca a la oreja.

—No tengo ninguna prisa, pero estoy deseando hacerlo mío ahora que sé que será tu primera vez. —Me miró a los ojos con mucha intensidad—. ¿Hay algo más de lo que debamos hablar?

El pecho me subía y bajaba con mucha rapidez.

—Creo que no.

—Bien. —Sonrió.

Cuando me quise dar cuenta, se estaba poniendo en pie, me levantó del sofá y me cargó a hombros.

Reí.

—¿Qué haces?

Me azotó el culo desnudo mientras nos dirigía al dormitorio.

—Te llevo a la cama para hacer contigo lo que quiera ahora que ya me has quitado las esposas.

—¡Ay! —Pataleé, pero en realidad estaba disfrutando de cada minuto.

—No hay límites, cariño. Acostúmbrate a un poco de dolor. Este culo va a tener muchas huellas a partir de ahora.

Ya en la habitación, esperé a que me arrojara sobre la cama, pero no lo hizo. Donovan me dejó sobre el colchón con suavidad, lanzó la cartera a la mesita de noche y se sentó a horcajadas sobre mí mientras estaba tumbada en el centro de la cama. Los dos sonreíamos con ganas.

Se quitó la camiseta y se inclinó para besarme.

—Me encanta esa sonrisa, me vuelve loco.

Eché un vistazo a sus abdominales y le recorrí los picos y los valles de los músculos con los dedos.

—Esto sí que me vuelve loca a mí.

Donovan me paró la mano, se la llevó a la boca y me besó la palma. La forma en que me miraba, con veneración, me hizo sentir calor por todo el cuerpo a pesar de que estaba completamente desnuda.

Se dejó caer sobre mí y me besó mientras se bajaba los pantalones. El calor y la rigidez de su erección contra mi abdomen me hicieron sentirme desesperada. Dios, lo deseaba mucho y me sentía húmeda y dolorida por la espera. Cuando nos separamos, se estiró hacia la mesita de noche y, dejando que todo lo demás cayera al suelo, sacó un condón de la cartera.

Mi cuerpo se estremeció por la expectación. Observé cómo abría el envoltorio con los dientes, se ponía el preservativo y se colocaba otra vez entre mis piernas. Me miró a los ojos mientras se introducía en mi interior.

—Joder —gruñó—. Es como si estuviera en el paraíso.

Se movió con suavidad, tomándose su tiempo para asegurarse de que estuviera preparada. Aunque lo había tocado antes, me había olvidado de lo largo y grueso que tenía el miembro y mi cuerpo necesitó una dosis de estímulo para aceptarlo por completo. Cuando llegó al fondo, le temblaron los brazos y se quedó quieto para mirarme a los ojos.

—Eres preciosa.

Sentí que me invadía una oleada de emoción.

—Tú también.

Me besó con suavidad, pero pronto sus delicadas embestidas se volvieron fuertes y el esfuerzo se le empezó a notar en la cara. El sudor nos cubrió la piel y todo, excepto el ruido del roce de nuestros cuerpos húmedos, desapareció en la distancia. El sonido era muy erótico y mi cuerpo se acercaba rápidamente al clímax. A Donovan se le hincharon las venas del cuello cuando ejerció presión para crear fricción contra mi clítoris y perdí el control.

—Donovan… —Le tiré del pelo—. No pares…

Me mordió el hombro y me dejé llevar. Normalmente buscaba el orgasmo, pero esa vez no. Esa vez luché por que no me arrollara. Me palpitaban los músculos y cerré los ojos cuando una oleada de éxtasis me recorrió el cuerpo.

—Abre los ojos —me dijo con voz ronca—. Quiero verte.

Me costó, pero le sostuve la mirada. Cuando al fin el placer comenzó a remitir, Donovan aceleró el ritmo para acercarse a su clímax, hasta que gruñó y se introdujo en mí una última vez. Incluso a través del condón, sentí el calor que emanaba de él y desbordaba en mi interior.

La mayoría de los hombres con los que había estado a lo largo de los años se dejaba caer en la cama o se levantaba para ir al baño al terminar. Y si no lo hacían ellos, lo hacía yo. Con ellos no había hecho el amor y nunca había ansiado esos momentos íntimos después, pero con Donovan los anhelaba casi tanto como el propio acto.

Me apartó un mechón de pelo sudado de la cara.

—¿Cómo de nenaza te parecería si te dijera que ha sido casi… religioso?

Reí.

—Creo que pensaría que fui a la iglesia equivocada cuando era pequeña.

Rozó los labios con los míos.

—Ojalá no tuviera que levantarme y librarme del condón. Quiero quedarme aquí… A lo mejor atarte y tenerte debajo de mí durante unos días.

—No tienes que atarme. —Le acaricié la mejilla—. Esta vez no voy a ir a ninguna parte.

Donovan sonrió.

—Me alegra oír eso.

Salió de la cama y yo me apoyé en el codo para ver cómo se dirigía desnudo al baño.

—Eh, culo bonito —grité cuando llegó a la puerta.

Se volvió con una sonrisa.

—¿Qué?

—Ya no tendrás que atarme para que me quede, pero eso no quiere decir que me desagrade la idea de que me ates.

Él rio y cuando salía de la habitación murmuró:

—Vas a acabar conmigo, lo sé.

***

Desperté cuando una luz cegadora me golpeó los ojos. Un rayo de luz se había colado entre dos de las lamas descarriadas de las persianas venecianas y me había dado de lleno en la cara. Me cubrí los ojos con la mano y miré el reloj que tenía en la mesita auxiliar.

¿Las 11:33? ¿De verdad? Cogí el móvil para asegurarme. Hacía años que no dormía hasta tan tarde. En efecto, era casi mediodía.

No pude contener la sonrisa que se me dibujó en los labios al recordar los motivos por los que había dormido de más…

Los muchos, muchos motivos. Donovan y yo habíamos tenido un maratón de sexo. Ni siquiera estaba segura de cuántas veces lo habíamos hecho, pero la última vez había sido con una iluminación preciosa. Acababa de amanecer y el amarillo dorado del sol de la mañana se había colado entre las persianas como hacía ahora. Solo que entonces el rayo de sol se había posado sobre el hermoso rostro de Donovan mientras yo estaba encima de él, meciéndome para conseguir otro orgasmo maravilloso. Una barba incipiente le cubría la mandíbula y en sus ojos resplandecía el más increíble de los azules. La luz dorada del sol los había hecho parecer casi translúcidos, pero había sido su sonrisa la que me había dejado sin respiración. Parecía realmente feliz mientras me observaba y eso había hecho que el momento fuera mucho más íntimo.

El cuerpo me dolía de forma excitante y tenía la entrepierna hinchada, pero recordar el aspecto de Donovan hizo que a mi cuerpo no le importaran los dolores. Me volví para ver lo dormido que estaba el hombre que tenía al lado, pero descubrí que no estaba durmiendo. Toqué las sábanas y estaban frías. Al parecer, era la única que había dormido hasta tarde. Tiré de la sábana para sacarla de la cama, me envolví el cuerpo con ella y fui en busca de Donovan.

El apartamento estaba en silencio y él no estaba por ninguna parte, pero en el aire flotaba un delicioso aroma a café. Seguí el olor hasta la cocina y encontré una cafetera con café recién hecho y una orquídea justo al lado. Había una nota debajo de la planta.

He tenido que ir al bufete a por un documento. Cuando tenía ocho o nueve años, le pedí a Bud que me hablara sobre el sexo. No me dio ningún detalle crudo, pero me dijo que lo más importante de estar con una mujer era asegurarse de darle algo de comer a la mañana siguiente. Así que en la nevera hay un parfait *de yogur y frutas y un bollo de mantequilla en la encimera.*

No sabía qué te apetecería. He supuesto que dormirías por lo menos cuatro horas y he puesto el café para que esté listo a las once. Vuelvo al mediodía con la comida.

Besos,
Donovan

P. D.: Tu casa necesita más plantas y esta me ha recordado a ti. La mayoría de la gente no entiende a las orquídeas y cree que son frágiles, pero no lo son. Lo cierto es que son más fuertes de lo que parecen y, además, son preciosas.

Me llevé la nota al pecho como una colegiala. ¿En serio? Donovan era demasiado bueno para ser verdad. Era hermoso y fuerte por fuera, pero por dentro era dulce y casi vulnerable. Suspiré y dejé la nota en la encimera para servirme una taza muy necesaria de café.

Un poco antes de las doce, decidí darme una ducha antes de que Donovan volviera. Dejé la puerta del baño abierta para oír si llamaba mientras estaba dentro. Cuando lo hizo, me estaba envolviendo el cuerpo en una toalla. Abrí la puerta.

—Hola.

Donovan me miró de arriba abajo.

—Madre mía. —Señaló el rellano con el pulgar y me enseñó la caja que llevaba en la mano—. El repartidor de Amazon estaba a punto de llamar para entregarte esto cuando le he dicho que ya lo cogía yo. Le habrías alegrado el día.

—¿Solo a él, a ti no? —Le sonreí con falsa modestia.

Entró y me rodeó la cintura con un brazo para acercarme y darme un beso en los labios.

—Ya me habías alegrado el día unas cuantas veces antes de que saliera el sol.

La forma en que me miraba los labios al hablar hacía que sintiera mariposas en el estómago.

—Creo que nos hemos alegrado el día mutuamente.

Una vez en el apartamento, Donovan dejó la caja en la encimera de la cocina.

—¿A qué hora te has levantado al final, dormilona?

—Madre mía, no me he despertado hasta las once y media.

—¿Es por las pastillas que hay en la mesita de noche? No te vi tomar ninguna.

Parpadeé unas cuantas veces. «Vaya». Anoche no me tomé ninguna pastilla para dormir. Era la primera vez que me había quedado dormida sin ayuda de medicación en casi seis años.

—No… no me tomé ninguna.

—¿Significa eso que mi pene es mejor que las pastillas? —Donovan sonrió.

Era obvio que intentaba ser gracioso, pero no entendía lo importante que era para mí no haber tomado nada.

—No he dormido ni una sola noche sin pastillas en casi seis años, Donovan.

—¿De verdad? —Su sonrisa desapareció.

Asentí.

—Ni siquiera después de… —Negó con la cabeza—. Lo siento, puede que sea por el neandertal que hay en mí, pero no puedo acabar la frase. Solo de pensar en ti con otro hombre…

—No, nunca. Ni una vez. Tengo un bote en el bolso y otro en la mesita de noche. Hace unos años me gustaba mucho correr. Un día corrí media maratón y fui a la fiesta de después. Cuando llegué a casa, estaba exhausta y pensé que esa noche lo conseguiría. Pero no es algo físico, es mental. Da igual lo cansado que esté mi cuerpo, mi cerebro no consigue desconectar.

—Supongo que hemos encontrado el interruptor. Puede que sea complicado seguir el ritmo de anoche, pero estoy dispuesto a intentarlo. Reemplazaré a las pastillas con mucho gusto.

—Es muy noble por tu parte, pero no creo que fuera por el esfuerzo, sino por otra cosa.

Donovan arrugó el ceño.

—¿Por qué?

—Me sentí segura.

Lo observé mientras caía en lo que había dicho. «Me sentí segura». Algo tan sencillo y que para mí lo significaba todo.

Donovan cruzó el espacio que nos separaba y me colocó un mechón de pelo detrás de la oreja.

—Quiero dártelo todo, pero tú acabas de dármelo solo con decir eso, pelirroja.

Capítulo 30

Donovan

—¿Cuándo sabrás si te hacen socio en el bufete? —Autumn se quitó los zapatos y subió las piernas al asiento—. Será pronto, ¿no?

Miré por encima del hombro antes de cambiar de carril.

—El martes después del Día del Trabajo, así que dentro de poco más de una semana.

Íbamos a pasar el fin de semana a Connecticut por la boda de su padre.

—¿Crees que lo conseguirás?

—Tu amigo Dickson está siendo muy amable conmigo úl-timamente. El cliente con el que me obligó a cenar quedó muy contento con los consejos que le di. Incluso nos recomendó a uno de sus amigos, algo por lo que Dickson me dio media palmada en la espalda. Aunque el tío es una basura y no me apetece mucho trabajar con él.

—No quiero ser mala, pero ¿no son todos tus clientes basu-ra? Me refiero a que te buscan porque los han pillado haciendo algo turbio e ilegal.

Tenía razón, pero no creía que todos lo fueran. Me encogí de hombros.

—Algunos no son malas personas, solo se extravían un poco de camino a la cima. Lo creas o no, muchas veces este tipo de gente ni siquiera cree que lo que hacen esté mal cuando lo hacen. La semana pasada acepté a un cliente nuevo al que han acusado de abuso de información privilegiada. Es agente de bolsa y descubrió información privada sobre la empresa para la que trabaja un amigo suyo. La Administración de Alimentos y Medicamentos estaba a punto de aprobar un fármaco nuevo a la empresa que iba a hacer que las acciones subieran como la espuma. Su mujer se lo contó a su hermana y su hermana se lo mencionó a su nuevo novio, que no lo dudó y compró un montón de acciones. Ganó una fortuna, pero también llamó la atención de los reguladores, que lo investigaron y llegaron hasta mi cliente. El tipo no debería habérselo dicho a su mujer, pero lo hizo. Eso no lo convierte necesariamente en mala persona.

—No, en ese caso no. Pero tiene que ser duro representar a algunos de ellos.

—No siempre es fácil, pero mucha gente aprende a base de lecciones, en especial de lecciones difíciles. Yo intento verlo de ese modo. Mírame a mí... Hice muchas tonterías e iba por el mal camino. Me habían arrestado tres veces antes de cumplir los dieciséis, en su mayoría por delitos menores, pero así es como empieza la mayoría de las personas que van a la cárcel. Si no me hubieran ayudado, ahora mismo estaría donde están algunos de mis amigos: cumpliendo condena.

—¿Hablas de Bud?

—Se arriesgó mucho por mí. La última vez que me metí en problemas serios, el juez quería darme una lección. Bud hipotecó su casa para pagar la fianza y pidió un préstamo para contratar a un abogado. El que me asignaron de oficio tenía unos veintitrés años y yo iba a ser su primer caso de verdad.

—Oh, vaya.

—Bud se arriesgó. Contratamos un abogado que llevaba camisas hechas a medida y consiguió que me absolvieran por un tecnicismo, a pesar de que no me lo merecía. De ese último arresto me llevé tres cosas: una, había tenido suerte y lo más seguro era que no volviera a pasar. Dos, Bud creía en mí y ya

era hora de que yo empezara a creer en mí mismo. Y tres…
—Sonreí—. Que quería llevar camisas hechas a medida.

Autumn rio.

—¿Así que por eso te hiciste abogado? ¿Para poder permitirte camisas a medida?

La miré y después volví a centrarme en la carretera.

—Probablemente debería decir que fue porque quería ayudar a los demás o luchar por la justicia o cualquier otra mierda noble, pero en realidad tuvo mucho que ver con saber que nunca tendría que acudir a un comedor social o a alguien como Bud para comer. Además, como ya te dije, se me da bien leer a la gente y discutir y eso ya supone el cincuenta por ciento de mi trabajo.

—Ah, es verdad. —Se burló de mí—. No me acordaba de que crees que se te da muy bien adivinar lo que piensa la gente.

—No creo que sea muy bueno, sé que lo soy.

Autumn sonrió y cerró los ojos.

—Dime en qué estoy pensando ahora mismo.

Reí.

—Ya hemos hablado de esto, no es lo mismo leer a la gente que ser adivino. No puedo analizarte la cara mientras conduzco.

—Podrías parar a un lado… —Autumn se mordió el labio inferior.

Ese tono sí que era capaz de leerlo. Solo nos quedaba media hora para llegar al hotel en el que íbamos a hospedarnos, pero ¿a quién narices le importaba?

La miré de reojo un segundo y puse el intermitente para acceder a la próxima salida. Después de entrar en el aparcamiento vacío de una obra, me aseguré de aparcar lejos de las farolas y apagué el motor antes de girarme hacia Autumn.

No había dicho ni una palabra y me pregunté si solo bromeaba y yo había ido demasiado lejos al salir de la carretera, aunque la sonrisa traviesa que tenía al hablar me había esperanzado.

Autumn se colocó de rodillas en el asiento y giró todo el cuerpo para ponerse frente a mí.

—¿Así mejor? —Ladeó la cabeza—. ¿Ahora ya puedes leer lo que pienso?

Bajé la mirada. Los pezones casi le agujereaban la camisa.

—Estás pensando en sentarte encima de mí y montarme…

Echó un vistazo al silencioso aparcamiento y alargó la mano hacia el botón de mis pantalones. Con un movimiento rápido, lo desabrochó.

—Error, abogado. En realidad no pensaba en montarte.

Vaya, pues era una pena, porque ya tenía la polla bastante dura. Pero le seguí la corriente.

—Tus pezones me están haciendo salivar y tu mirada sucia me dice que te estás preparando para algo.

Me bajó la cremallera de los pantalones muy despacio. El sonido de los dientes al separarse fue mejor preliminar que cualquier película porno que hubiera visto.

Autumn me miró por debajo de sus espesas pestañas; los ojos le brillaban con malicia.

—Oh, sí que me estoy preparando para algo, sí. —Se pasó la lengua por el labio superior—. Quiero chuparte la polla.

—Joder, pelirroja. —Dejé caer la cabeza hacia atrás y me golpeé con el reposacabezas—. Dilo otra vez…

Se inclinó hacia mí, me rozó la oreja con la nariz y susurró con la voz más *sexy* del mundo:

—Quiero chuparte la polla.

Gruñí.

—Es lo más *sexy* que he oído nunca.

—Quiero que me enseñes cómo te gusta. —Me mordió el lóbulo de la oreja—. Agárrame del pelo y enséñamelo.

Estaba jadeando como un perro y ni siquiera me había tocado todavía.

—Va a ser vergonzoso, ya estoy cachondo.

—¿Puedes bajarte los pantalones? —susurró.

Me los bajé hasta los tobillos en dos segundos exactos.

Autumn agachó la cabeza y lamió el líquido que ya se me había formado en la punta del pene. Pensaba que iba a ir despacio para torturarme un poco más, pero me sorprendió cuando abrió bien la mandíbula y se lo metió casi todo por la garganta.

—Joder. —Me sacudí y levanté el culo del asiento cuando Autumn retrocedió hasta casi la punta. Mi polla parecía tener mente propia y la siguió. Se detuvo en el principio, así que le enterré las manos en el pelo y la empujé hacia abajo. Autumn gimió. «Eso es». Así que tiré de ella hacia arriba y la volví a empujar por segunda vez. Volvió a gemir.

«La madre que me parió». No iba a durar ni un minuto más. Cerré los ojos y apoyé la cabeza contra el asiento y volví a tirarle del pelo para guiarla hacia arriba. Tenía el pene empapado de saliva y el sonido de succión que hizo mientras subía y bajaba la cabeza me volvió loco. Nada me parecía suficiente y de repente no me parecía que fuera a llegar lo bastante rápido al orgasmo. Cerré el puño para agarrarle el pelo con más fuerza y aceleré sus movimientos: la empujé hacia abajo y tiré de ella hacia arriba, la volví a empujar y... oh, el ruido de gorjeo que hizo cuando la empujé un poco más abajo...

El. Mejor. Sonido. Del. Puto. Mundo.

Y con eso bastó, ya no podía más. El orgasmo se acercaba como un tren descarrilado, así que aflojé la mano con la que le agarraba el pelo.

—Autumn... Nena... Me voy a correr.

Aunque ya no la estuviera guiando, siguió el ritmo que le había marcado.

—Autumn... Tienes cinco segundos... —gruñí e intenté contenerme para que pudiera apartarse antes de que eyaculara, pero hizo todo lo contrario. Se la introdujo hasta el fondo y noté que le tocaba la parte de atrás de la garganta. Ya no pude contenerme más—. Joder... —Mi cuerpo se convulsionó al soltar un buen chorro de semen—. Joder... Joder... Jodeeeeeer —gruñí.

Jadeaba como si hubiera estado corriendo a toda velocidad e intentase recobrar el aliento. Autumn siguió subiendo y bajando la cabeza mientras yo estaba ahí sentado con la cabeza golpeando el reposacabezas. Al final, después de uno o dos minutos, se limpió la boca con el dorso de la mano y se irguió.

—Ha sido… —Sacudí la cabeza—. Creo que vas a tener que conducir tú el resto del camino. No voy a ver por dónde voy.

Autumn soltó una risita.

—Y yo que pensaba que iba a ser un fin de semana tenso por tener que ir a la boda de tu padre.

—Lo va a ser, créeme. Voy a estar muy tensa y te arruinaré el fin de semana. Esto solo ha sido mi forma de darte las gracias por ofrecerte. —Sonrió—. Suena mal, pero ya sabes a qué me refiero.

—Me encanta ofrecerme… a cualquier hora y en cualquier parte. Y yo sí que lo digo con doble sentido. —La cogí de la mano, entrelacé los dedos con los suyos y me llevé los nudillos a los labios para besárselos—. Haré todo lo posible para asegurarme de que tengas un buen fin de semana.

Nos sonreímos. Lo decía en serio, quería ayudarla a estar relajada y a que disfrutara de la visita a Connecticut. Desde luego, no tenía ni idea de que no sería ella la que iba a arruinar el fin de semana… sino yo.

***

—Mierda. Me he olvidado de traer calcetines de vestir.

La mañana siguiente, había rebuscado en la maleta para coger la ropa de correr y me había dado cuenta de que solo había guardado calcetines blancos para llevarlos con las zapatillas. Autumn y yo nos habíamos levantado pronto, lo habíamos hecho y habíamos pedido el desayuno al servicio de habitaciones. Después, le había preguntado si quería salir a correr conmigo, pero pareció conformarse con quedarse en la cama las pocas horas que nos quedaban antes de tener que arreglarnos para la boda de su padre.

—Solo estamos a una manzana de la calle principal. Puedo acercarme mientras sales a correr y comprarte unos. —Se incorporó en la cama y se le resbaló la sábana, así que me ofreció una panorámica preciosa de sus tetas perfectas. Supongo que mi mirada se posó en ellas durante más tiempo del que pensaba.

—Acabamos de acostarnos hace una o dos horas y me estás mirando como si fuera tu almuerzo. —Sonrió y levantó la sábana para taparse.

Me acerqué y me senté en el borde de la cama junto a ella. Tiré de la sábana y le dije:

—Me encantaría comerte para almorzar.

Se ruborizó.

—En realidad, no tengo ganas de ir a correr. ¿Por qué no vamos a comprar los calcetines los dos juntos cuando te apetezca levantarte y compramos también un par de cafés? Cuando volvamos, haré algunas flexiones para hacer ejercicio… contigo debajo.

—Suena bien. Aunque verte sudado después de correr también suena bastante apetitoso. —Sonrió.

—¿Sabes qué? Cuando volvamos, correré por el hotel, lo suficiente para sudar antes de hacer las flexiones.

Ella rio, aunque no lo decía de broma. Si le gustaba sudado, sudaría.

Un rato más tarde, estábamos recorriendo la avenida de Greenwich cuando una mujer dobló la esquina y se chocó de lleno con Autumn. Se tambaleó, pero yo la tenía cogida de la mano y conseguí evitar que se cayera.

—¡Lo siento mucho! —La mujer levantó las manos—. No miraba por dónde iba. ¿Estás bien?

—Sí, estoy bien.

La mujer entornó los ojos.

—¿Autumn? ¿Autumn Wilde?

—Disculpa, ¿nos conocemos? —Autumn frunció el ceño.

—Soy Cara Fritz. Éramos buenas amigas de pequeñas, íbamos juntas a la clase del señor Fleming en cuarto de primaria.

Autumn ladeó la cabeza y, a continuación, un gesto de reconocimiento le cubrió el rostro.

—Madre mía, ¡claro! Cómo no te he reconocido… Cara Fritz. Dios, ha pasado mucho tiempo.

Cara me miró.

—Mis padres se divorciaron cuando iba a sexto de primaria. Nos mudamos a la ciudad de al lado y tuve que cambiar de colegio, por lo que al final Autumn y yo perdimos el contacto. Seis kilómetros parecen seiscientos cuando tienes esa edad.

Autumn asintió.

—Es cierto, pero me alegro mucho de verte. —Me puso la mano en el antebrazo—. Lo siento, estoy siendo una maleducada. Este es mi…. novio, Donovan.

Cara me saludó con la cabeza.

—Me alegro de conocerte, Donovan. —Sonrió a Autumn—. Entonces, ¿sigues viviendo aquí en Greenwich?

—No, solo he venido para una boda. Vivo en Manhattan.

—Vaya, ¡una boda! —Se le iluminó la cara y después levantó la mano y movió los dedos para mostrarnos un anillo brillante—. Por eso no prestaba atención por dónde iba. Me comprometí anoche y no puedo dejar de mirarme la mano.

—Oh, vaya. Felicidades.

—¿Sabes?, todavía vivo en Rock Ridge, pero mi novio… —Sonrió—. Quiero decir, mi prometido, vive aquí en Greenwich. Ha ido a aparcar el coche porque es imposible encontrar aparcamiento en la avenida, pero nació y creció aquí. A lo mejor os conocéis. Fuisteis al mismo instituto, aunque él es unos años mayor que nosotras.

—Puede ser —respondió Autumn—. ¿Cómo se llama?

Justo entonces, un tipo con aspecto de pertenecer a Greenwich indudablemente cruzó la calle y se dirigió hacia nosotros. Llevaba unos chinos cortos, una camisa de manga larga y un jersey rosa anudado sobre los hombros.

—Oh, aquí está —dijo Cara. Miró al tipo, que tenía aspecto de capullo, como si fuera una celebridad y se acurrucó contra su brazo—. Cariño, ¿conoces a Autumn Wilde? Fuisteis al mismo instituto.

El señor Jersey Rosa sonrió. Si no me equivocaba, esa sonrisa blanca radiante tenía un par de dientes extra.

—Pues sí. Hola, Autumn. Me alegro de verte.

Esperé unos segundos, pero Autumn no respondió. Me
volví a mirarla y parecía que estaba a punto de desmayarse. Se
había puesto blanca. La agarré.

—¿Autumn? ¿Te encuentras bien?

Le temblaba todo el cuerpo. ¿Le estaba dando un ataque?

—Dios mío. —Cara se puso muy seria—. Soy enfermera.
¿Está baja de azúcar o algo por el estilo?

No tenía ni idea de qué demonios le pasaba.

—No lo creo. —Le apreté el brazo, pero Autumn siguió
mirando al frente—. Autumn, ¿estás bien?

Cuando no respondió, pero tampoco se desmayó ni nada
similar, me invadió una sensación espeluznante. Seguí su línea
de visión hasta el tipo del jersey rosa. Al contrario que su prometida, no parecía nada preocupado. De hecho, seguía luciendo
una gran sonrisa. «¿Qué narices…?». Incluso parecía bastante
satisfecho de que Autumn no se encontrara bien.

Entonces la respuesta me golpeó, como si condujera una moto
a cien kilómetros por hora y me estrellara contra un muro. Se me
erizó el vello de la nuca y caí en la cuenta. Lo supe enseguida.

—¿Cómo te llamas? —Levanté la barbilla mientras seguía
sujetando a Autumn—. ¿Cómo cojones te llamas?

Por fin, al tipo se le borró la sonrisa de la cara. Supongo
que porque debió de ver la mirada asesina de la mía. Tampoco
respondió a la pregunta.

Cara alternó la mirada entre su prometido y yo unas cuantas veces. Parecía tan confundida como yo un minuto antes.

—¿Qué pasa?

Él la ignoró y el enfrentamiento entre nosotros continuó.
Sentía como si me saliera humo de la nariz y las orejas. Cara
subió el tono.

—Braden, ¿qué pasa?

Capítulo 31

Donovan

Me sostuve la cabeza con las manos y tiré del pelo de ambos lados mientras seguía reproduciendo el día anterior una y otra vez en mi mente. Al final, me levanté y me dirigí a la puerta de la celda. Me agarré a los barrotes y le grité al policía que había sentado en un escritorio a unos seis metros.

—¿Puedo hacer otra llamada, por favor?

El policía siguió con la mirada en los papeles y me ignoró por completo.

—Tengo derecho a hacer tres llamadas, solo he hecho dos.

Suspiró y dejó de escribir, pero siguió sin levantar la cabeza.

—Ya sabemos que conoces tus derechos, abogado. No tienes que alardear. Crees que eres especial porque eres abogado, todos creéis que sois especiales. Pero hoy no lo eres, eres autor de un delito. Me pondré a ello cuando me vaya bien.

Caminé de un lado para otro del calabozo. Había llamado a Autumn dos veces desde que había pasado todo y las dos veces me había saltado el buzón de voz. La lectura de cargos iba a ser en las próximas horas, así que si la llamaba y volvía a ignorarme, cabía la posibilidad de que nadie acudiera a mi vista y no pudiera salir en libertad bajo fianza. A esas alturas, lo mejor sería que llamara a Trent o Juliette, a alguien que pudiera ayudarme desde fuera, pero prefería estar sentado en la trena un día más que no intentar ponerme en contacto con Autumn. Tenía que disculparme… tenía que saber que estaba bien.

Caminé de un lado para otro durante veinte minutos más hasta que el policía se acercó por fin y abrió la celda. Alargó la mano para que pasara y nos dirigimos a su escritorio.

—¿Qué número?

Recité el número de Autumn de un tirón y el policía me entregó el auricular.

Sonó el primer tono.

«Venga. Venga… otra vez el buzón de voz, no».

Sentí alivio cuando no saltó directamente el buzón de voz tras el segundo tono, como había pasado la noche anterior.

Sonó el segundo tono.

«Contesta, Autumn. Contesta».

Nada. Se me aceleró el corazón con el tercer tono.

«Joder. Joder. Joder».

En mitad del cuarto tono, saltó el mismo buzón de voz. Cerré los ojos al oír su voz y después me aclaré la garganta.

—Autumn… Lo siento mucho. Solo quiero saber que estás bien. Si no quieres hablar conmigo, no pasa nada. Pero, por favor, contesta para que sepa que estás bien.

El policía me tendió la mano para que le devolviera el viejo auricular y colgó el teléfono.

—Si estás llamando a la pelirroja —me comentó—, físicamente se encontraba bien. Dijo que solo se había caído de culo mientras la víctima y tú forcejeabais. Mi compañero le tomó declaración en la escena después de que te metiéramos en el coche patrulla.

—No es una puta víctima. Es un violador.

—Puede ser, pero tiene una fractura orbitaria, la nariz rota y una conmoción. Así que hoy él es la víctima. Tu víctima. Si lo que afirmas de él es cierto, deberías saber mejor que nadie que tomarte la justicia por tu mano no es la forma correcta de hacer las cosas.

Le miré el dedo. Llevaba una alianza, así que lo miré a los ojos.

—¿Es eso lo que dirías tú si te toparas con el tipo que violó a tu mujer y se salió con la suya?

La expresión del policía se suavizó.

—Te llevaremos a la lectura de cargos en una hora. Tienes un aspecto horrible, te acompañaré al baño de caballeros para que te laves.

Dos horas más tarde, me encontraba en el pasillo privado que había junto a la sala del tribunal, en el lugar en el que los delincuentes esperan hasta que los llaman. Había rechazado un abogado de oficio e iba a representarme a mí mismo en la vista.

—¡Decker!

Me puse en pie. En cuanto entré por la puerta de la sala, la examiné en busca de Autumn. La encontré sentada en primera fila, junto a un hombre con aspecto enfadado.

Había traído a su padre.

«Joder».

Su padre dio un paso hacia la pequeña puerta de madera que separaba a los jugadores del público.

—Gerard Wilde como abogado de la defensa, su señoría.

Mi primera reacción fue responder «gracias, pero no». Estábamos en mi campo y sabía jugar en él mejor que la mayoría. Pero dudé porque era su padre. Y me alegré de haberlo hecho cuando el juez volvió a hablar.

—Gerry… ¿no deberías estar en tu luna de miel?

Su padre me miró antes de devolver la vista al juez.

—He tenido que posponerla un día.

Miré a Autumn un par de veces y finalmente me devolvió la mirada, pero la apartó rápidamente.

La vista fue común y corriente y el padre de Autumn hizo un buen trabajo. Me pusieron una fianza de mil dólares que no me supuso un problema. Después de que el juez golpeara el mazo, el padre de Autumn refunfuñó:

—No pienso pagarte la fianza, supongo que puedes permitírtela.

—Sí, señor. ¿Le importaría llamar a alguien de mi bufete para que se encarguen ellos a partir de ahora?

—No creo que sea necesario, ya ha llegado alguien de tu bufete. —Cerró su maletín y lo levantó.

—Ah, ¿sí?

—Al parecer, una de las funcionarias del tribunal trabajaba antes en tu bufete como asistente legal. Al ver tu nombre en la lista de casos se ha puesto en contacto con ellos. Si lo hubiera sabido, no habría tenido que posponer mi luna de miel.

—Lo siento mucho, señor. —Sacudí la cabeza—. Siento el desastre que causé el día de su boda. Es solo que... perdí los papeles al ver cómo ese tipo se atrevía a mirar Autumn después de lo que hizo.

El padre de Autumn inclinó la cabeza. Me puso una mano en el hombro y me dio dos palmaditas.

—Buena suerte.

El funcionario del tribunal me acompañó a la salida de la sala, pero antes de salir eché un vistazo alrededor para ver si estaban Trent o Juliette. Me había centrado tanto en Autumn que no me había dado cuenta de si había llegado alguien más.

Pero sí, había llegado alguien. Alguien de mi bufete, sí.

Noté cómo me fulminaban con la mirada desde la última fila de la sala. Cerré los ojos y solté un suspiro entrecortado.

Justo cuando pensaba que nada podía ser peor que las últimas veinticuatro horas.

Dios, qué equivocado estaba.

Porque Blake Dickson me estaba lanzando una mirada asesina.

***

No me dejaron salir hasta última hora de la tarde. Después de recoger mis efectos personales en recepción y de firmar el papeleo de la fianza, salí a las escaleras del juzgado y respiré hondo. El móvil se me había roto durante el altercado y no estaba seguro de si se había muerto por no cargarlo o si estaba muerto del todo. Tenía la esperanza de que Autumn me estuviera esperando fuera, pero no había ni rastro de ella. No obstante, apoyado en una de las altas columnas cercanas, alguien me esperaba para hablar conmigo.

«Mierda».

Dickson.

Volví a respirar hondo y me acerqué a él. Era evidente que llevaba enfadado desde la mañana y lo mejor era terminar de una vez.

—Hola. Lo siento mucho por todo —le dije.

Dickson tenía el rostro incxpresivo.

—Define todo. ¿Te refieres a que te hayan detenido por agresión, por hacerme sacar el culo de la cama a primera hora de la mañana de un domingo para sacarte de aquí o por follarte a una clienta que hasta hace no mucho era mi novia?

Cerré los ojos y negué con la cabeza.

—No es lo que parece.

—¿No? ¿Así que no te estás follando a una clienta?

—Técnicamente, Autumn no es la clienta, sino Storm.

En cuanto pronuncié las palabras supe que era lo peor que podía haber dicho, aunque fuera la verdad. Dickson entornó los ojos.

—Cuando te pedí que cuidaras bien del cliente, no pensé que tuviera que especificar que eso no incluía meterle la polla.

Me pasé una mano por el pelo.

—No es tan sencillo. Autumn y yo tenemos un pasado. Cuando me asignaste el caso de Storm, no tenía ni idea de que ella estaría allí. No nos habíamos visto en mucho tiempo. Había un montón de sentimientos de por medio.

Dickson me miró fijamente en silencio durante un momento antes de separarse de la columna sobre la que estaba apoyado.

—Y pensar que iba a decantarme por ti en la votación. —Sacudió la cabeza y empezó a bajar las escaleras del juzgado. A medio camino, se dio la vuelta—. Los socios deben saber lo de tu arresto, ya que tiene consecuencias para el bufete. Al margen de que has abusado de mi confianza, tengo la responsabilidad de informarles.

—Lo entiendo.

Tras despedirse con una simple mirada de repugnancia, se dio la vuelta y siguió caminando. Me quedé clavado en el mismo punto hasta que se fue y me cayó encima el peso de todo lo que había pasado. Mi carrera, mi licencia, mi libertad, una posible demanda civil... Esa vez la había cagado pero bien. Aunque lo peor de todo era lo que me faltaba mientras estaba ahí de pie en los escalones: Autumn.

***

—Hola. Me hospedaba en la habitación mil quinientos diez, hicimos el *check in* el viernes y teníamos que irnos hoy, pero surgió algo y como ha pasado el tiempo que teníamos para desocupar la habitación, no me funciona la llave. ¿Sabe si la otra huésped que estaba conmigo se ha ido ya?

La mujer tecleó en el ordenador y sonrió.

—¿Señor Decker?

—El mismo.

—Aquí dice que la otra huésped dejó algo para usted en la parte de atrás. Espere un segundo y se lo traigo.

Regresó con mi equipaje y un sobre en la mano.

—¿Puedo ver algún documento de identidad, por favor?

—Por supuesto. —Saqué el carné de conducir de la cartera, se lo enseñé y la mujer sacó el equipaje de detrás del mostrador. Después me entregó el sobre.

—Aquí tiene. ¿Puedo hacer algo más por usted?

—Creo que no, muchas gracias.

Solo me separé unos pasos del mostrador antes de rasgar el sobre para abrirlo. Dentro había una nota con la letra de Autumn.

Donovan:

Siento todo lo que ha pasado. Te prometí que no vol-
vería a irme sin decirte nada, pero necesito tiempo y
espacio. Espero que lo entiendas.

Autumn

Capítulo 32

Donovan

Todo el bufete estaba alborotado cuando entré el lunes por la mañana. Nadie me dijo nada, pero las voces se acallaban a mi paso y había algo de torpeza en las sonrisas y saludos que recibí al pasar, así que deduje que Dickson no se lo había contado únicamente a los socios. No me sorprendía. Para él no era solo un golpe profesional. Era personal, y no podía decir que lo culpara.

Trent y Juliette irrumpieron en mi despacho dos minutos después de que lo hiciera yo; ambos llevaban blocs de notas. Cerraron la puerta tras ellos.

Suspiré y me senté detrás del escritorio.

—Imagino que ya os habéis enterado.

—¿Qué cojones has hecho, tío? —Trent negó con la cabeza y se sentó en una de las sillas para los clientes.

—Sabía que todo esto te iba a explotar en la cara. —Juliette frunció el ceño.

—¿Cuánto sabéis?

—Dickson le ha contado a su secretaria que te detuvieron por agresión y que te has estado acostando con una clienta. También ha insinuado que tienes problemas con las drogas y el alcohol.

—Genial. —Sacudí la cabeza. La secretaria de Dickson era una bocazas. Era el canal directo a todos los cotilleos. Me froté las sienes—. Supongo que la buena noticia es que no tengo ningún problema con la bebida o las drogas. Estaba completamente sobrio cuando le di la paliza a ese tipo.

—¿Quién coño era?

Me desplomé en la silla.

—Es una larga historia y no soy yo quien debe contarla. —Miré a Trent a los ojos—. Pero te aseguro que lleva buscándoselo mucho tiempo y se merecía todo lo que recibió. Hizo daño a Autumn, y no me refiero a sentimentalmente.

Trent asintió.

—Vale, ¿cómo actuamos a partir de ahora? Tengo licencia en Connecticut. ¿Utilizaste un abogado de oficio en la lectura de cargos o te representaste a ti mismo?

—Ninguna de las dos cosas, vino el padre de Autumn. Es abogado en Connecticut. Y creo que eso me ayudó, se llevaba bien con el juez.

—¿Es abogado penalista?

Negué con la cabeza.

—Creo que se dedica a la planificación patrimonial, pero tiene un bufete bastante importante. Seguro que tienen abogados penalistas.

—¿Quieres que se encarguen ellos?

—Ni de broma.

—Vale. Enviaré una petición de cambio de abogado hoy para que quede registrado que yo me encargaré de tu defensa.

—Agradezco la oferta, pero ya me encargo yo.

Trent frunció el ceño.

—La agresión tiene que ver con algo que pasó entre el tipo y Autumn, ¿verdad?

Asentí.

—¿Y este incidente ha sido la primera vez que has estado en contacto con él?

—Sí.

—¿Dijo o hizo algo para provocarte?

—Sonrió.

Trent negó con la cabeza.

—Le diste una paliza a un tío por sonreír. ¿No crees que a lo mejor no es buena idea que te representes a ti mismo? ¿Tengo que recordarte el viejo dicho? «El abogado que se representa a sí mismo en un juicio penal tiene un tonto como cliente». ¿Qué vas a hacer cuando el tipo te sonría desde el otro lado de la sala? Incluso aunque consigas no abalanzarte sobre su mesa, ¿tomarás buenas decisiones si te basas en lo emocional?

Me pasé una mano por el pelo y suspiré con fuerza.

—Vale… sí, tienes razón. Pero tú no eres penalista.

—No pasa nada, me enseñarás. No hay mejor abogado penalista que tú. Solo necesitas un portavoz con semblante tranquilo para exponer tu caso.

—Vale —asentí—. Gracias.

Juliette había estado callada hasta ese momento.

—¿Estáis bien Autumn y tú?

Se me encogió el corazón. Las consecuencias legales y criminales de lo que había hecho no me preocupaban ni la mitad que lo que podía significar para mi relación con Autumn. Tenía muchos problemas de confianza, por no mencionar que odiaba la violencia, y yo le había mostrado de primera mano que podías sacar al niño del barrio problemático, pero no podías sacar al barrio problemático del niño.

Sacudí la cabeza.

—No he hablado con ella desde el sábado. Estuvo en la lectura de cargos con su padre y ayudó con la fianza para que me sacaran del calabozo, pero se fue de la ciudad antes de que me soltaran y me ha pedido que le dé algo de tiempo y espacio. Había pensado en llamarla esta noche.

Juliette hizo una mueca y suspiré.

—Lo sé, lo sé. Le he dicho a una mujer que necesitaba un poco de espacio más de una vez. ¿Y sabes lo que quería decir de verdad? «Eres demasiado frágil para dejarte de golpe, así que voy a hacerlo poco a poco». Créeme, ya sé que no significa nada bueno.

—A lo mejor no es tan malo —dijo después de un momento—. Es evidente que no conozco todos los detalles, pero sé que has debido de tener un motivo muy bueno para hacer lo que has hecho. Sabe la clase de hombre que eres y lo más seguro es que solo necesite un poco de tiempo para resolver algunas cosas.

Esperaba que Juliette llevara razón, pero tenía una sensación insoportable en la boca del estómago. Lo que más le había costado aceptar a Autumn de lo que le había pasado era no haberse dado cuenta de cómo era Braden en realidad antes de que la atacara. Lo más probable era que ahora sintiera lo mismo sobre mí… y estuviera volviendo a dudar de sí misma.

***

El buzón de voz. Otra vez.

No le había dejado un mensaje las otras dos veces que había intentado contactar con ella porque no quería dejar la pelota en su tejado. Pero me estaba quedando bien claro que no quería hablar conmigo y, si no iba a coger el teléfono para oír lo que tenía que decirle, solo me quedaba esperar que por lo menos escuchara el mensaje del contestador.

Intenté ordenar los pensamientos mientras escuchaba la grabación, pero no fue fácil.

—Hola —empecé—. Sé que me has pedido espacio, pero solo quiero asegurarme de que estás bien. —Me detuve para intentar encontrar las palabras adecuadas, pero no las había, así que le hablé desde el corazón—. Sé que lo que hice estuvo mal. He metido la pata y sé que te he decepcionado. Cuando era pequeño, Bud siempre me decía que un segundo de paciencia cuando estás enfadado puede ahorrarte años de remordimientos. —Enterré los dedos en el pelo y estiré—. Pero… te sonrió. No se merece respirar el mismo aire que tú, y perdí la cabeza. Lo siento, Autumn. Lo siento muchísimo. Sé lo que opinas de la violencia y no sé cómo demostrarte que la persona que viste ese día no soy yo. Yo nunca te haría daño.

Apreté los ojos con fuerza para evitar que me cayeran las lágrimas y sacudí la cabeza.

—Joder. Estoy enamorado de ti, Autumn. No quería decírtelo así, pero es la verdad, y quiero que lo sepas. Puede que pienses que es demasiado pronto, pero creo que lo he estado desde el momento en que entraste en aquella cafetería el año pasado. —Exhalé con fuerza—. En fin, entiendo que necesites algo de tiempo. Llámame cuando quieras hablar, por favor.

Colgué la llamada y me senté detrás del escritorio. Eran las nueve de la noche y todavía rondaba gente por el bufete, pero no me importó una mierda. Lloré como un bebé.

Capítulo 33

Autumn

Hacía tan solo una semana me sentía como una mariposa que había pasado años encerrada en una especie de capullo. Me daba miedo atreverme a salir al mundo yo sola, pero había batido las alas un par de veces y, tras echar a volar, la oscuridad remota en la que había permanecido tanto tiempo empezó a parecerme más un castigo que una protección. Y ahora quería volver al capullo desesperadamente, pero parecía que ya no cabía en él.

Durante los últimos días, había repetido una y otra vez un momento minúsculo que había compartido con Donovan. Estábamos en el hotel, la noche antes de la boda de mi padre. Como solo el haber cruzado la frontera de Nueva York a Connecticut me hacía estar tensa, había decidido darme una ducha. Después, me había sentado al escritorio que había frente a la cama, en la que Donovan miraba un partido de béisbol en la televisión.

Estaba absorta en mis pensamientos, tratando de recordar cuánto tiempo hacía desde la última vez que había estado en la casa de mi padre, mientras me secaba la parte de atrás del pelo. En un momento dado, mi mirada se encontró con la de Donovan a través del espejo. Sonrió; al parecer ya no estaba viendo el partido, así que apagué el secador y le pregunté qué miraba. Se encogió de hombros y me dijo que solo le apetecía mirarme. Volví a lo que estaba haciendo… que era un incordio, porque el pelo me había crecido bastante. Donovan se acercó y me quitó el secador y el peine de las manos. Parecía completamente fuera de su elemento, casi como si no supiera cómo dirigir el secador con una mano y mover el cepillo con la otra. Pero lo hizo y, todavía con la camisa hecha a medida del trabajo que le cubría todos los tatuajes, terminó de secarme la parte de atrás del pelo en diez minutos.

Entonces fue cuando lo supe. Supe que no importaba lo mucho que lo intentara, que no importaba lo mucho que luchara contra ello, no podía evitar enamorarme de él. Y por eso había decidido, después de haber pasado días hecha un ovillo en la cama, levantarme, buscar la dirección de cierto abogado cuyo nombre nunca pensé que buscaría en Google, y coger el tren en dirección a Hartford.

—Hola, he venido a ver a… —Tomé aire—. Braden Erlich.

La recepcionista sonrió.

—Por supuesto. —Tecleó en el ordenador y después levantó la mirada—. Mmmm… El señor Erlich no tiene ninguna cita anotada para esta tarde. Debe de haberse olvidado de anotarlo en el calendario.

—En realidad no tengo cita.

—Oh.

—Pero tenemos que zanjar un asunto. ¿Podría avisarle de que he venido?

—Claro, ¿podría decirme cómo se llama?

—Autumn Wilde.

La observé mientras llamaba a Braden.

—Hola, ha venido Autumn Wilde y quiere verle. No está en el calendario, pero ha dicho que…

Era evidente que el hombre al otro lado de la línea la había interrumpido. Lo escuchó antes de cubrir el teléfono y susurrar:

—¿He entendido bien su nombre?

—Sí. —Sonreí.

Destapó el teléfono.

—Sí, seguro que se llama Autumn Wilde.

La recepcionista dejó el teléfono y pareció confundida.

—Ehhh… Debe de haber pasado a la otra línea o algo así. Seguro que vuelve a llamar cuando termine.

En cuanto dejó de hablar, Braden apareció por el pasillo que había a sus espaldas. Tenía los dos ojos morados, la nariz vendada y uno de los ojos estaba tan hinchado que no podía abrirlo a pesar de que ya había pasado casi una semana. Me miró con dureza y yo pensé que iba a vomitar. Rodeó el mostrador de recepción y me agarró por el codo.

Tiré para soltarme y le dije entre dientes:

—No me toques.

Braden miró rápidamente a la recepcionista y después a mí, y levantó las manos.

—¿Qué quieres?

—Hablar contigo.

—Aquí no. —Apretó la mandíbula—. Ven a mi despacho.

—Es lo que se suele hacer —murmuré.

De algún modo, conseguí poner un pie tras otro mientras nos dirigíamos al lujoso santuario que era su despacho de abogado. Cuando llegamos a la puerta, extendió la mano para que yo entrara primero. Entré, pero me detuve delante de él.

—La puerta se queda abierta.

—Preferiría tener intimidad.

—Y yo preferiría no tener que tomar pastillas por la noche para poder dormir porque me da miedo que un animal entre en mi apartamento y me viole. Supongo que ninguno de los dos va a conseguir lo que prefiere, ¿no?

Braden me miró fijamente y se frotó la cara con la mano.

—Como quieras, pero baja la voz.

Me senté delante del escritorio. Me temblaban las manos, así que me agarré a los reposabrazos de la silla con todas mis fuerzas para que no se diera cuenta. Él se cruzó de brazos.

—Si has venido a intentar que retire los cargos contra el matón de tu novio, has venido para nada.

Cuando se me ocurrió ir, pensé que sería difícil mirar a Braden, pero en ese momento ocurrió lo contrario. A lo mejor era porque estaba magullado y lleno de moratones, pero mirarlo me hacía sentir más fuerte, no como la debilucha muerta de miedo que pensé que parecería. El corazón me iba como loco en el pecho, tenía la piel pegajosa y estaba casi segura de que mi postura era rígida, pero sentía algo de regocijo mezclado con el terror.

Ladeé la cabeza.

—¿Alguna vez piensas en lo que me hiciste?

Se estremeció, pero intentó disimularlo.

—Buen intento. ¿Llevas un micro o intentas grabarme con el móvil?

No dejé de mirarlo a los ojos mientras rebuscaba en el bolso, sacaba el móvil y lo dejaba encima del escritorio. Desbloqueé la pantalla y lo giré en su dirección mientras pulsaba el botón para apagarlo. No dijo nada, pero seguía sin parecer convencido. Así que me puse en pie y extendí los brazos.

Después de mirarme fijamente durante un minuto, señaló el asiento.

—¿Qué quieres, Autumn?

—Quiero respuestas.

Me pasó la mirada de un ojo a otro.

—¿A qué?

—Has pasado página. Quiero saber cómo.

—¿Pensabas que me mantendría célibe después de que rompiéramos? —Esbozó una sonrisa de maníaco.

Negué con la cabeza.

—No, pero quiero saber cómo duermes por las noches sabiendo que me violaste.

Miró de golpe la puerta que tenía detrás.

—Baja la voz.

—¿O qué? —Le sonreí sarcásticamente—. Ah… claro. Aquí nadie sabe de qué te acusaron… Lo que hiciste. Si lo supieran, te mirarían un poquito diferente. La mayoría diría que no se lo cree. Pero en el fondo… siempre habrá una diminuta posibilidad… —Levanté el pulgar y el índice y los separé dos milímetros—. Así de pequeña de que crean que lo hiciste. Incluso las personas a las que les caes bien no volverán a pensar lo mismo de ti. Y también apuesto a que algunas de las chicas se asegurarían de no quedarse a solas contigo en la oficina por la noche.

Braden apretó la mandíbula.

—Ve al grano, Autumn. No soy idiota, así que no voy a responder a ninguna de tus preguntas. Si es lo único que has venido a hacer… —Trazó un círculo con la mano—. Ya sabes dónde está la puerta.

—No esperaba que respondieras a ninguna de mis preguntas y, para serte sincera, no estoy segura de que me importe nada de lo que tengas que decirme. Pero tú sí que vas a oír lo que tengo que decir.

Respiré hondo.

—Después de que me violaras, estuve un año viendo vídeos de los dos juntos. Pasé horas y horas estudiándolos, analizando la forma en que me mirabas, mirándote a los ojos para ver qué se me había pasado por alto. La maldad no sale de un día para otro, se te filtra en el alma y poco a poco absorbe la bondad de tu interior. Es como un cáncer sin tratar. Se infecta y crece y te quita todo lo bueno del cuerpo hasta que dejas de ser como eras antes. Así que no entendía cómo no lo había notado. —Me señalé el pecho—. No conseguía aceptar que había pasado cuatro años con una persona que fuera capaz de hacer algo tan atroz. Así que se me tenía que haber escapado algo, porque la alternativa era mucho peor. Si no me había dado cuenta contigo, ¿cómo iba a darme cuenta con los demás? Eso significaba que no podía confiar en nadie.

Hice una pausa y sacudí la cabeza.

—¿Sabías que cuando buscas algo, siempre miras de izquierda a derecha? Nunca empiezas a buscar por el lado derecho. Y cuando se te acerca otro hombre, incluso uno que te pase de largo y no te esté prestando atención, te pones recto. Deberías haber sido un pavo real, así por lo menos tendrías unas plumas bonitas para presumir. Ah, y cuando bebes… Siempre levantas el vaso para ver cuánto te queda antes de dar el siguiente trago. Pasamos cuatro años juntos y no me di cuenta de nada de eso. Pero ves unos cuantos vídeos, no lo sé, diez o veinte mil veces, y te das cuenta de algunas cosas.

Me quité una pelusa imaginaria de los pantalones.

—¿Sabes lo difícil que es ver la cara del hombre que te violó en vídeo una y otra vez? En especial cuando ríe y se lo pasa bien en ellos y te das cuenta de que lo más seguro es que en ese momento también se esté riendo y pasándolo bien. Y mientras tanto, yo… Había vuelto a vomitar la cena… otra vez.

Volví a respirar profundamente y le examiné el rostro a Braden. Y lo que vi me hizo sonreír. Sabía que sonreírle me hacía parecer una loca, pero me daba igual.

Me di unos toquecitos en la piel de la comisura del ojo izquierdo.

—Te acaba de temblar el ojo. Ha sido muy suave, porque supongo que con los años has aprendido a esconder mejor tus tics, pero me he dado cuenta. Me he olvidado de mencionar que mientras analizaba los vídeos, también me di cuenta de que te sientes amenazado por mi padre y por tu propio padre. —Le señalé la comisura del ojo—. Hoy no se aprecia mucho, con tantos moratones negros y azules, pero estaba ahí. Ahora mismo te sientes amenazado.

Braden habló con los dientes apretados.

—No te hagas ilusiones. Lo más seguro es que tenga dañado el músculo del ojo, por lo que el temblor es involuntario. Me aseguraré de comentarlo en la demanda civil que interpondré contra el bruto con el que sales… después de asegurarme de que lo encierren.

—Claro, será por eso. —Sonreí y me miré las uñas—. En fin, solo quería decirte un par de cosas más. Primero, me arruinaste la vida durante seis años. Me culpé a mí misma por no haber visto los indicios en tu comportamiento y por eso mantuve distancias con cualquiera con el que hubiera podido tener una conexión de verdad. Me daba miedo sentir algo por alguien y no ser capaz de ver la verdad sobre él, como me pasó contigo. Confiaba en ti. Incluso cuando sabía que me estabas siguiendo y mentías sobre ello, seguí confiando en ti lo suficiente como para abrirte la puerta de mi casa y dejar que entraras a hablar conmigo aquella noche. Me sentía mal por haberte hecho daño, a pesar de que yo no había hecho nada malo durante nuestra relación. Cuando te negaste a parar, destruiste algo más que mi confianza en ti. Destruiste mi confianza en todos los hombres… joder, mi confianza en la humanidad. Fuiste mi primer todo, Braden. Mi primer novio serio, mi primera experiencia sexual, mi primer todo. Las primeras veces nos sirven para aprender cosas para las segundas y terceras. Y aprendí cosas que ninguna mujer debería tener que aprender. Me arruinaste la vida.

Tenía un subidón de adrenalina desde que había entrado, pero ahora sentía cómo empezaba el bajón inevitable. Así que supe que era momento de irse. Me puse en pie, me alisé los pantalones y miré al rostro que se me había aparecido en pesadillas durante tantos años. Que estuviera magullado y amoratado era de lo más apropiado.

—Adiós, Braden.

Casi había llegado a la puerta cuando gritó detrás de mí.

—¿Eso es todo? ¿Ni siquiera me vas a suplicar que sea indulgente con tu novio?

Me di la vuelta.

—Ya te supliqué que pararas una vez, así que ya sé que no sirve de nada. Guardaré las energías para rezar por las otras supervivientes. Porque estoy segura de que no soy la única a la que le hiciste algo así.

Le tembló la comisura del ojo y apretó la mandíbula.

—Me lo imaginaba —le dije—. Vete al infierno, violador.

Capítulo 34

Donovan

Habían pasado diez días desde la última vez que había visto a Autumn. Me había escrito una vez para decirme que estaba bien, pero que debía superar algunas cosas ella sola. Sin embargo, cada vez me quedaba más claro que una de las cosas que debía superar era a mí.

Era el martes después del Día del Trabajo: el día que había anhelado durante meses y que ahora temía.

—¿Vienes? —Trent asomó la cabeza por la puerta de mi despacho.

—¿Tengo que ir?

—No. —Sonrió con tristeza—. Pero si vas a superar esto algún día, tendrás que empezar a llevar la cabeza alta y aguantar los golpes.

Suspiré y dejé el bolígrafo sobre el escritorio.

—De acuerdo.

Tomamos el ascensor juntos hasta la planta de los ejecutivos. Los nuevos socios siempre se anunciaban en la sala de reuniones y luego lo celebrábamos con unas botellas de champán, pero los que ascendían ya habían sido informados antes del Día del Trabajo, porque tenían que extender un cheque bien gordo e invertir formalmente en la compañía. No hacía falta decir que yo no había recibido llamada alguna durante el fin de semana.

Trent me dio un puñetazo en el brazo cuando se detuvo el ascensor.

—Anímate, colega.

—Claro. —Me metí las manos en los bolsillos.

La sala de reuniones de la decimocuarta planta estaba a rebosar de gente, así que, para mi alivio, tuvimos que quedarnos en el pasillo. Juliette estaba apretada cerca de la puerta junto al resto de sardinas. Cuando nos vio, se apretujó entre los demás para venir con nosotros. Me miró y frunció el ceño.

—¿Todavía no sabes nada de ella?

Sacudí la cabeza. Me hizo bastante gracia que estuviéramos esperando a que anunciaran que habían hecho socio a alguien que no era yo y que Juliette supiera que mi cara larga no se debía a ese motivo.

—Se le pasará. —Juliette me frotó el brazo.

Le veía en la cara que ni siquiera ella se creía lo que me decía, pero era una buena amiga y yo tampoco tenía energías para rebatírselo.

—Gracias.

Durante los siguientes veinte minutos, me quedé allí plantado mientras anunciaban los nombres de los socios nuevos. Aunque notaba que algunas personas me observaban para ver cómo reaccionaba, mantuve la vista al frente. Cuando por fin terminó el anuncio y abrieron las primeras botellas de champán, me incliné hacia Trent.

—Me voy a ir de aquí.

Me dio una palmadita en el hombro.

—Sí, claro. Has hecho lo que tenías que hacer, no tienes que prolongar la tortura. ¿Pedimos la cena a las siete?

Negué con la cabeza.

—En realidad, creo que voy a dar el día por terminado. —Sonreí con poco entusiasmo—. Una de las ventajas de haber descarrilado de la vía de los socios es que no importa si no dedico catorce horas al día al trabajo.

—Descansa, tío.

Ya en la calle, respiré hondo y me aflojé el nudo de la corbata. El ambiente en el edificio había sido sofocante, pero si me iba a casa tan temprano, acabaría bebiendo para nublar los pensamientos, así que decidí ir a casa de Bud. Había hablado con él un par de veces, pero no había ido a verlo desde el fin de semana en Connecticut.

Lo encontré en el garaje con una regla de noventa centímetros que sobresalía de la escayola y una sierra en la mesa que había junto a él.

—¿Qué narices haces?

—Esta maldita cosa se me ha quedado atascada. Tengo que cortarla porque no paro de darle golpes a todo cuando camino.

Reí y me acerqué para investigar qué pasaba.

—¿Y cómo ha ido a parar ahí en primer lugar?

—Me picaba. No paro de sudar con esta cosa puesta y el sudor hace que me pique mucho la piel.

—¿Has intentado sacarla de un tirón?

—Oh, qué gran idea. Ojalá se me hubiera ocurrido a mí. —Puso los ojos en blanco—. ¿Es que crees que soy tonto? Pues claro que he intentado sacarla, está atascada.

—Déjame intentarlo antes de cortarla.

Tardé unos diez minutos y necesité algo de aceite de oliva como lubricante, pero al final conseguí sacarla.

Bud sacudió el brazo.

—No sé si voy a aguantar las ocho semanas que quieren que tenga esta cosa puesta.

—Tómatelo con calma y hazlo lo mejor que puedas.

Bud sonrió.

—Creo que ese ha sido el consejo que te he dado durante la mitad de tu vida.

—Cierto —asentí.

Entramos en la casa y Bud señaló la regadera que tenía desde que yo era niño.

—¿Me puedes ayudar a regar las de interior? Si uso la otra mano, derramo la mitad del agua por el suelo y si uso la mano de la escayola, me gotea por el brazo y me pica.

—¿Por qué no te sientas y te relajas? Yo me encargo.

Bud sacó un taburete de debajo del otro lado de la encimera mientras yo llenaba la regadera.

—¿Sabes algo nuevo de los cargos de Connecticut?

Sacudí la cabeza.

—No, hemos rellenado el papeleo y solicitado una reunión, pero no espero que respondan hasta dentro de unas semanas, por lo menos.

Asintió.

—¿Has arreglado las cosas con Autumn?

—Ni siquiera quiere hablar conmigo. —Fruncí el ceño.

Intercambié una mirada con Bud antes de empezar a regar el millón de plantas de interior que tenía. Se quedó callado durante un rato, lo cual no me sorprendió. Bud no era de los que hablaban solo para rellenar el silencio.

—Seguro que lo está pasando mal.

Como si necesitara mucho más para sentirme peor.

—Pues claro que lo está pasando mal, y es culpa mía.

—Puede. —Se encogió de hombros—. Pero deja que te haga una pregunta. ¿No crees que se sentiría igual solo por haberse encontrado con el tipo? ¿Incluso aunque no le hubieras pegado?

—Sí. Deberías haber visto cómo estaba cuando se acercó... Parecía que había visto un fantasma. Puede que todo pasara hace seis años, pero en ese momento fue como si hubiera sido hacía dos segundos.

—Vale... Supongamos que hubieras hecho las cosas de otra manera. Lo más seguro es que estuviera de los nervios igualmente durante una temporada. ¿Qué habrías hecho entonces?

—¿A qué te refieres con qué habría hecho? Hablaría con ella, escucharía lo que tuviera que decir. No me separaría de ella si eso la hiciera sentir mejor.

—Vale... Y, aun así, hoy estás aquí en vez de en su casa.

Terminé de regar un helecho que seguramente era tan viejo como yo y dejé la regadera en su sitio.

—No cree que la violencia esté justificada, nunca. No quiere hablar conmigo.

—¿Y tú qué crees?

—Creo que el tipo se merece algo mucho peor que lo que recibió, pero eso no importa. No era decisión mía y me equivoqué.

Bud sonrió.

—Caray, ojalá hubiera sido tan fácil conseguir que admitieras las cosas cuando eras un adolescente.

Suspiré.

—Pensaba que ya había superado lo de actuar así, de verdad.

—No sé si yo habría actuado diferente de haber estado en tu lugar, hijo. Esta situación no es como las tonterías por las que te metías en peleas. Un hombre le hizo daño a tu chica, un hombre que nunca recibió lo que se merecía, y tú querías ponerle remedio. Puede que la violencia no esté nunca justificada, pero a veces emplearla se parece mucho a conseguir justicia. —Bud me miró a los ojos—. Intuyo que estás enamorado de Autumn.

Asentí.

—Nunca había estado seguro de si estaba enamorado, pero ahora me doy cuenta de que cuando lo estás, lo sabes perfectamente.

—¿Recuerdas cuando estabas en la secundaria y te metiste en un lío por saltarte una de las clases de matemáticas avanzadas y el asesor académico te dijo que dejaras de ir a esa clase porque no serías capaz de asumir tanto trabajo?

—El señor Schultz, tenía un aliento horrible.

—¿Dejaste la clase?

—No, y saqué sobresalientes en todos los exámenes.

—¿Y qué hacías con esos exámenes cuando te los devolvían?

—Metí todos y cada uno de ellos por debajo de la puerta del despacho de Schultz. Que no sería capaz de asumir tanto trabajo… Y una mierda.

—¿Y cuando te decepcionaste porque solo superaste al noventa y nueve coma cinco por ciento de toda la gente que se presentaba al examen para entrar en la facultad de Derecho y te sugerí que enviaras solicitudes a otras facultades además de a la de Harvard solo por si acaso?

Me encogí de hombros.

—Volví a presentarme al examen de ingreso y saqué la nota perfecta. Y después entré en Harvard.

—¿Y no ves algún patrón, hijo?

—¿Que no escucho?

Bud sonrió.

—Bueno, sí, es verdad. Pero esta vez no me refiero a eso. Cuando quieres algo, no te rindes. Te has topado con obstáculos toda tu vida y siempre has encontrado una forma de superarlos.

—Vale…

Bud sacudió la cabeza.

—Dios, a veces tienes la cabeza muy hueca. Estás enamorado de esa chica. Has cometido un error. No dejes que el error te detenga. Arréglalo. Busca una forma de superarlo. No te quedes sentado y esperes a que se solucione solo.

***

Durante el camino de vuelta a Manhattan, no pude dejar de pensar en lo que había dicho Bud. Había una diferencia entre darle espacio a Autumn y quedarme a un lado sin hacer nada. La había cagado y tenía que reconocer mi error, pero también tenía que asegurarme de que supiera que no iba a ir a ninguna parte, y enviarle un mensaje o un mensaje de voz no era la mejor forma de hacerlo. Por eso, cuando salí del puente, giré hacia su casa en vez de hacia la mía.

Cuando encontré aparcamiento ya eran casi las nueve. Seguía sin tener ni idea de si estaba haciendo lo correcto, pero, llegados a este punto, ¿podía empeorarlo mucho más? Así que respiré hondo, me dirigí a la puerta y llamé al timbre de su apartamento.

Sabía que tenía la aplicación en la que podía ver y oír quién estaba en la puerta antes de dejarlos entrar, así que mientras esperaba ahí de pie a oír el sonido del cerrojo abriéndose, levanté la mirada hacia el rincón y miré fijamente a la cámara.

«Venga, pelirroja. Déjame entrar».

Pasó un minuto y empecé a sentir una presión en el pecho. Tal vez estuviera durmiendo o no estuviera, pero también podía estar fingiendo no estar en casa para evitarme. Como ya había llegado hasta allí, llamé por segunda vez y volví a mirar a la cámara.

—Autumn, solo quiero hablar. ¿Me dejas subir? O baja si no quieres que entre. No me quedaré mucho rato, lo prometo. Solo tengo que decirte algunas cosas y dejaré de molestarte.

Volví a esperar. Los minutos que pasaban eran agotadores. Al principio decidí esperar cinco minutos, porque le había pedido que bajara y a lo mejor tenía que esperar al ascensor o algo así. Pero cuando pasaron los cinco minutos, intenté justificar que cinco minutos no eran suficientes.

A lo mejor estaba durmiendo y tenía que vestirse.

O tenía que ir al baño y vestirse después.

«Diez».

Esperaría diez minutos. Cinco eran muy pocos.

Pero después de que pasaran seiscientos segundos, seguía sin estar preparado para rendirme.

«Su ascensor es bastante lento».

Mejor que sean quince.

«Sí, quince».

Los quince se convirtieron en veinte y veinte se convirtieron en media hora. Cuando me volví para marcharme, sentí como si tuviera un nudo en la garganta. Conseguí dar unos pasos, entonces me detuve y me di la vuelta.

«Que le den». Si esa iba a ser la única manera de que me escuchara, tenía que aprovechar la oportunidad. Así que volví a llamar al timbre y miré a la cámara.

—Autumn, sé que has leído mis disculpas. Y siento mucho lo que hice, pero no sé durante cuánto rato graba esta cosa, así que voy a centrarme en lo que no he dicho. —Me pasé una mano por el pelo e intenté buscar una manera de expresar lo que sentía—. Desde que era pequeño, siempre he querido más de lo que tenía, más dinero, más respeto, más ropa, más reconocimiento, más familia… siempre algo más. Hasta que llegaste a mi vida. Ahora ninguna de esas cosas me parece importante. No necesito más dinero, ni más reconocimiento, ni nada. Solo te necesito a ti. Hace un año pensaba que lo sabía todo, pero la verdad es que no tenía ni idea de lo que es el amor. Pero ya lo he descubierto. El amor es suficiente. Todo lo demás no importa cuando encuentras a la persona indicada. Te llevo en el corazón, Autumn… No, eres la dueña de mi corazón. Por favor, no lo olvides. —Se me llenaron los ojos de lágrimas y de repente me sentí exhausto. Miré a la cámara por última vez—. Espero que estés bien.

Decidí dar un paseo para despejar un poco la cabeza antes de ponerme detrás del volante. A dos manzanas, pasé por delante de un bar y decidí entrar. Era un sitio oscuro y triste, por lo que sentí que había encontrado el lugar perfecto. Me senté en la barra al lado de un hombre mayor encorvado sobre su copa.

Me miró, así que levanté la barbilla.

—Hola.

—Hola —gruñó en un tono poco amable.

Cuando se acercó el camarero, al principio le pedí una cerveza.

—En realidad necesito algo más fuerte.

—¿Qué quiere?

—Me da igual. —Sacudí la cabeza—. Algo fuerte.

El hombre viejo de al lado frunció el ceño.

—*Bourbon*… Que sean dos, uno para mí.

Sonreí al camarero.

—Dos *bourbons,* por favor.

El líquido ámbar me quemó al bajar por la garganta, pero el hombre que tenía al lado no pareció darse cuenta. Se bebió más de medio vaso de un trago como si nada.

—Los de tu generación sois unos blandos —dijo con desdén.

Reí para mis adentros. No se equivocaba. O, por lo menos, sobre la mayoría de la gente. A mí me gustaba pensar que era un poco diferente que la mayoría de los que habían nacido en el mismo año que yo. Asentí.

—Es por los trofeos.

El viejo arrugó la cara.

—¿Qué es un trofeo?

—Ya sabe, estatuas de metal, aunque hoy en día creo que la mayoría son de plástico. Es lo que reciben los niños cuando practican algún deporte y esas cosas.

—Oh, un trofeo.

—Es lo que he dicho.

—Pensaba que tenía algún significado nuevo que no conocía. ¿Qué tienen que ver los trofeos con el hecho de que seáis unos blandos?

—Bueno, en su generación solo había un trofeo y se lo llevaba el equipo ganador. Hoy en día, los niños reciben un trofeo hasta cuando terminan la temporada… solo por haberla terminado. Recibe un trofeo hasta el equipo que ha quedado en último lugar.

El viejo lo pensó y asintió.

—Es una estupidez.

Me terminé el resto de líquido del vaso. El tercer trago me costó lo mismo que el primero. Sacudí el hielo y el vaso tintineó.

—¿Cómo puede beberse esto? Sabe fatal y quema cuando te lo tragas.

Sonrió.

—Nunca gané un puto trofeo.

Reí y levanté la barbilla en dirección al camarero.

—Otra ronda para mí y… —Miré al viejo.

—Fred.

Asentí.

—Para Fred y para mí.

Durante las horas siguientes, estuve sentado junto a mi nuevo amigo y bebí demasiados *bourbons*. Resultó que a Fred no le gustaban los *millennials* porque tenía un nieto de más o menos mi edad que le había retirado la invitación a una fiesta ese fin de semana y no le respondía a las llamadas.

—Quería que fuera a una fiesta de revelación de género. ¿Quién narices monta una fiesta y prepara un pastel para descubrir el sexo del bebé?

—Últimamente lo hace mucha gente.

Fred frunció el ceño y negó con la cabeza.

—Lo que he dicho, unos blandos.

Sonreí y me bebí mi tercer *bourbon* con hielo. Me estaba empezando a subir y ya me parecía bien.

—En mi época los hombres ni siquiera esperaban en el hospital para descubrir si iban a tener un niño o una niña. Dejábamos a la mujer en el hospital y nos íbamos a casa a dormir un poco. Si te casabas con una buena chica, no te llamaba hasta la mañana siguiente para decirte qué había tenido y así te dejaba descansar.

Reí.

—Estoy casi seguro de que las mujeres de ahora no estarían de acuerdo con eso.

Hizo un ademán con la mano y gruñó.

Un rato después, me levanté para ir al lavabo y me tropecé. «Mierda». Estaba más borracho de lo que creía. Fui a hacer mis necesidades y tenía pensado pagar la cuenta al volver. Pero cuando regresé a la barra, Fred había pagado una ronda para variar. Inclinó el vaso hacia mí.

—No estás tan mal para ser uno de esos jóvenes del alfabeto. Nunca me acuerdo de qué edad tienen los de las generaciones X, Y o Z.

—Gracias. —Sonreí.

—¿Qué haces aquí sentado en este sitio tan deprimente intentando beber más que un profesional como yo?

—Problemas de mujeres.

Fred me acercó el vaso para que brindase con él.

—Malditas mujeres. Tienes que tener cuidado con ellas, son peligrosas. ¿Conoces a alguna otra criatura que sea capaz de levantar algo sin tocarlo?

Me reí tanto que me caí del taburete. Fred me ofreció una mano para ayudarme a levantarme del suelo. Tenía bastante fuerza para ser un tipo que debía de rondar los ochenta.

Ya de pie, le puse una mano en el hombro.

—Muchas gracias, colega. Esto es justo lo que necesitaba.

—¿Caerte al suelo?

—No, ser incapaz de ponerme en pie.

Dije que me iba, pero Fred me convenció de tomarme uno más y ese último trago me dejó para el arrastre. Pasé de ser un borracho feliz a volver a sentirme destrozado por lo de Autumn. No iba a conducir hasta casa en ese estado, así que empecé a caminar hasta la estación de tren y decidí que recogería el coche al día siguiente. Pero en algún momento, di la vuelta y regresé a casa de Autumn.

No tenía ni idea de qué hora era, pero debía de ser después de medianoche cuando llamé.

—Autumn... soy yo. —Miré a la cámara y me señalé la cara—. Por favor, déjame entrar.

Cuando pasaron unos minutos y no había contestado, pasé de sentirme triste a estar enfadado. Tendría que haberme ido a mi puñetera casa, pero, en lugar de eso, volví a llamar al timbre.

—Autumn, ¿me vas a dirigir la palabra?

No hubo respuesta.

Me sentía dolido, triste y muy frustrado. Así que volví a llamar y miré a la cámara.

—¿Sabes cuál es tu problema? Conseguiste un maldito trofeo. Nadie tiene que trabajar duro si consigue un trofeo solo

330

por aparecer. Pero la vida es dura, Autumn. —Apoyé la cabeza en la puerta y murmuré—. La vida es muy dura, joder.

Cerré los ojos y puede que empezara a quedarme dormido allí de pie. Tras un minuto, me obligué a abrir los ojos y me separé de la puerta de un empujón. Estaba borracho, agotado emocionalmente y tan lleno de ira contenida que no me bastaba con haberle dado una paliza a ese cabrón para mitigarla. Mi enfado no iba dirigido a Autumn, pero, en mi borrachera, iba a pagarlo con cualquiera. Hice una peineta en dirección a la cámara.

—¡A la mierda todo!

Capítulo 35

Donovan

Me desperté a las seis de la mañana con el traqueteo del vagón del metro. «Mierda». Levanté la cabeza. ¿Dónde coño estaba? La mujer que tenía sentada justo enfrente me miró mal y rodeó a su hijo con el brazo.

—Lo siento.

Apartó la mirada.

¿Qué narices había pasado la noche anterior? Recordaba el anuncio de los socios en el bufete y haber ido a visitar a Bud. Pero después de eso todo estaba un poco borroso.

Oh, espera. Había ido a casa de Autumn, pero no estaba allí. Y después había deambulado hasta llegar a un bar.

El tren entró en la estación. No era la mía, pero necesitaba tomar algo de aire fresco, así que me bajé y salí a un kilómetro y medio de mi apartamento. Llegué a lo alto de las escaleras y había un vagabundo sentado junto a la entrada. Eso me refrescó la memoria un poco más.

«Fred». Había estado bebiendo un *bourbon* asqueroso con un tipo llamado Fred en un bar durante horas. Y entonces había hecho una parada beligerante en el apartamento de Autumn que había acabado conmigo haciéndole una peineta a la cámara de seguridad. Después de eso, de camino a la estación de tren, un vagabundo me había pedido dinero. Estaba sentado a la entrada de un ultramarinos, así que entré y compré un montón de esas botellitas que sirven en los aviones y procedí a sentarme junto al tipo. Nos bebimos todas y cada una de las botellas juntos. «No me extraña que esté hecho una mierda». No estaba seguro, pero creo que me puse a llorar en algún momento. Muy bien, estupendo. Bonita forma de espabilar cuando Autumn te necesita, Decker.

De camino a casa, pasé por la tienda a comprar algo de zumo de naranja e ibuprofeno. Cuando llegué al apartamento, estaba más que preparado para dormir la mona durante unas horas. No tenía ni idea de cuánto rato había dormido en el tren, solo que no había sido suficiente. Me sentía como si fuera a desmayarme y no despertarme en días. Hasta me apoyé en la pared del ascensor mientras subía hasta casa.

Salí del ascensor con la cabeza gacha y la mente aturdida, feliz de estar cada vez más cerca de hacer un aterrizaje de emergencia en la cama. Sin embargo, di unos pasos por el recibidor y noté como si alguien me hubiera puesto las palas de un desfibrilador en el pecho y me hubiera despertado de una sacudida.

¿Me había quedado dormido en el ascensor y estaba soñando?

Mis pasos, que en el mejor de los casos solo habían sido torpes, se aceleraron de repente mientras me acercaba por el pasillo. Y mi corazón les siguió el ritmo.

Autumn estaba sentada en el suelo junto a la puerta y miraba el teléfono móvil, pero se puso en pie cuando me vio.

—Hola, siento haberme pasado sin llamar antes —dijo.

—No tienes que llamar antes.

Me miró de arriba abajo. Tenía la ropa hecha un desastre de arrugada y estaba sin afeitar.

—¿Has estado fuera toda la noche?

Asentí.

—Fui a tu casa. No estabas, así que entré en un bar que había a unas manzanas y bebí demasiado. Me he despertado en el metro.

—No es propio de ti.

—Al parecer, mi forma de actuar últimamente tampoco lo es. —Exhalé con fuerza.

Autumn asintió.

—Anoche me quedé en casa de Skye.

Parecía cansada, aunque seguía estando realmente preciosa. Tenía los ojos verdes hinchados y rojos y las ojeras oscuras y hundidas.

—¿Estás bien? —le pregunté.

—Sí. ¿Podemos hablar?

—Por supuesto. —Abrí la puerta de mi apartamento y me hice a un lado para que pasara ella primero. Fue directa a la sala de estar.

Lancé las llaves a la encimera de la cocina.

—¿Quieres café?

—Me encantaría.

Saqué los granos del armario y cogí la jarra para llenarla de agua, pero tuve que limpiarme las palmas de las manos en los pantalones para abrir el bote, porque no paraba de sudar por los nervios. Pulsé el botón para que el café comenzara a hacerse, le dije a Autumn que volvía enseguida y fui al baño a asearme y lavarme los dientes antes de volver y servirnos dos tazas.

—Aquí tienes.

Se había sentado en la silla, no en el sofá, algo que en mi mente era una mala señal. En Derecho, el asiento que escoge el cliente o el abogado suele decir mucho sobre la persona o su posición de poder. Y que Autumn se sentara para mantener la distancia entre nosotros me preocupaba.

Los dos permanecimos en silencio mientras me sentaba. Ella miraba al suelo y yo la miraba atentamente. Al final no pude soportarlo y rompí el silencio.

—¿Estás durmiendo bien? Pareces cansada.

Levantó la mirada.

—De vez en cuando. Dejé las pastillas para dormir por completo hace unos días. Lo he buscado y al parecer es común padecer insomnio cuando las dejas. Es como si mi cuerpo sufriera síndrome de abstinencia después de usarlas durante tantos años.

—La noche que me quedé en tu casa y te olvidaste de tomarlas dormiste bastante bien.

—Creo que eso fue porque tú estabas en mi cama. —Sonrió con tristeza.

Le devolví la sonrisa.

—Bueno, si puedo ayudarte en algo… Dormir es importante, ¿sabes?

Esa vez su sonrisa fue más sincera. Dio un sorbo al café y dejó la taza en la mesa.

—Quiero contarte algo más sobre lo que ocurrió hace seis años. Te conté las partes que creía que debías saber, pero no fui del todo sincera sobre cómo llevé las cosas después de lo que me pasó.

—De acuerdo… —Arrugué el ceño.

Respiró profundamente.

—En realidad, no acudí a la policía dos semanas después de que Braden me violara. Sí que hablé con ellos, pero no ocurrió de la forma en que te hice creer que ocurrió. Ellos vinieron a mí. —Autumn levantó la cabeza y me miró a los ojos. El sufrimiento en su mirada me hizo sentir un dolor agudo en el pecho—. Vinieron porque intenté suicidarme. Mi padre me encontró inconsciente y llamó a emergencias. Cuando me sacaron los medicamentos del cuerpo y me estabilizaron, una agente me convenció para que le contara lo que había pasado.

Sentí un sabor salado en la garganta y tragué saliva. Me incliné para cogerla de la mano, apreté y no la volví a soltar. Ella trató de sonreír antes de continuar.

—Fui al médico de cabecera, le dije que no podía dormir bien y me recetó las pastillas para dormir. Había buscado información e iba a necesitar muchas pastillas para tener una sobredosis, más de las que tenía, a menos que las masticara y me las metiera en vena todas de golpe. —Volvió a respirar con fuerza—. Así que las metí en la batidora y esnifé el polvo. —Rio, pero sin gracia—. No había esnifado cocaína en mi vida, mis primeras rayas fueron de pastillas para dormir.

«Madre mía». Solo quería rodearla con los brazos y no soltarla, pero su lenguaje corporal me decía que no era lo más indicado. Además, sospechaba que esa revelación no era lo único que quería contarme...

Sacudí la cabeza.

—No importa cómo lo denunciaras. Lo único que importa es que estás bien y que lo superaste.

—Yo también pensaba que lo había superado. Empezaba a sentir que había pasado página y dejado el pasado atrás, pero no. Unos días después de que nos cruzáramos con Braden, empecé a perder el control otra vez. Ese animal se paseaba por ahí como si no hubiera pasado nada, yo era incapaz otra vez de dormir y comer y a ti te habían arrestado. Me sentía fatal. Una noche cogí el bote de pastillas y me quedé mirándolo durante una hora. —Autumn bajó la mirada—. Nunca llegué a considerar volvérmelas a tomar, pero me di cuenta de que debía lidiar con muchas cosas. No haberlo hecho la última vez solo empeoró las cosas. Necesitaba tiempo para mejorar mi estado mental, no quería acabar mal otra vez. Así que fui a ver a la psicóloga un par de veces. Estuvimos hablando de pasar página, así que... —Tomó aire y me miró a los ojos—. Fui a ver a Braden.

Cuando la miré con los ojos como platos, sacudió la cabeza y las manos.

—No, no te preocupes. Fui a verlo con la oficina llena e hice que dejara la puerta abierta. Estuve a salvo todo el tiempo.

Aunque me sentí aliviado, seguía sin poder respirar bien.

—¿Qué pasó?

—Me habló todo el rato con malicia y pensó que llevaba un micro para grabarlo por si admitía algo... Más o menos lo que esperaba. Pero no fui para sonsacarle nada. Fui por mí, porque tenía que decirle algunas cosas. —Negó con la cabeza—. Ni siquiera recuerdo todo lo que le dije, pero quería que supiera que me había arruinado la vida durante años, que había conseguido que no confiara en nadie, ni en mí misma, y cuánto daño me había hecho… aunque no creo que le importe. Pero necesitaba mirarle a los ojos y decirle que es un violador. —Sonrió—. También le dije que se fuera al infierno y, sorprendentemente, fue más catártico que todo lo demás que le había dicho.

Sonreí. Había llevado sobre los hombros el peso de decisiones que habían tomado otras personas durante demasiado tiempo y estaba muy orgulloso de ella por haberlo soltado todo.

—Me alegro por ti.

—Tenía la cara hecha un desastre, le hiciste un buen destrozo. —Las comisuras de los labios se le crisparon hacia arriba, pero bajó la mirada rápidamente—. Odio la violencia. No solo por lo que me pasó, sino también por todos los niños con los que trabajo. Nunca resuelve nada, solo genera problemas nuevos.

—Lo sé. Y sé que he creado un montón de problemas nuevos. Lo siento, Autumn. De verdad.

Se inclinó hacia mí y bajó la voz.

—¿Puedo contarte otro secreto?

—Por supuesto —asentí.

—Yo no lo siento tanto, así que tú tampoco deberías.

Me dio un vuelco el corazón, pero seguía teniendo miedo de hacerme esperanzas.

—¿De verdad?

Asintió y esta vez fue ella la que me apretó la mano.

—Siento haberte alejado, solo necesitaba algo de tiempo para resolver algunas cosas. Y, en realidad, si lo digo así parece que he terminado de resolverlas y estoy segura de que no, pero creo que he empezado a hacerlo por fin. No puedo prometerte que no me asustaré cuando las cosas se pongan serias, o que no haré algo estúpido como salir huyendo otra vez. Pero si quieres estar conmigo, me gustaría intentarlo.

—¿Si quiero estar contigo? —Me estiré hacia ella y la arranqué del asiento para sentarla en mi regazo—. Cariño, te reto a que intentes librarte de mí.

Sonrió.

—¿Lo que dijiste en el mensaje de voz lo decías de verdad?

—¿Qué dije?

Autumn se mordió el labio.

—Que me quieres.

—¿Te asustaría si te dijera que sí?

—No. —Se acercó más a mí para que estuviéramos nariz con nariz—. ¿Sabes por qué?

—¿Por qué?

—Porque yo también te quiero.

La sonrisa más grande y boba del mundo me cubrió el rostro.

—Te quiero con locura.

—¿Con locura, eh? —Soltó una risita—. ¿Eso equivale a mucho?

La sujeté por las mejillas y la besé apasionadamente. Cuando nos separamos para tomar aire, sonreí.

—Sin duda es suficiente.

—¿Suficiente? —Frunció el ceño—. ¿No quieres más besos?

—Oh, no. —Le sonreí—. Sí que quiero más besos. Por casualidad, ¿la aplicación del timbre guarda los vídeos que graba cuando alguien llama?

Asintió.

—Durante un mes o hasta que los borro, ¿por qué?

—Puedes verlo después y descubrir a qué me refiero con lo de suficiente.

Fui a besarla otra vez y después caí en la cuenta de que no solo le había confesado mi amor y le había dicho que era suficiente en el vídeo de la puerta. Había vuelto cuando estaba borracho y con ganas de pelea. «Mierda».

—En realidad, ¿puedes dejarme tu teléfono un segundo? Tengo que ver esa aplicación…

***

Esa tarde salí a comprar algo para cenar e hice una parada inesperada. Le había enviado un mensaje a Autumn para que no se preocupara cuando estuviera fuera más de los quince minutos que debía tardar en comprar la comida china en el restaurante que había a solo dos manzanas de mi casa.

—Ya empezaba a preocuparme. —Autumn levantó la mirada del portátil cuando por fin volví. Estaba sentada con las piernas desnudas y los pies sobre el sofá—. Has estado fuera casi dos horas y media.

Dejé la bolsa de la comida para llevar en la encimera de la cocina y me acerqué a ella para besarla.

—Lo siento.

Cerró el portátil.

—Pensaba que lo de hablar con las plantas eran cuentos de viejas. Pues resulta que no.

Sonreí.

—¿Te has puesto a buscar información sobre hablar con las plantas mientras no estaba?

—Pensaba que te lo estabas inventando. —Se encogió de hombros.

Volví a la cocina y saqué las cajas de cartón de la comida de la bolsa.

—No, pero admito que la primera vez que Bud me dijo que hablaba con ellas pensé que estaba como una cabra. Yo también lo busqué.

Autumn entró en la cocina y se sentó a la isla justo enfrente de mí.

—He visto un capítulo entero de *Mythbusters* sobre el tema. Ponen dos invernaderos, uno al lado del otro, y las plantas del invernadero silencioso crecen menos.

—¿Ah, sí?

Asintió y sacó un rollito de primavera de una de las bolsas.

—Me muero de hambre.

—Ya lo veo. —Reí—. Ni siquiera has esperado a que saque los platos o los cubiertos.

Sonrió y se tapó la boca.

—Lo siento.

—Es una broma. Podemos comer de los recipientes y compartir.

—Vale. —Terminó de morder el rollito de primavera y me lo pasó—. ¿Me vas a contar por qué has tardado tanto?

Me encogí de hombros.

—Tenía que arreglar una cosa.

—¿Puedes ser más impreciso? —Frunció el ceño—. Dale un mordisco y devuélveme el rollito de primavera.

—Vaya, sí que te pones mandona cuando tienes hambre.

Extendió la mano.

—Dale un mordisco o devuélvemelo. —Le di un mordisco y se lo entregué—. ¿Qué has arreglado?

Me señalé el brazo izquierdo.

—Un tatuaje.

—Es broma, ¿no? —Rio.

Me arremangué y le enseñé el vendaje: llevaba la zona cubierta por un trozo de gasa y envuelta en plástico transparente.

—No.

—¿Así que has decidido, así porque sí, arreglarte un tatuaje de camino a comprar la comida china? ¿Qué tatuaje?

—El pájaro.

—¿El de la jaula que te hiciste cuando tenías dieciséis años? Me encanta ese tatuaje, tiene mucho significado y me veía reflejada en lo que sentiste cuando te lo hiciste.

—Yo también, pero las cosas cambian.

—No lo entiendo.

Me destapé el plástico del antebrazo con cuidado y levanté la gasa. El tatuaje original era un pájaro pequeño de color negro, solo, en su jaula. Jimmy del estudio Dark Ink me había hecho unos cuantos tatuajes a lo largo de los años, así que sabía que lo que quería arreglar sería fácil. Había modificado una de las barras y la había convertido en una puerta, así que ahora la

340

jaula estaba abierta. También le había pedido que añadiera un segundo pájaro justo delante de la puerta.

—¡Está en color! —Autumn sonrió—. Creía que habías dicho que no había nada tan importante como para ponerlo en color.

—Y no lo había, hasta ahora.

—Vaya, pues es precioso. Antes el pájaro encerrado en la jaula se veía muy solo; ahora hasta parece que el otro pajarito rojo lo está guiando a la salida.

—La otra. —Sonreí—. Y así es.

—¿La otra? ¿El pájaro rojo es una hembra?

Asentí.

—Eres tú, pelirroja.

Le observé el rostro a Autumn mientras me miraba el brazo. Había estado sonriendo y bromeando, pero de repente se puso muy seria. Me pregunté si a lo mejor era demasiado pronto y la había asustado. Cuando se le llenaron los ojos de lágrimas, pensé que la había cagado pero bien. Sin embargo, se puso en pie y rodeó la encimera. Se agachó y me dio un beso justo encima de la parte del vendaje que seguía en su sitio.

—Me encanta. —Me miró a los ojos—. Y me encantas, Donovan.

Dejé caer la cabeza y suspiré con fuerza.

—Jesús, menos mal. Pensaba que te había disgustado.

—¿Disgustarme? Claro que no. —Se puso una mano en el corazón—. Solo me he dejado llevar un poco por la emoción, eso es todo. Me encanta y me encanta lo que representa para ti, aunque creo que lo has entendido todo del revés, Donovan. Tú eres el pájaro rojo que me ha ayudado a abrir la jaula y me ha dejado en libertad, no al revés.

Apoyé la frente en la suya.

—Estábamos destinados, pelirroja. ¿Sabes de qué más me he dado cuenta antes?

—¿De qué?

—Cuando te haces un tatuaje tienes que firmar una autorización, o por lo menos en los sitios autorizados en los que me tatúo ahora. No tenía ni idea de qué día era hoy, así que se lo he preguntado al tipo de la recepción. Es 30 de septiembre. Hoy hace un año que me robaste la maleta.

—¿De verdad?

Asentí.

—¿Estás seguro? Sé que la despedida de soltera fue después del Día del Trabajo, pero no recuerdo cuándo exactamente.

—He comprobado la fecha en la foto que te hice. Fue la mañana después de que nos quedáramos despiertos toda la noche. La hice el 1 de octubre.

—Vaya. Así que hoy hace un año. Parece que ha pasado una eternidad. —Sonrió y me rodeó el cuello con los brazos—. Entonces llevas mucho tiempo colado por mí.

Sonreí.

—Pues sí. Puede que desaparecieras, pero yo no pude dejar de pensar en ti. Durante mucho tiempo no entendía por qué, pero ahora todo tiene sentido. No podía dejar de pensar en ti porque no debía. Estábamos destinados.

Epílogo

Autumn

Un año después

Llegamos al restaurante unos minutos antes. Aunque normalmente íbamos caminando o cogíamos el metro para ir a un sitio que estuviera tan cerca, Donovan nos había traído en coche porque los tacones altísimos que me había puesto para la cena de celebración no estaban hechos a prueba de hormigón.

—Hola. —Me dirigí al *maître*—. Tenemos una reserva para seis personas a las ocho.

—Dígame su apellido, por favor.

—Lo más seguro es que esté a nombre de Decker.

Donovan se acercó mientras esperaba. Me rodeó la cintura con una mano y se acercó para darme un beso en el hombro desnudo.

—Lo siento. —El *maître* sacudió la cabeza—. No veo ninguna reserva a nombre de Decker para las ocho.

—La reserva era para las ocho, ¿verdad? —Miré a Donovan.

—Está a tu nombre. —Me guiñó el ojo antes de dirigirse al hombre—. La reserva está a nombre de Wilde. De la doctora Wilde.

El hombre volvió a revisar el libro.

—Ah, sí, aquí está. Doctora Autumn Wilde.

Le puse los ojos en blanco a Donovan, pero yo tampoco había sido capaz de quitarme la sonrisa de la cara desde que habían llamado a la doctora Autumn Wilde en la ceremonia de graduación unas horas antes.

—Estoy deseando llegar a casa. Nunca me he follado a una doctora, y vas a dejarte esos tacones puestos cuando te arranque el vestido.

Igual que aquel día tan importante en el que nos habíamos encontrado en una cafetería para intercambiar las maletas hacía ya dos años, me revolotearon mariposas en el estómago. Las cosas nunca se habían vuelto aburridas con este hombre y mucho menos en los últimos doce meses. Habían pasado muchas cosas, pero solo habíamos salido reforzados de ellas.

Semanas después de haber ido a ver a Braden, no pude dejar de pensar en la cara que puso cuando mencioné que rezaría por sus otras víctimas. Las horas incontables que había pasado torturándome con vídeos de nosotros dos después de que me atacara por fin habían merecido la pena. En ese momento, supe que no había sido la única a la que había hecho daño. Al principio solo había dejado que me preocupara. Al fin y al cabo, intentaba enterrar esa parte de mi vida y pasar página. Pero al final me había dado cuenta de que era imposible. Si había otras víctimas, podía haber más en el futuro, y no podría vivir conmigo misma si no impedía que ocurriera. Así que le pregunté a Donovan qué podía hacer para evitarlo y eso desencadenó una serie de acontecimientos que nos habían cambiado la vida para siempre.

Donovan se puso en contacto con el investigador privado que había utilizado en muchos de sus casos del bufete para que husmeara en las relaciones que había tenido Braden a lo largo de los años después de estar conmigo. Así es como conocimos a Sarina Emmitt, la mujer con la que Braden había salido durante un año después de nuestra relación. El investigador había hablado con uno de los antiguos compañeros de trabajo de Sarina y descubrió que, dos semanas antes de que dejara el trabajo de golpe y se mudara de vuelta a Ohio, se había presentado en la oficina un lunes por la mañana con el ojo morado y les contó que la habían atracado. Su amigo se preguntó si era verdad, porque parecía muy preocupada y algunos de los detalles de su historia no acababan de encajar. El investigador revisó la historia con la policía y descubrió que nunca se denunció un atraco. Así que decidí arriesgarme y reservé un vuelo a Ohio.

Al principio, Sarina negó rotundamente que le hubiera ocurrido algo, pero le conté mi historia y al verle la cara, supe que mentía. Me decepcionó, pero no quise presionar a una víctima, así que le dejé mi número de teléfono y volví a casa al día siguiente. Veintitrés días después, me llamó. No había sido capaz de dormir desde que me fui y estaba lista para contar su historia. Esa llamada lo cambió todo. Al contrario que yo, Sarina tenía pruebas. Tenía un timbre con cámara, de los que graban a todo el que entra y sale, y había guardado todas las imágenes de la noche en que Braden la atacó: vídeos que incluían cómo ella abría la puerta sin el ojo morado y cómo Braden se iba una hora después con arañazos por toda la cara. Incluso tenía imágenes de ella al salir de casa a la mañana siguiente con el ojo morado, a pesar de que nadie más había entrado en su casa. Sarina había intentado defenderse de Braden y había perdido. De alguna manera, a pesar de que estaba en *shock* y devastada, había sido lo bastante sensata como para guardar también la ropa rota.

Sarina y yo fuimos de la mano a la policía. Arrestaron a Braden tres semanas más tarde y lo acusaron de dos cargos de agresión sexual en primer grado. Por desgracia, aunque eso justificó todavía más las acciones de Donovan, su caso por agresión siguió avanzando… Hasta que Cara, la ahora exprometida de Braden, fue a la policía y contó que en realidad había sido Braden el que había empezado la pelea y Donovan solo se había defendido. Al parecer, había dudado de su prometido desde que me había visto la cara aquel día. Y, después de oír la historia de Sarina, no podía seguir negando la verdad. Habíamos sido amigas en primaria y quería ayudarme, aunque para ello tuviera que contar una mentira piadosa.

No creo que el fiscal la creyera, pero les había dado un motivo para retirarle los cargos a Donovan.

—Por aquí, por favor —dijo el *maître*.

—Me pregunto si los demás habrán llegado ya —comenté pensativa.

—Supongo que ahora lo sabremos —respondió Donovan.

Seguimos al *maître* por el vestíbulo y por un pasillo largo. Había estado en el Tavern on the Green antes, pero siempre me había sentado en el comedor principal. Giramos a la izquierda y después a la derecha y al final del pasillo había una puerta doble.

En lugar de abrirla, el *maître* se detuvo y sonrió a Donovan.

—Dejo que usted acompañe a la doctora Wilde.

—Gracias.

Arrugué el ceño mientras se marchaba.

—¿Nos deja escoger la mesa que queramos?

Donovan me colocó un mechón de pelo detrás de la oreja.

—Algo por el estilo. Antes de que entremos, quiero decirte una vez más lo orgulloso que estoy de ti. No solo por haberte graduado, sino por todo lo que has pasado este último año. Sé que no ha sido fácil.

—No lo habría conseguido sin ti.

Donovan sonrió.

—Es muy amable por tu parte, pero es mentira. Puedes conseguir cualquier cosa. Yo solo tengo la suerte de acompañarte en el camino, pelirroja. —Rozó los labios con los míos antes de ofrecerme el brazo—. ¿Está lista para celebrarlo, doctora Wilde?

Reí y me aferré a él.

—Estás muy raro, pero sí, estoy lista.

Donovan abrió la puerta doble y entramos. Skye y su novio y mi padre y su nueva novia (sí, se había divorciado otra vez) ya estaban sentados.

—¡Hola!

Skye se puso en pie.

—Espero que ahora que eres una doctora de categoría e importante no creas que te voy a pagar para que escuches mis tonterías.

—Nunca —reí.

Nos abrazamos. Pero cuando me acerqué a saludar a su novio, me fijé en un rostro familiar por encima del hombro de Skye. Puse los ojos como platos.

—Madre mía, ¿ese es Storm?

Sonrió. Estaba adorable con camisa y corbata. Pero ¿con quién había venido? Eché un vistazo a la mesa y me confundí todavía más. La mitad del personal con el que trabajaba en Park House estaba allí también. Miré a Donovan y se inclinó hacia mí.

—No les he pedido que griten sorpresa porque no quería que te dieran un susto de muerte —susurró—, pero sigue mirando…

Escudriñé la habitación y debía de haber unas cien personas: amigos míos, amigos de Donovan, gente del trabajo y del colegio, Bud y su amiga especial, los nuevos socios de Donovan, Juliette y Trent (los tres habían dejado Kravitz, Polk y Hastings hacía tres meses y habían abierto su propio bufete), y la nueva prometida de Trent, Margo, que también sonreía.

Me llevé la mano al pecho y me volví hacia Donovan.

—Madre mía, ¿has organizado todo esto por mí? ¿Cómo has conseguido contactar con todo el mundo?

—He tenido mucha ayuda de Storm y Skye. Te merecías una fiesta de graduación.

—Es de locos, pero ¡muchísimas gracias! —Le rodeé el cuello con los brazos y lo besé—. Te quiero.

—Lo mismo digo, pelirroja.

Froté la nariz contra la de Donovan.

—¿Sabías que algunos de los topiarios que recortó Eduardo en Eduardo Manostijeras estaban expuestos aquí antes de que el restaurante cerrara durante unos años?

Donovan rio y me besó la frente.

—Eres una plétora de información inútil, doctora Wilde. Es una de las cosas que me encantan de ti.

Durante la siguiente media hora, recorrí la sala para saludar a los invitados. Donovan se quedó obedientemente a mi lado y solo desaparecía de vez en cuando para rellenarme la copa de vino. ¡Y la gente me daba regalos! Me sentía muy abrumada. Cuando visitamos la última mesa, volvíamos a tener las manos llenas de regalos. Había una mesa larga de bufé en un lado de la sala en la que habíamos estado apilando las bolsas y cajas de regalos. Nos acercamos para dejar la última tanda y volví a echar un vistazo a la habitación.

—Sigo sin creer que hayas hecho todo esto. Y todas estas personas han venido a celebrarlo conmigo. —Señalé los regalos y sacudí la cabeza—. Es demasiado.

Donovan me rodeó la cintura con los brazos.

—Bueno, y todavía no te he dado mi regalo.

—¿Te refieres a que hay algo más aparte de una gran fiesta en un restaurante lujoso en mitad de Central Park? Estoy casi segura de que no puedes superar esto.

—Sabes que me encantan los retos. —Donovan sonrió y me besó la frente—. Quédate aquí un momento.

Lo observé mientras se acercaba a Skye y volvía con dos copas de champán. Me entregó una y pensé que íbamos a tener un brindis privado, pero, en su lugar, se aclaró la garganta y gritó:

—¿Podéis prestarme atención, por favor?

La estancia retumbaba por el ruido de las voces, pero se hizo el silencio.

—Gracias. —Sonrió—. Solo quería hacer un brindis y prometo que después os dejaré comer tranquilos.

—¡Pues date prisa! —gritó Storm y todos rieron.

—En primer lugar, quería agradeceros a todos que hayáis venido a celebrar el gran día de la doctora Wilde. Todos los que estáis aquí sabéis lo que le apasiona ayudar a los demás. —Señaló a Storm—. Incluso a aquellos que son como un grano en el culo.

Todos rieron.

—Hace un minuto, Autumn me ha dicho que se sentía abrumada por todo esto. —Señaló la mesa de regalos—. Y yo le he recordado que todavía no le he dado mi regalo. Ella me ha dicho que iba a ser difícil superar esta noche tan perfecta, pero ya me conocéis... Soy todo un perfeccionista.

Donovan dejó la copa de champán en la mesa de regalos y todo empezó a desarrollarse a cámara lenta. Se puso de rodillas y me cogió de la mano. Tenía la mano fría y sudada y, cuando bajé la mirada, vi lo nervioso que estaba. Eso hizo que el momento fuese todavía más surrealista, ya que mi chico arrogante tenía los nervios de acero.

Donovan se llevó mi mano a la boca y me besó los nudillos.

—Autumn Renee Wilde, hace dos años entraste en mi vida y me hiciste caer de culo. Pensaba que tenía todo lo que quería, pero enseguida me enseñaste que ni siquiera sabía lo que me faltaba. Eres la persona más fuerte que he conocido y, de alguna manera, también consigues ser la más cariñosa. Antes de conocerte, vivía solo para superar el próximo reto que surgiera en el trabajo, pero ahora, el único reto que me parece importante es ser el hombre que mereces.

Donovan hizo una pausa y bajó la mirada. Cuando sus ojos volvieron a encontrarse con los míos, estaban anegados en lágrimas.

—Pelirroja, me he sentido muy orgulloso cuando has recorrido el escenario hoy. Lo único que podría hacerme sentir más orgulloso sería poder decirles a los demás que la doctora Wilde es mi esposa. —Se metió la mano en el bolsillo, sacó una cajita y la abrió. Dentro resplandecía el diamante de corte princesa más bonito del mundo—. ¿Te casas conmigo, Autumn, por favor?

Casi derribé a Donovan cuando me abalancé sobre él y le rodeé el cuello con los brazos.

—¡Sí! ¡Sí! Claro que me casaré contigo.

Me dio un fuerte abrazo y se puso en pie, me levantó del suelo y posó los labios sobre los míos.

Toda la sala irrumpió en aplausos, vítores y silbidos. No podía dejar de sonreír cuando nos separamos.

—Vale, acabas de hacerlo. Como has dicho, tu regalo ha superado todo lo demás.

—Cariño, ese no era el regalo al que me refería. —Me guiñó el ojo—. Ese te lo daré cuando lleguemos a casa más tarde.

Agradecimientos

A vosotros, los lectores: muchas gracias por vuestro entusiasmo y lealtad. Espero que la historia de Donovan y Autumn os haya ayudado a escapar durante un ratito de la realidad y ¡que volváis pronto para ver a quién conoceréis a continuación!

A Penelope: escribir es como montarse en una montaña rusa, es mucho mejor cuando tienes a un amiga al lado que te recuerda que levantes las manos y disfrutes del recorrido. Gracias por atreverte siempre conmigo.

A Cheri: gracias por tu amistad y tu apoyo. ¡Estoy lista para más aventuras en la carretera!

A Julie: gracias por tu amistad y tu sabiduría.

A Luna: la primera persona con la que hablo la mayoría de las mañanas. A lo largo de los años, han cambiado muchas cosas, pero siempre puedo contar con tu amistad y apoyo. Gracias por estar siempre ahí.

A mí increíble grupo de lectoras de Facebook, las Vi's Violets: ¿22 000 mujeres inteligentes a las que les gusta hablar de libros en un mismo lugar? ¡Soy una mujer con suerte! Todas y cada una de vosotras sois un regalo. Gracias por formar parte de este viaje de locos.

A Sommer: gracias por descubrir lo que quiero, a veces antes de que lo haga yo.

A mi agente y amiga, Kimberly Brower: gracias por estar siempre ahí. Cada año me ofreces oportunidades únicas. ¡No puedo esperar a ver qué se te ocurre a continuación!

A Jessica, Elaine y Julia: ¡gracias por pulir las aristas de mi historia y hacer que brille!

A Kyle y Jo de Give Me Books: no sé cómo me las arreglaba antes de conoceros, ¡y espero no tener que recordarlo nunca! Gracias por todo lo que hacéis.

A todas las blogueras: gracias por inspirar a los lectores a que me den una oportunidad. Sin vosotras, ellos no existirían.

Con amor,
Vi

También de Vi Keeland

VI KEELAND

Autora *best seller* del *New York Times*

LA PROPUESTA DE VERANO

A veces hay que
saltarse las reglas...

LA
INVITACIÓN

VI KEELAND

Autora *best seller* del *New York Times*

CHIC

La guerra nunca había sido tan sexy…
RIVALES
DESDE 1962
VI KEELAND
Autora best seller del New York Times
CHIC

Chic Editorial te agradece la atención dedicada a
La chispa, de Vi Keeland.
Esperamos que hayas disfrutado de la lectura
y te invitamos a visitarnos
en www.chiceditorial.com,
donde encontrarás más información
sobre nuestras publicaciones.

Si lo deseas, también puedes seguirnos
a través de Facebook, Twitter o Instagram
utilizando tu teléfono móvil
para leer los siguientes códigos QR: